KB232534

時空天魔

시공천마

자청 퓨전 무협 소설
FUSION FANTASTIC STORY

시공천마 2

자청 퓨전 무협 소설

초판 1쇄 찍은 날 § 2008년 3월 31일
초판 1쇄 펴낸 날 § 2008년 4월 9일

지은이 § 자청
펴낸이 § 서경석

편집장 § 문혜영
편집책임 § 유경화

펴낸곳 § 도서출판 청어람
등록번호 § 제1081-1-89호
등록일자 § 1999. 5. 31
어람번호 § 제2-1462호

주소 § 경기도 부천시 원미구 심곡1동 350-1 남성B/D 3F (우) 420-011
전화 § 032-656-4452 팩스 § 032-656-4453
http://www.chungeoram.com
E-mail § eoram99@chollian.net

ⓒ 자청, 2008

ISBN 978-89-251-1263-3 04810
ISBN 978-89-251-1261-9 (세트)

時空天魔

시공천마

자청 퓨전 무협 소설

FUSION FANTASTIC STORY

2 ■ 암살(暗殺)

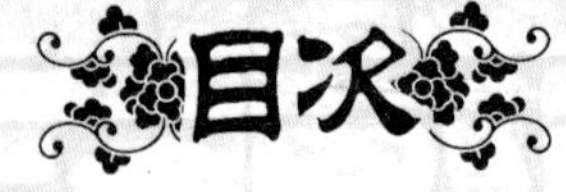

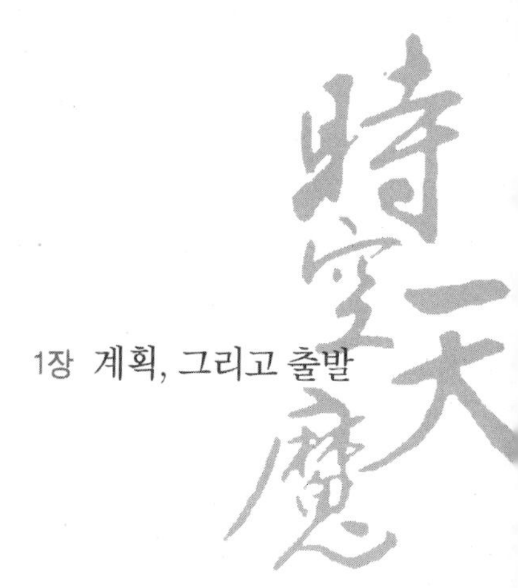

아무도 깨어나지 않은 이른 새벽.

"바람처럼 왔으면 바람처럼 가는 게 이치……."

풍적소는 천천히 마을 어귀를 걷고 있었다.

누구에게도 알리지 않고 내디딘 걸음이었다.

"둘이 왔는데 하나가 가는구나. 다시 올 때는 일곱이기를 바래본다."

쓸쓸한 혼잣말이 새벽 추위에 입김으로 흩어졌다.

"길을 떠나기엔 이른 시간이군."

풍적소가 목소리가 들려온 곳으로 시선을 돌렸다.

그는 정중하게 포권했다.

“형제 앞에 밤낮의 구분은 없습니다.”
이환은 바이크에 앉은 채 물었다.
“차 한 잔 하겠나?”

“…….”
가사 로봇이 내려놓은 찻잔을 풍적소가 어색하게 집어 들었다. 얼굴이 비치는 맑은 찻물을 들여다보고 그 속의 얼굴이 딱딱하게 굳어 있음을 발견했다.
자신도 모르게 당혹이 섞인 쓴웃음을 머금었다.
천장에 박힌 백색 야명주는 온화했고 의자도 푹신했지만 풍적소는 좀처럼 마음을 놓을 수가 없었다.
신처(神處)는 과연 기절초풍할 모습이었다.
과연 신은 신이다.
인세에 이런 별천지가 있을 줄은 몰랐다.
풍적소는 이제껏 철인(鐵人)이란 몸과 마음이 쇠처럼 단단하고 굳센 사람을 뜻하는 비유라고 생각했다.
하지만 이제는 그렇게 생각하지 않는다.
철인은 말 그대로 쇠로 된 인간이었다.
피와 살점 없는 인간이 어디 있겠냐고 하겠지만 있다.
미쳐서 헛것을 본 게 아니라면 분명히 있다.
찻잔이 저절로 떠서 날아온 게 아니라면 말이다.
이환은 자신의 잔을 비우며 때때로 곁에 놓인 과자를 먹을 뿐 한마디도 하지 않았다.

침묵은 풍적소를 괜스레 조급하고 불안하게 만들었다. 그는 쉽게 당황하는 사람이 아니었지만 낯선 신의 집에서 태연자약할 수는 없었다.

그리고 마침내 이환이 자신 앞의 잔을 다 비웠을 때, 첫 번째 대화가 이루어졌다.

"차보다는 술을 줄 걸 그랬군."

풍적소는 흐릿하게 웃었다.

"차라리 그 편이 낫겠군요."

"보드카."

소소에게는 철선인, 풍적소에게는 철인이라고 이름 붙여진 가사 로봇이 유리병을 가져왔다.

겉면에 알 수 없는 문양이 붙은 유리병은 예술품에 문외한인 풍적소가 보기에도 무척 아름다웠는데, 안에 들어 있는 액체는 물처럼 투명했다.

이환이 직접 술을 따랐다.

풍적소는 속이 비치는 투명한 유리잔을 단숨에 들이켰다.

화끈한 열기가 치솟았다.

그는 순간적으로 빠르게 얼굴이 붉어졌다.

"제법 독하지."

이환의 말에 풍적소는 고개를 저었다.

"이제 정신이 드는군요."

글라스를 가득 채운 보드카를 단숨에 마셨지만 그는 얼굴이 조금 붉어졌을 뿐 눈은 이전보다 훨씬 선명해져 있었다.

"가야 할 길이 멉니다. 귀하신 분의 고견을 감히 청하지요."

단도직입적인 풍적소의 물음에 이환은 술병의 뚜껑을 닫았다. 두 번은 필요없어 보였다.

"사람을 찾고 싶다."

"무림인이로군요."

이환은 고개를 끄덕였다.

"진법(陣法)에 대해 잘 알고 있는 사람."

"진법의 대가를 말입니까? 기관진식이라면 통천문(通天門)의 만통자(萬通者)를 천하제일로 꼽습니다."

"단체가 있나?"

"예, 통천문의 당대 장문인입니다."

"다른 사람은?"

"만통자가 안 된다면 귀산곡(鬼山谷)의……."

"단체를 거느리고 있는 사람은 제외하도록. 혼자, 혹은 소수로 움직이는 사람이 필요하다. 프리랜서가."

"예?"

이환의 영어에 풍적소가 고개를 갸웃했지만 이내 그의 혼잣말이라는 것을 짐작하고는 자신의 생각을 말했다.

"그렇다면 셋입니다. 망야선생(忘夜先生)과 둔제갈(鈍諸葛),

그리고 소생의 네 번째 의형 요설(夭舌) 치천세(痴天世)."

"치천세?"

"사실 넷째 형님의 진법학은 세상에 그렇게 드러나지는 않았습니다. 하지만 가끔씩 역량을 뽐내시는데, 그 현묘한 기법에 우리 형제들은 언제나 감탄을 금치 못했습니다."

"그는 어디에 있지?"

오래간만에 떠올린 형제의 얼굴에 잠시 밝아졌던 풍적소의 안색이 다시 어두워졌다.

"우리 형제들은 죄를 짓고 추적을 피하기 위해 두 명씩 사방으로 흩어졌습니다. 넷째 형님은 아마도 동녘 어느 성(省)에 계시지 않을까 싶군요."

"형제들을 찾으러 간다고 했는데, 정확한 위치도 모르나?"

풍적소는 쓰게 웃었다.

"세상이 있고 두 다리가 있는 한 늦지는 않게 찾겠지요."

이환은 잠시 침묵했다.

가사 로봇이 새로운 커피를 따르고, 그 따듯한 첫 모금을 넘긴 다음에야 이환은 입을 열었다.

"내가 도와주지."

"예?"

풍적소는 자신도 모르게 되묻고 말았다.

눈앞의 이환이라는 남자, 아니, 남자의 형태로 강림한 신사조성은 언제나 표정이 없고 냉막한 기세다.

죽음의 신이라서 그런지 호의와 온기라고는 찾아볼 수가 없었다.

그런데 그런 냉혈신(冷血神)의 입에서 도와준다는 말이 나왔다.

풍적소는 자신의 귀를 의심할 수밖에 없었다.

이환은 차분히, 그리고 또박또박하게 말했다.

"내가 너를 도와주지. 형제들을 빨리 찾을 수 있게."

풍적소는 호의를 평면적으로 받아들이지 않았다. 그는 이어질 말을 기다렸고, 이환은 그의 기대를 충족시켰다.

"나는 그가 필요해."

"…설마 장가촌 인근에 진법을 설치할 생각이십니까?"

풍적소의 목소리가 조금 떨렸다.

그 떨림은 불신과 당혹으로 채워져 있었다.

이환이 그를 바라보며 되물었다.

"안 될 이유는?"

진법. 영화나 소설에 나오는, 공간을 왜곡하고 시야를 흐리게 하는 기술이다.

그동안의 자료 검토가 이환의 지식을 풍족하게 만들었다. 상상력도 조금은 풍부해졌다. 그는 진법이라면 장가촌을 외부로부터 보호할 수 있다고 판단했다.

풍적소는 난색하며 고개를 저었다.

"너무 큽니다. 건물 한 채라면 몰라도 마을 전체를 진식 안에 넣겠다니……."

"문제는 역량이지. 치천세가 할 수 있기를 기대하겠어."

풍적소는 문득 상상했다.

만약 자신의 의형이 진법 구축에 실패한다면?

'찬밥 신세가 되겠군, 아주 차가운.'

그는 의형의 이름을 거론한 사실을 후회했다.

하지만 그렇다고 시간을 돌릴 수도 없는 일. 마음으로나마 의형의 진법학이 이환의 마음에 들 정도로 뛰어나기를 바랄 수밖에 없었다.

풍적소는 이환에게 자신한 만큼 의형의 실력을 믿었다. 넷째 의형의 진법학은 비범한 구석이 충분했다.

눈앞에 땀을 뻘뻘 흘리는 의형의 모습이 선명하게 보여서 문제였지만.

*   *   *

"아직 멀었나?"

"아, 아닙니다!"

따분한 목소리에 화들짝 놀라는, 하지만 고분고분한 음성이 뒤를 이었다.

자신의 뒤에 고개를 조아리고 있는 관인의 기척을 느끼며 풍적소는 격세지감을 느꼈다.

어제의 적은 오늘의 시종이다.

"여기 대령했나이다."

지현은 투실하게 살찐 손을 덜덜 떨며 백옥(白玉)으로 만든 호패를 내밀었다.

이환은 백옥 호패를 받아 들고 가만히 만지작거렸다.

'신 사칭에 주민등록 위조라……'

지금 품에 넣은 호패는 현대의 주민등록증과 같은 용도였다. 패 앞에 이름을 적고, 뒤에 태어난 일시와 고향을 기록하는 것이다.

보통은 나무를 이용하는데, 지현은 특별히 고급품으로 호족들이나 쓰는 옥을 이용해서 호패를 만들어줬다. 다분히 아부성이 강한 접대였다.

지현은 이어 풍적소에게도 호패를 건넸다.

이환의 호패가 위조라면 풍적소는 변조였다. 산동팔괴 풍적소는 금군의 수배령이 내려진 이름이었기 때문이다.

"고맙군. 오늘 일은 잊지 않지."

"어이쿠, 별말씀을……. 귀하신 분을 돕게 된 소인의 영광입니다."

"살펴 가시지요!"

이환은 등을 돌렸다.

펄럭!

전신을 감싼 검정색 피풍의(바람막이 망토)가 맹수의 꼬리처럼 끝을 흔들었다.

현대 양식의 정장 복식을 감추기 위한 방법으로 선택한 피풍의지만, 흑색 정장과 흑색 피풍의로 인한 전체적인 흑일색(黑一色)은 그와 무척이나 잘 어울렸다.

“가자, 장오(張五).”

“네.”

장오는 풍적소의 호패에 기록된 가명이다.

흔한 성씨인 장에, 형제들과의 서열을 넣은 이름이었다.

두 사람은 호들갑스러운 지현의 배웅을 받으며 관청 앞으로 나왔다.

“이제부터 나는 지방 호족의 장남이며, 너는 내 호위무사다. 앞으로 이 공자라고 부르도록.”

풍적소가 고개를 끄덕였다.

“알겠습니다, 이 공자님.”

얼떨결에 수하가 됐지만 다행이라고 생각했다. 의형제나 친구 사이 같은 상황이 된다면 그보다 어색한 일은 없을 테니까.

그때, 익숙한 외모의 여인이 그들에게 다가왔다.

풍적소는 눈을 크게 떴다.

그는 시장에서 구입한 싸구려 장검으로 손을 가져갔다.

하지만 이환이 먼저 여인에게 다가갔다.

“일은?”

면사로 얼굴을 가린 여인이 작게 고개를 끄덕였다.

그녀의 모습은 영락없는 독심갈요였다.

하지만 그녀는 죽었다.

면사여인이 면사를 한쪽으로 치웠다.

희 부인의 얼굴이 드러났다.

풍적소는 그제야 검으로 간 손을 내렸다.

"분부대로 보냈습니다."

"의심하지는 않았나?"

"전서방(傳書幇)의 점원이 약간 관심을 보였지만 그저 추파일 뿐이었습니다. 사매는 예전부터 밖에서는 면사를 벗지 않았으니 설사 제 얼굴을 봤다고 해도 구분하지는 못할 것입니다."

"전서가 도착하면 얼마의 시간을 벌 수 있지?"

"문규가 변하지 않았다면 석 달입니다. 삼 개월이 지나도 추후 연락이 없다면 추적자가 붙겠지요."

이환은 고개를 끄덕였다.

삼 개월.

그 안에 산동팔괴의 요설 치천세를 데려와야 한다.

진법을 설치해 장가촌을 세상으로부터 숨길 것이다.

누구도 쉽게 찾아들지 못하도록.

문득 희 부인이 한숨을 내쉬었다.

조금 전 그녀가 전서방에 의뢰한 전서를 생각하니 가슴이

답답해진 것이다. 죽은 사람은 살아 있다고 적고, 쓴 사람은 이미 죽었으니 마음이 울적해진 것이다.

"후회하나?"

문득 이환이 물었다.

희 부인은 눈썹을 파르르 떨더니 대답했다.

"일부종사를 운운할 정도로 대단한 족속은 아니지만, 다음 생이 있다면 그때도 같은 지아비를 섬기고 싶습니다. 다만… 저 때문에 지아비가 죽고 대사형이 죽었으며, 이제는 사매까지 생을 멎었습니다. 저 하나의 행복 때문에……. 차라리 지아비를 만나기 전에 강호의 풍진 속에서 정없이 죽었더라면……."

"그건 쓸모없는 후회일 뿐이지."

이환은 희 부인을 응시했다.

"죽고 싶지 않으면 피하면 된다. 가장 현명하지. 하지만 피할 수 없다면 죽기 전에 죽이는 게 옳다. 뒤에 '차라리' 라고 중얼거리는 것도 살고 나서야 하는 짓이니까."

"……."

희 부인은 짙은 한숨만을 내쉬었다.

이환은 풍적소를 돌아봤다.

"움직일 때가 됐군."

풍적소는 고개를 끄덕이며 걸음을 옮겼다.

이환은 희 부인을 가볍게 응시한 다음 풍적소의 곁으로 다가갔다.

　두 사람은 멀어져 갔고, 혼자 남은 희 부인은 세 방울의 눈물을 흘렸다. 그리고 사랑스러운 아들이 있는 집으로 걷기 시작했다.

　그녀의 과거가 어쨌는지 몰라도 운비의 미래는 이제 시작이다. 어머니는 응당 그것을 지켜볼 자격이 있었다.

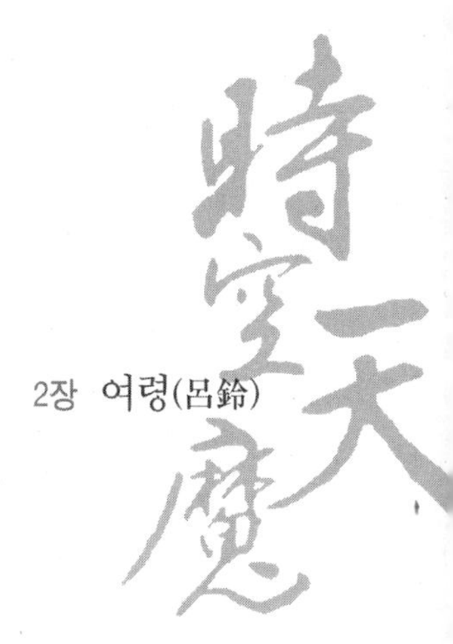

2장 여령(呂鈴)

"이거 죄송하게 되었습니다. 다른 마방을 방문해 보시죠."

"여기가 마지막이오. 마방에 말이 없다니, 대체 이게 무슨 일이오?"

마방(馬房)이란 말 그대로 말[馬]을 파는 곳이다.

자동차나 버스가 있을 리가 없는 과거에 주요 이동 수단은 역시 말이었다.

이환과 풍적소가 희 부인과 헤어지고 찾은 곳도 바로 마방이다.

하지만 마방마다 말이 없었다. 누군가 약이라도 올리듯 마구간을 왕창 털어간 것이다.

아니, 있기는 했다.

비루먹고 추레한 하품(下品)의 늙은 말들이.

하지만 그런 녀석들을 탈 바에는 쌩쌩한 두 다리를 믿는 편이 더 편해 보였다.

"어떻게 하시겠습니까?"

"걸어야겠지."

풍적소는 고개를 끄덕였다. 여행 첫날부터 일이 마음대로 풀리지 않으니 기분이 좋지는 않았다.

들판에 깔린 노을과 함께 서서히 저녁이 찾아들었다.

관도 위를 걷던 풍적소가 힐끗 하늘을 쳐다봤다.

"곧 어두워지겠습니다. 내일을 준비해 슬슬 처소를 찾아야겠군요."

풍적소가 씁쓸하게 중얼거렸다.

"그러고 보니 일전에 둘째 형님과도 이 길로 걸었던 기억이 나는군요. 아마 조금만 더 가면 괜찮은 쉼터가 있을 겁니다."

휴노정(休路庭).

"길손들을 위한 무인(無人) 객잔입니다. 누가 관리하는지 모르지만 무척이나 안락하더군요."

말하던 풍적소의 눈매가 가볍게 가늘어졌다.

휴노정 내부에서 흘러나오는 온기와 인기척을 감지한 것
이다.

"이미 선객이 있었군요."

"마방에서부터 이어진 선객이지."

이환의 중얼거림과 동시에 휴노정 뒤편에서 준마의 투레
질 소리가 여러 번 들렸다. 각기 다른 말이 내는 소리였다.

풍적소가 문을 밀고 들어갔다.

내부에는 수십 명의 인부들이 왁자지껄 떠들며 식사를 하
고 있었다.

인부들은 낯선 풍적소의 등장에도 힐끗 눈길도 주지 않았
다. 어차피 여행객들이 하룻밤 신세지는 곳이다. 자신들도 그
런 신세이니 낯설게 볼 이유가 없는 것이다.

풍적소는 일단 주변을 훑어봤다. 그리고 난색을 표했다.

인부들이 몇 없는 탁자를 모두 차지하고 있어서 앉을 곳이
없었다.

그때였다.

"아복 아저씨, 형구 아저씨! 다 먹었으면 올라가서 자빠져
자든지 상품들 좀 챙겨주러 움직여요! 자꾸 그렇게 엿처럼 늘
어져 있으니까 뱃살이 자꾸 나오잖아요!"

"알겠다구!"

"이그, 아가씨는 우리 닦달하려고 행로에 참가한 것 같다
니까."

방울처럼 짤랑거리는 목소리가 풍적소의 근처에 앉아 있던 인부 두 명을 일으켜 세웠다. 덕분에 빈 탁자가 생겼다.

풍적소는 자리를 마련해 준 목소리를 찾아 주변을 두리번거렸다.

"아저씨! 자리 났으면 빨랑 앉지 않고 뭘 해요? 그러다 자리 뺏기면 어쩌려구!"

목소리의 주인은 이층으로 오르는 계단 중간에 서서 난간에 팔꿈치를 괴고 있는 소녀였다.

십대 후반으로 어려 보이는 외모였다.

풍적소는 소녀를 향해 가벼운 포권을 취하고는 탁자로 몸을 옮겼다. 이환은 이미 자리를 잡고 앉아 있었다.

"이곳은 각자 구비한 재료로 식사를 차려야 하는데, 어차피 우리는 건량 위주로 행낭을 꾸렸으니 따로 요리를 할 필요는 없을 것 같습니다."

풍적소가 메고 있던 행낭을 뒤적거리며 말했다. 이환도 한쪽 어깨에 걸친 꾸러미를 탁자에 올려놓았다.

풍적소는 행낭에서 대나무 잎에 싼 떡과 죽통 속에 담은 술을 꺼냈다.

"드시죠."

간단한 식사가 시작됐다.

떡은 밋밋했고 죽통 속에는 싸구려 죽엽청이 들어 있었다.

이환은 술을 즐기는 편이 아니었고, 풍적소도 그랬다. 그래서 두 사람은 목을 축이는 정도로만 술을 마셨다.

"고작 그거 먹어서 되겠어요?"

짤랑짤랑.

경쾌한 방울 소리와 함께 활기찬 목소리가 그들에게 다가왔다. 자리를 만들어준 계단 위의 소녀였다.

소녀는 두툼한 만두 두 개가 놓인 목기(木器) 쟁반을 탁자 위에 내려놓았다.

"식었지만 어차피 뱃속에 들어가면 따듯하게 데워지지 않겠어? 남아서 그러니까 사양하지 말고 먹어요!"

소녀가 문득 코를 토끼처럼 벌렁거렸다

"그런데 이거… 술 냄새가 나는걸? 킁킁!"

코를 씰룩이던 소녀가 죽엽청을 발견했다. 그녀는 사막에서 쥐를 발견한 매의 날카로운 갈퀴질처럼 죽통을 낚아챘다.

"우와! 많이 남았네? 뭐야, 남자 둘이서 이걸 소화 못했어?"

귓가에 대고 죽통을 흔들어보던 소녀가 기뻐하면서도 실망이라는 표정을 지었다.

풍적소가 가볍게 웃었다.

"소생과 공자는 술을 즐기지 않습니다. 이렇게 된 것, 만두와 교환하도록 하지요."

"우와, 정말?! 근데 안 돼. 아저씨들이 말하던데, 난 술만 마시면 완전 개래. 아직 시집도 안 간 처녀가 개처럼 멍멍 짖으면 그게 무슨 추태겠어?”

소녀는 코끝을 찡그리며 고개를 설레설레 저었다.

그러자 옆에서 불쑥 고함이 터졌다.

“안 간 게 아니라 못 간 거지! 누가 취견낭자(醉犬娘子)한테 장가들겠어?”

“와하핫! 그거 정답!”

“뭐엇? 내가 어딜 봐서 시집도 못 가게 생겼어? 아저씨! 나처럼 몸매 좋고 얼굴 괜찮은 여자 봤어? 봤으면 얘기해 봐!”

“왜 없대? 매월이, 춘옥이, 향옥이, 만설이, 백설이……”

“씨이! 걔네들은 선수잖아!”

소녀가 가느다란 허리에 양팔을 가져다 붙였다.

짤랑짤랑!

맑은 방울 소리가 들렸다.

소녀의 팔목에서 들리는 소리였다. 그녀는 팔목에 방울 팔찌를 차고 있었다.

“기루에서 선수들이랑만 노니까 눈이 높아져서 다들 성혼을 못하는 거라고! 길거리 돌아다니면서 좀 풋풋한 애들 좀 꼬셔봐! 거 왜, 복래반점의 홍미 어때?”

“에이, 그 주근깨가 뭐가 예뻐?”

“맞아!”

소녀는 의미심장하게 눈매를 좁혔다.

“흐응, 그러셔? 내가 봐서 아는데, 홍미가 벗겨놓고 보면 아주 허리가 찰지다구. 살결도 보들보들, 난 만지면 때 탈까 봐 걱정까지 했는데?"

"오오, 정말?"

"이야! 그러면 또 말이 다르지! 이제 홍미는 내가 작업한 다!"

"누구 맘대로!"

"야, 넌 미정이 있잖아!"

"갠 안 찰져!"

왁자지껄한 소음이 터져 나왔다.

혈기 왕성한 인부들답게 여자들에 대한 희롱이 대부분이 었다.

"만두 얼겠다. 빨리들 드셔."

보통 소녀 또래의 나이라면 감수성이 풍부해서 구르는 낙 엽이 서로 겹치기만 해도 볼이 빨개지는데, 소녀는 좌중의 분 위기에 전혀 구애받지 않는 것 같았다.

"근데 이쪽 아저씨는 왜 한마디도 없대? 표정도 딱딱하기 만 하구. 돌덩어리야? 살아는 있지?"

풍적소의 얼굴이 난색을 표했다.

소녀가 이환에게 호기심을 보이기 시작한 것이다.

풍적소는 소녀가 잠자는 범의 꼬리를 가지고 노는 것처럼 보였다. 감히 죽음과 삶을 관장하는 흉신(凶神) 사조성에게 농담을 걸다니!

하지만 조마조마한 풍적소의 마음과는 달리, 이환은 소녀를 향해 작은 미소를 지어 보였다. 웃음이라고 해도 입술 끝을 부드럽게 움직인 것에 불과했지만 그것으로도 이환에게서 풍기던 무뚝뚝한 느낌이 조금은 사라졌다.

"고맙게 먹지."

풍적소로는 무척이나 이질적인 광경이었다.

그리고 내심으로는 이환의 본성이 그렇게 차갑고 딱딱하지만은 않다고 생각하며 다행이라고 여겼다. 이런 유(柔)한 부분도 있어야 앞으로의 여행이 조금은 편할 테니까.

문득 소녀의 볼이 붉어졌다.

"헤, 웃으니까 인상이 달라져 보이네. 아저씨 이름이 뭐야? 난 여령(呂鈴)!"

그녀는 이름을 말하며 팔목의 방울 팔찌를 가볍게 흔들어 보였다.

"이환."

"에헤, 이름이 나랑 똑같이 외자네. 령과 환이라! 이거 인연인걸?"

"우우!"

"여 아가씨가 남자 꼬신다!"

"이보슈, 젊은 공자. 넘어가지 말라구! 하긴 눈이 있으면……."

여령이 팩 고개를 돌렸다.

“좀 조용히!”

눈썹을 치켜든 채 뾰족하게 일갈을 지르고는 다시 두 사람을 향해 방실방실 웃어 보였다.

“이쪽 아저씨는 이름이 뭐야? 형제는 아닐 테구.”

“본인은 장오라고 합니다. 공자님의 호위무사입니다.”

“우와, 그럼 막 무공도 쓰겠네?”

“변변찮은 실력이라 그저 수발이나 들 정도지요.”

여령은 흥미로운 눈으로 풍적소를 바라보다가 고개를 끄덕였다.

“뭐 변변찮은 실력이라도 있어서 다행이네.”

그 어투가 미묘했다.

풍적소가 놓치지 않고 물었다.

“무슨 뜻입니까?”

여령이 방긋 웃었다.

“우리가 좀 공격당하고 있거든.”

내용에 비해 무척이나 명랑한 음성이다. 마치 동네 친구가 놀러 온다는 투였다.

풍적소가 눈을 좁혔다.

“상세히 부탁드리겠습니다.”

여령은 진지한 풍적소의 반응에 어색하게 머리를 긁었다. 짤랑거리는 방울 소리와 함께 그녀의 음성이 흘러나왔다.

“그게, 우리 가게 옆에 새 가게가 생겼는데 아무래도 우리를 눈엣가시로 보는 것 같아. 우리가 일 나올 때마다 훼방을 놓기 시작하더라고. 곽 아저씨, 이번에는 몇 번이었지?"

"어디 보자. 두 번째로군요."

"가게에서 사흘 전에 나왔는데 두 번이나 습격을 당했어. 장사는 안 하고 우리 훼방만 놓나 봐."

여령이 어깨를 으쓱했다.

풍적소는 조금 곤란해졌다. 아무리 여령이 대수롭지 않게 말한다고 해도 분명히 번거로운 일이었다. 만약 이쪽으로 불똥이 튄다면 귀찮은 일을 겪게 될 터였다.

그는 아무래도 노숙을 하는 게 어떠냐고 질문하려다가, 자신의 맞은편에 앉은 사람이 누군지 새삼 깨닫고는 생각을 삼켰다.

'우리는 귀찮겠지만 반대 입장에서는 사신(死神)을 만난 셈이로군.'

여령이 그의 속마음을 모르고 괜히 위로를 했다.

"괜찮아! 너무 걱정하지 마! 그놈들이 아무리 훼방을 놔도 우리는 이제까지 한 명도 안 죽었다구. 아저씨들한테 문제 생기는 일 없을 테니까 신경 안 써도 돼!"

여령은 찡긋 눈을 깜빡였다.

"그래도 혹시 밤에 신음 소리 들리면 훔쳐볼 생각은 하지 마. 그 광경이 너무 뜨거워서 엉덩이가 얼얼해질지도 모르거든."

“푸하하하!”

“아가씨가 못하는 말이 없다니까!”

“뭐? 교 아저씨, 오늘 동전 좀 주워볼래?”

“어이쿠, 됐습니다!”

여령이 건들거리며 포권을 했다.

“아무튼 그럼 맛있는 저녁 드시라구. 난 이만.”

풍적소가 응대했다.

“호의에 감사드립니다, 여 소저.”

빙긋 웃으며 신형을 돌린 여령이 인부들이 모여 있는 곳으로 득달같이 달려갔다.

“아까 나 비웃었지? 뭐? 눈이 있으면 뭐가 어째?”

“으악, 호박이 굴러온다!”

“넝쿨도 있는걸!”

“얍! 정의의 이름으로 처단해 주겠어!”

“엄마야, 나 살려!”

여령과 인부들이 아웅다웅하며 웃고 떠들기 시작했다.

그녀와 인부들의 나이 차이가 적어도 오 년에서 십 년을 넘고, 지위의 격차도 분명할진대 마치 아이들의 골목 싸움처럼 즐겁기만 했다.

그 모습을 지켜보던 풍적소가 자신도 모르게 입가에 미소를 띠며 만두를 집어 들었다.

“재미있는 소녀로군요. 하지만 상인들의 싸움은 무림만큼

치열하다고 하던데, 활달한 성격으로 버틸 수 있을지 걱정입
니다."
　이환은 고개를 저었다.
　"그녀는 뛰어나."
　병법에는 두 가지 지휘가 있다.
　군(軍)의 지휘와 인(人)의 지휘가 바로 그것이다.
　군의 지휘는 난전에서 빛을 발하고, 인의 지휘는 위기에서
빛을 발한다.
　엄격히 통제되는 군기는 철저한 명령으로 혼란을 타파할
것이고, 부드럽고 자유로운 군기는 끈끈한 우정으로 단결하
여 어려운 순간을 타파하기 때문이다.
　지금 여령의 모습이 바로 인의 지휘였다.
　비록 웃고 떠들며 상명하복에 가까운 모습들을 보이고 있
지만, 위기 앞에서는 어느 조직보다 단단한 결집체가 되어 하
나로 뭉칠 거라는 것을 이환은 알 수 있었다.
　'최 대장님……'
　문득 이환은 한 사람을 떠올렸다.
　그는 인류보호군 특수제거부대의 전(前) 대장이었다.
　텁수룩한 수염이 고슴도치처럼 뽀족했던 털보.
　웃음을 달고 살아 보살대장이라고 놀림받았던 군인.
　낙오된 한 명의 부하를 살리기 위해 스스로 로봇의 먹잇감
이 되는 것에 일말의 망설임도 보이지 않았던 남자.

기계를 증오해서가 아닌, 사람을 살리기 위해 격전의 삶을 불태웠던 위대한 군인.

이환은 죽통으로 손을 뻗었다.

'당신이 남긴 것은 싸구려 군번줄과 낡은 수통만이 아닙니다. 당신이 아니었다면 저는 지금 살아 있지 못할 테니까요.'

차가운 죽엽청이 뜨겁게 넘어갔다.

'최 대장님, 당신은 제가 아는 최고의 군인이며 남자입니다.'

저녁이 깊어져 밤이 되었다.

부엉이 우는 소리와 밤 고양이의 울음소리만이 가끔씩 불 꺼진 방 안의 정적을 흩어놓았다.

이환은 깨어 있었다.

곁에서 들리는 시끄러운 잠꼬대와 코골이 때문은 아니었다.

잠이 오지 않았다. 이 불면증은 단전이라고 믿어 의심치 않는 복부의 진기 형성을 이룬 뒤부터 더욱 심해졌다.

이제는 하루에 잠자는 시간이 삼십 분도 채 되지 않았다.

잠을 자지 않으면 피곤할 법도 한데 전혀 그렇지 않았다.

단전에 정신을 집중하고 천마신공의 법문을 외우면 단전에서 고장난 수도꼭지에서 물이 쏟아지듯 활기가 마르지 않고 샘솟았다.

요즘에는 잠을 자는 것보다 도리어 깬 채로 조식(調息)을 하는 쪽이 훨씬 개운했다.

그때, 눈을 감고 내면의 세계에 몰두해 있던 이환의 왼쪽 귓가로 작은 속삭임이 들려왔다.

—이환님, 거점을 향해 30명의 남성들이 접근하고 있습니다. 매우 빠른 속도이며, 약 21분 뒤 도착 예정입니다.

귓가에 꽂은 통신기를 통해 무궁화의 보고가 이루어졌다.

세상 어디를 가든 위성은 이환과 함께 움직인다.

이환은 별다른 움직임 없이 계속 누워 있었다.

이것은 여령의 일이다. 두려워 떨거나 전전긍긍했다면 달라졌을지 모르겠지만 그녀에게는 당찬 자신감이 있었다.

그는 지금처럼 내관(內觀)에만 몰두하면 되는 것이다.

—접근 완료.

이환은 눈을 떴다.

왼쪽 눈이 순간적으로 파랗게 빛났다.

"이환님."

어느새 옆 침상의 풍적소가 은밀히 그에게 다가왔다. 이층은 넓은 방에 침상을 적당한 거리로 떨어뜨려 놓은 일체형 공간이었다.

주변의 침상에서는 인부들이 몸을 늘어뜨리고 자고 있었다.

“밖에서 살기(殺氣)가 느껴집니다. 아무래도 여 소저가 말하던 습격자들 같습니다.”

그의 목소리에 가벼운 긴장감이 느껴졌다.

이환은 내심 그의 무공경(武功境)에 감탄했다.

자신은 위성의 도움으로 대낮처럼 보고 있다지만, 풍적소는 아니었다. 그는 순수한 자신의 내공기감(內功氣感)으로 외부의 인기척을 감지해 낸 것이다.

이환은 렌즈로 전송되는 침입자들의 모습을 관찰했다.

“삼십 명. 병기 소지 수준은 칼과 표창 여러 개로군.”

“고전이 예상되는군요.”

여령을 포함한 인부들의 숫자가 열다섯 명이다.

완벽히 곱절의 차이였다.

“침입이다!”

그때, 아래층에서 걸걸한 고함이 터져 나왔다.

“아구구구!”

“이런 개자식들! 오려면 대낮에 오든가, 사람 잠도 못 자게 만드네!”

“저놈의 자식들, 이번에는 다리를 부러뜨려 주마! 가운데 다리는 확 뽑아버릴 거야!”

고함 소리를 듣고 인부들이 하나둘씩 일어나기 시작했다. 그들은 침상 머리에 걸어둔 옷을 걸치고 성난 황소처럼 걸어 나갔다.

풍적소는 그들의 뒷모습을 쳐다봤다.

다들 건장하기는 했지만 무공을 익힌 흔적이 없는 평범한 사내들이었다. 수(數)의 열세를 어떻게 극복할지 궁금했다.

“내려가 보시지 않겠습니까?”

“여기서도 충분해.”

“소생은 아래로 내려가 보겠습니다.”

이환의 대답에 풍적소가 아래층으로 걸음을 옮겼다. 속으로는 무불통지(無不通知)의 신은 과연 다르다고 새삼 느끼면서.

풍적소가 내려가고, 이환은 누운 채 허공을 응시했다.

왼쪽 눈의 렌즈를 통해 모든 것이 일목요연하게 비춰지기 시작했다.

혼잡한 공간 사이로 여령의 모습이 보였다. 그녀는 주방에서 면을 뽑을 때 쓰는 밀대를 들고 침입자들에게 달려들고 있었다.

고삐 풀린 망아지를 보는 것 같았다.

‘성격처럼 왈가닥이군.’

그는 계속 여령을 주시했다. 그녀가 지니고 있던 당당함의 정체가 궁금했다.

과연 얼마 지나지 않아 이환은 그 정체를 파악할 수 있었다.

‘모두 그녀와 대적하는 것을 꺼려하고 있다.’

습격자들은 여령이 덤비면 은근슬쩍 뒤로 빠지며 몸을 사렸다. 마치 그녀가 대단한 무장(武將)이라도 되는 것처럼 단 한 번도 반격하지 않는 것이다.

여령도 이 사실을 알고 있었다. 그래서 더욱 뿔난 망아지처럼 앞뒤 가리지 않고 달려들었다.

"헥헥! 아저씨들은 뒤뜰로 가! 이놈들은 내가 철벽같이 막아내고 있으니까! 에구, 힘들어!"

"그럼 수고해!"

"이참에 땀을 쪽 빼서 가냘프게 만들어봐! 만약의 준비도 해야 하지 않겠어?"

여령이 신경질적으로 고함을 질렀다.

"시끄러! 대체 도움이 안 돼! 헥헥! 힘드니까 말시키지 말구 빨리 좀 움직여!"

"분부 받들겠나이다."

"이러다 우리한테까지 달려들 거 같아. 빨리 가자구."

인부들은 입으로는 여유있게 농을 주고받았지만 그들의 발걸음은 무척이나 조급했다. 이번 행로에는 이문과 신용만이 걸린 것이 아니었기 때문이다.

"어딜!"

인부들을 제지하기 위해 습격자들이 신형을 옮겼지만, 여령이 그들을 놓치지 않고 진로를 막아섰다.

여령이 빙긋 웃었다.

"가려면 나부터 밟고 가야 할걸, 아저씨들?"

습격자들은 서로를 힐끗 쳐다봤다.

마음 같아서야 단숨에 후려갈기고 싶지만 그랬다가는 추후에 무슨 소리를 듣게 될지 몰랐다. 하지만 핏덩이 같은 계집아이 하나 때문에 멍청하게 서 있을 수도 없는 노릇이다.

그들이 우물쭈물하고 있는데, 장내로 한 명의 습격자가 들어왔다. 그도 복면을 쓰고 있었지만 드러난 머리카락은 백발로 흰머리가 성성했다.

"쯧쯧, 둔한 놈들. 고작 계집 하나가 걸려서 쩔쩔매다니."

백발인은 우두커니 서 있는 습격자들을 향해 쓴소리를 내뱉더니 단숨에 여령을 향해 달려들었다.

"어어?"

여령이 당황하며 양팔을 허둥거렸다.

하지만 잔영이 희끗해 보인 순간, 여령은 순식간에 사지가 뻣뻣하게 굳어서 눈동자만 도록도록 굴릴 수밖에 없었다. 마혈이 짚인 것이다.

"계집이 암내를 풍기면 그 집안이 망한다고 하지. 쯧쯧."

그녀의 마혈을 짚었던 백발의 습격자가 복면을 내리며 낮게 중얼거렸다. 복면 아래 드러난 얼굴은 잿빛 수염이 인상적인, 다소 냉막한 표정의 노인이었다.

"둘은 계집을 지키고 나머지는 다른 조(組)를 도와라!"

"알겠습니다!"

노인의 명령에 습격자들이 빠르게 움직였다.

두 명이 여령을 근처의 의자에 앉히는 것을 보며 노인이 느릿한 걸음으로 뒷문으로 향했다.

"푼돈이나 벌자고 이런 같잖은 일을 맡다니, 남들이 알면 부끄러울 일이다."

중얼거린 노인의 음성에는 귀찮음이 가득했다.

이 말을 통해서 이환은 노인이 지금 다른 습격자들을 지휘하고 있지만, 그들과는 소속이 다르다는 것을 알 수 있었다.

그는 용병이다.

이환은 여령을 관찰했다.

눈빛이 살아 있고 눈동자가 빠르게 돌아가는 걸로 봐서 몸이 마비된 것 외에 다른 문제는 없어 보였다.

이환은 풍적소로 초점을 이동했다.

그는 뒤뜰에 있었고, 혼란한 싸움터를 발군의 실력으로 휩쓸고 있었다.

그가 들고 있는 마른 장작에 격타당하면 모두 몇 년은 앓은 사람처럼 바닥을 뒹굴며 끙끙거렸다.

그때, 잿빛 수염의 노인이 나타났다.

풍적소와 노인은 서로를 응시했다.

고수는 고수를 아는 법이다.

그리고 하수도 고수를 안다.

혼란했던 장내가 조용히 가라앉았다.

인부와 습격자들은 각각 풍적소와 노인의 곁으로 자리를 옮겼다. 그들 무리의 중간으로 공터가 만들어졌다.

풍적소가 먼저 걸어나갔고, 노인이 뒤따랐다.

노인이 날카로운 눈으로 풍적소를 훑었다.

"여가(呂家) 놈의 조력자냐?"

"그저 하룻밤 같은 하늘을 이게 된 길손일 뿐이오."

"그렇다면 빠져라. 이것은 국외자가 참여할 일이 아니다."

"국외자이기는 하지만 정내자(庭內者)이기도 하오. 게다가 여 소저께서 먼저 선의를 베풀었는데, 선의를 묵시(默視)로 갚는다면 이 어찌 부끄러운 일이 아니겠소? 또 이렇게 시끄러워서야 잠이나 제대로 잘 수 있겠소?"

노인은 풍적소를 바라보며 짧게 중얼거렸다.

"달변이 청산유수 같구나. 협객연(俠客然)하는 놈만큼이나 내가 싫어하는 부류도 없지. 너는 오늘 운이 없다고 생각해라. 벽촌에서 사신을 만나게 되었으니 말이다."

"하하!"

풍적소는 자신도 모르게 웃고 말았다.

노인이 살의가 번들거리는 눈으로 풍적소를 쏘아봤다.

"놈! 뭐가 그렇게 우습더냐?"

"사신이라……. 아무것도 아니오. 하하!"

지금 누가 할 말을 대신 지껄이는지 모르겠군.

진짜 사신은 저기 누워서 나른한 표정을 짓고 있지.

이런 풍적소의 생각을 알 리 없는 노인은 자신보다 절반은 어린 후배에게 모욕당했다고 생각하고 격노로 잿빛 수염을 파르르 떨었다.

"건방진 놈!"

펄럭!

노인이 소매를 흔들었다.

긴 소매 아래 숨어 있던 그의 양수가 모습을 보였다.

노인의 양수는 뼈대에 가죽만 붙여놓은 듯 추레한 모습이 었는데, 흑색으로 물든 손끝이 귀신의 그것처럼 흉측했다.

풍적소는 노인의 새카만 손톱을 보고 안색이 변했다.

"노인장의 성이 혹시 하(何)가 아니오?"

자신을 알아보고 조심스럽게 물어보는 풍적소의 어투에 노인은 짐짓 자신만만한 웃음을 지었다. 살기가 진득거렸다.

"애송아, 내 성을 알았다면 내가 얼마나 무서운 사람인지 이제 깨달았겠지? 하지만 후회해 봤자 늦은 일이다. 원망하 려면 네놈의 가소로운 협의(俠義)를 원망하도록 하려무나."

풍적소는 고개를 저었다.

"아니, 본인은 오히려 뿌듯하오. 만약 타인의 일이라고 묵 시하고 외면했더라면 어떻게 흑살귀조(黑殺鬼爪) 하 노인을 만날 수 있었겠소?"

"나를 만나고 싶었나? 죽을 길을 찾고 있었나 보군!"

"만나고 싶었소. 삼 년 전, 읍도현(邑倒懸)의 혈사를 기억하오?"

"읍도현?"

노인의 눈매가 가늘게 좁혀졌다.

남은 세월보다 지나온 세월이 훨씬 많은 그에게, 삼 년이나 지난 과거를 바로 어제 일처럼 기억하기란 무척 힘든 일이었다.

하지만 노인은 이내 읍도현의 일을 떠올렸다. 그 일은 혈사라고 불릴 만큼 노인의 삶에서도 무척이나 피비린내가 짙은 일이었기 때문이다.

"그래, 기억나는군. 일전에 촌무지렁이 몇을 처리한 일이 있지. 그곳이 읍도현이었나?"

"읍도현의 만곡리라는 마을이었소. 당신은 그때 이십 명을 죽였고, 그 속에는 돌도 지나지 않은 아이까지 포함되어 있었소."

풍적소의 음성이 진지해졌다.

노인은 얼굴을 굳히는 풍적소를 바라보며 비릿하게 웃었다.

"그게 어쨌다는 거냐? 세상에 태어나서 죽는 것은 당연한 이치이고, 강한 자에게 죽는 것은 더욱 당연한 이치인데."

풍적소는 고개를 끄덕였다.

"내가 오늘 당신을 단죄하는 것도 당연한 이치일 것이오."

"건방진 놈!"

노인의 눈에서 안광이 폭사했다.

그는 늙었지만 잔인한 야수였다. 신형을 번쩍 날리며 풍적소를 향해 달려들었다.

풍적소는 수중의 마른 장작을 노인에게 던졌다.

피융!

매서운 소리를 내며 장작이 쏘아졌다.

"흥! 가소로운 짓은 치워라!"

노인이 손끝을 뾰족하게 세우고 늑대가 살점을 할퀴듯 매섭게 장작을 후려쳤다.

퍼엉!

커다란 소리가 터지고, 장작은 말 그대로 장작처럼 쪼개져 산산이 흩어졌다.

그 틈에 풍적소가 품 안에서 부채를 꺼내 들었다.

독문병기인 봉화접선이 아니라 저잣거리에서 동전 몇 푼으로 구입할 수 있는 싸구려 나무 부채였다.

"네놈 입담만큼이나 같잖은 무기를 쓰는구나!"

풍적소의 지척에 도착한 노인이 날카롭게 외치며 검게 물든 손톱을 내밀었다.

풍적소는 노인의 양수에서 매스꺼운 냄새가 풍긴다고 생각하며 약간의 거리를 벌렸다. 그것은 옳은 행동이었다.

노인의 손끝에 모인 흑살조법은 강한 독성을 지니고 있기 때문에 가까이서 냄새만 맡는 것으로도 중독되기 때문이었다.

휘익! 휘익!

손톱이 바람을 가르는 소리가 섬뜩하게 울려 퍼졌다.

그 속에는 독향(毒香)이 숨어서 풍적소에게 흘러들었다.

풍적소는 나무 부채를 펼쳐 벌레를 쫓듯 휘둘렀다. 독향이 역풍을 타고 노인에게 되돌아갔다.

노인은 숨을 뱉어 독향을 흩어냈으며, 그 틈에 풍적소가 나무 부채를 접어서 송곳처럼 찔러 들어갔다.

쉬익!

노인은 다급히 신형을 뒤로 옮겼다. 아슬아슬하게 부채가 살갗만을 스쳤다. 피부가 얼얼해지고 금방 벌겋게 부어올랐다.

"제법이로구나."

노인은 목을 만지며 흐트러짐없이 서 있는 풍적소를 응시했다.

"네놈 같은 놈이 강호에 이름이 없다면 무림의 눈깔들이 모두 눈이 썩었다는 소리겠지. 외호를 밝혀라!"

"원한다면 단지객(斷指客)이라고 해두겠소."

풍적소가 빙긋 웃었다.

노인은 분노에 너털웃음을 터뜨렸다.

단지객, 손가락을 자르는 사람이란 자신의 장기인 흑살조법을 무너뜨리겠다는 비유였다. 이름도 모를 후배에게 농락

당했다고 생각하자 노인은 열이 올라 눈앞이 핑핑 돌았다.

"오냐, 네 손가락을 내가 잘근잘근 씹어주마!"

일갈대성과 함께 노인이 공격을 재개했다.

분노로 힘은 가득했고, 연륜으로 초식은 기묘했다.

풍적소는 나무 부채로 공방을 일체화하여 합(合)을 겨루기 시작했다.

시간이 점점 흐를수록 풍적소의 이마로 굵은 땀방울이 맺혔다.

'으음! 세월에 육신은 늙어가도 공력은 훨씬 진일보했구나. 흑살조법도 소문과는 달리 무척이나 강력하다!'

노인은 득의의 미소를 지었다.

'네놈이 아무리 용을 써도 내 극성에 오른 흑살조법을 이길 수는 없을 게다!'

늙은 생강이 더 맵다는 속담이 있다.

풍적소는 입술을 깨물었다. 자신만으로는 흑살귀조를 제압할 수 없음을 깨달은 것이다.

전세는 서서히 노인에게로 기울고 있었다.

그때였다.

인부와 습격자들이 서로 패를 갈라 풍적소와 노인의 대결을 관전하고 있을 그때, 휴노정의 뒷문을 통해 두 명의 남녀가 걸어나왔다.

여령이 인부들을 보며 황당하다는 듯 중얼거렸다.

"아니, 이 아저씨들이 사람이 싸우고 있는데 도와주지는 못할망정 멍청하게 구경이나 하고 있어? 이게 무슨 소싸움이야?"

이환은 풍적소를 향해 걸어갔다.

저벅저벅.

군화란 제법 무거운 소리를 낸다.

저벅거리는 발소리가 장내의 시선을 사로잡았다.

피풍의 아래로 광택 없는 군화 끝이 언뜻언뜻 모습을 보였다.

"장오, 네가 여기서 싸우고 있을 이유가 있나?"

느릿하게 입술을 벌린 이환의 입에서 지루함이 머문 음성이 흘러나왔다.

풍적소는 흑살귀조의 무자비한 살육과 그로 인해 희생된 촌사람들에 대해 말하려 했지만, 치열한 접전 속에 따로 입술을 벌릴 여유는 없었고, 생각해 보니 할 말도 없었다.

사조성 앞에 희생은 무슨 말이며 단죄란 무슨 말인가.

무자비하고 무정하기로 따지면 죽음의 신보다 더한 존재가 있던가?

그는 그저 쓴웃음만 지을 수밖에 없었다.

이환은 물끄러미 노인을 응시했다.

풍적소와의 대결에서 이제 완벽한 우위를 점하려는 찰나에 나타난 흑의(黑衣) 일색의 사내를 보며 노인은 어쩐지 기분이 나빠졌다.

'어쨌거나 이 버르장머리없는 놈이 끝나면 다음에는 네 차례다!'

노인은 풍적소를 향한 최후 절초를 준비했다.

그 순간, 이환이 두 사람의 사이로 걸어 들어왔다.

풍적소로는 노인의 공세에서 벗어날 수 있는 방호벽을 얻은 셈이었고, 노인으로는 풍적소를 놓치게 된 상황이 되었다.

노인이 분노하며 최후 절초의 과녁을 풍적소가 아닌 이환에게로 옮겼다.

과거에도 강했고, 지금은 그보다 훨씬 강해진 흑살조력이 이환에게 쏟아졌다.

머리 위로 경력이 쏟아지는데도 이환은 가만히 서서 움직이지 않았다. 그저 두 사람 사이에 우두커니 서 있기만 했다.

"죽……!"

노인은 죽어, 혹은 죽어라, 라고 외치려 했을 것이다.

그 순간, 이환의 늘어뜨린 한쪽 손이 움직이지만 않았더라도.

쿵!

노인이 쓰러졌다.

그리고 그걸로 끝이었다.

노인은 영원히 뒷말을 이을 수 없게 되었다.

외마디 한 단어가 끝이었고, 단지 '죽' 이라는 단어가 그의 유언의 전부였다.

이환은 바닥에 쓰러진 노인의 시체를 바라봤다. 자책감이나 후회는 없다. 그저 진흙을 밟은 구두를 바라보는 그런 눈빛이다.

그는 치열한 삶을 살던 군인.

사람을 죽여본 것은 처음이 아니다.

분명히 그의 적은 기계였지만, 그 반대인 사람도 있었다.

기계에 빌붙으며 나사와 고무의 노예가 되어버린 족속들.

이환은 그들이 인간이기를 포기했다고 생각했고, 그에 걸맞게 대했다.

발치에 널브러진 모양과 중량은 달랐지만 단지 그것뿐이었다. 고철이 남건 재가 남건 삶에 도움은 되지 않으니까.

죽이지 않으면 죽는다.

유용하다면 유용할 때까지 사용해라.

전장에서 얻은 교훈은 언제까지나 이환을 따라다닐 것이고, 무척이나 유용하고 진실되게 자신의 의미를 증명할 것이다.

바로 지금처럼.

이환은 풍적소를 바라봤다.

"승부에 난입한 건 미안하군. 하지만 이런 사소한 일 때문에 앞으로의 진행에 문제가 생긴다면 무척 성가실 테지."

풍적소는 쓴웃음으로 포권했다.

"명심하겠습니다."

이환은 이어 넋이 나간 눈빛을 하고 있는 습격자들에게로 시선을 돌렸다.

"가라."

투항하라느니, 반항하면 살려두지 않겠다 따위의 뒷말은 하지 않았다. 저걸로 충분했다.

습격자들은 뒤도 돌아보지 않고 도망쳤다.

"고마워, 아저씨들."

여령이 다가와 포권했다.

짤랑거리며 방울 팔찌가 흔들렸다.

이환은 묵묵히 그녀를 스쳐 지나갔다.

여령이 그의 등을 향해 입술을 삐죽거렸다.

"조금만 다정하면 어디가 덧나?"

그녀는 성격이 활달하고 붙임성이 좋아서 주변의 많은 사람들을 벗으로 삼고 있었다. 그래서 이환과 같이 접근하기 힘든 성격은 상대하기가 무척이나 불만스러웠다.

"공자님은 평소에도 과묵함을 즐기십니다. 여 소저께서도 양해해 주시지요."

"하지만 저렇게 살아서는 인생이 재미가 없다구요."

여령은 풍적소의 말에 투정하듯 중얼거렸지만, 그로 인해 마혈이 짚였던 상황을 모면했고 습격까지 종결되었으니 특별히 투정을 더 부릴 수가 없었다.

그녀는 조금 남은 투정을 인부들에게 돌렸다.

"뭘 구경해? 말들 놀란 거 안 보여? 어서들 움직이라구! 시체들도 좀 치우고, 빨리빨리 움직여, 이 배 나온 아저씨들!"

뾰쪽한 여령의 외침이 인부들을 부지런하게 만들었다.

풍적소는 노인의 시체 앞에 한쪽 무릎을 굽혔다.

'아무리 등 뒤에 있었다고는 하지만 출수흔을 감지하지 못했다. 흑살귀조는 어떻게 죽은 것일까?

그는 엎어진 노인의 시체를 바로 뒤집었다.

그리고 곧 알 수 있었다.

풀어헤쳐진 상의 속에 있었다.

사인(死因)은 명치의 선명한 손자국이다.

풍적소는 손자국 위로 자신의 손가락을 가져다 댔다. 검지가 딱 들어맞았다.

검지로 명치를 찔렀다.

극쾌의 움직임이고, 강력한 힘이 담겨 있었다.

그래서 죽었다.

'지법의 흑살귀조가 일지(一指)에 죽다니, 참으로 공교로운 일이로구나.'

칼로 흥한 자, 칼로 망한다고 했다.

평생토록 남에게 괴로움과 원한을 준 손가락 귀신[鬼爪]이 남의 손가락에 죽었으니 옛 명언은 틀리지 않은 셈이었다.

동은 언제나 같은 시간에 떠올랐다.

새벽 내내 전투의 흔적을 치우고 말을 돌보며 보냈던 인부들은 눈이 붉게 충혈된 채 길을 떠날 채비를 했다.

이환과 풍적소 또한 가벼운 몸을 움직여 휴노정을 나설 준비를 했다.

"아저씨들!"

멀리서 방울 소리가 들리더니 여령이 깡총깡총 뛰어 두 사람에게 다가왔다.

풍적소가 포권했다.

"여 소저, 짧았지만 뜻깊은 시간이었습니다."

"그건 내가 할 말이라구. 장 대협과 이 공자님이 아니었다면 난 못생긴 돼지 자식에게 시집을 가고 말았을 거야. 우웩."

여령이 구역질이 난다는 듯 이마를 찡그렸다.

"시집이라니요?"

"아, 내기를 했거든. 참 재수 떨어지는 내용이야."

여령은 남의 일을 이야기하는 것처럼 손을 설레설레 저었다.

"그보다 먼저 출발하려구? 어디로 가는데?"

"일단은 하가천(河家川)을 들러 고주(高州)로 향할 생각입니다."

여령이 방긋 웃었다.

“저기, 그럼 같이 가지 않을래? 우리 가게가 딱 고주에 있
거든. 이대로 은인을 보낸다면 꿈자리가 뒤숭숭할 거야.”
풍적소는 이환을 쳐다봤다.
의례적인 행동일 뿐 별다른 의미는 없었다.
그의 성격을 알고 있기 때문에 당연히 거절하리라 생각했
기 때문이다.
“그렇게 하지.”
하지만 풍적소의 짐작은 보기 좋게 빗나갔다.
여령이 환하게 웃으며 좋아했다.
“의외로군요.”
“뭐가?”
“이환님의 성격상 번잡한 것은 좋아하지 않을 거라고 생각
했습니다.”
이환은 낮게 웃었다.
“걷는 것보단 말을 타는 쪽이 좋으니까.”

히이잉!
힘찬 말울음 소리와 함께 한 무리의 인마(人馬)가 휴노정을
벗어났다.
선두는 여령이 맡았고, 그 뒤와 좌우로 인부들이 붙었다.
일행의 후미에 이환과 풍적소가 있었다.
여령 일행은 열다섯 명인데 말이 스무 필이다.

다섯 필은 주인이 없었는데 그중 두 필을 이환과 풍적소가 차지한 것이다.

"그럼 가자구! 출발!"

"출발!"

히이이잉……!

힘찬 울음과 함께 스무 필의 준마가 관도를 달리기 시작했다.

이환은 얼굴을 뒤덮는 세찬 바람에 경쾌한 마음이 들었다. 바이크를 타고 산맥을 질주하는 일이 유일한 취미였던 그다.

비록 속도는 바이크의 절반에도 미치지 못하지만 살아 준동하는 생명체를 타고 달리는 것도 나름의 개성적인 느낌이 있었다.

이환은 즐거웠다.

엉덩이가 조금 아프기는 했지만 말이다.

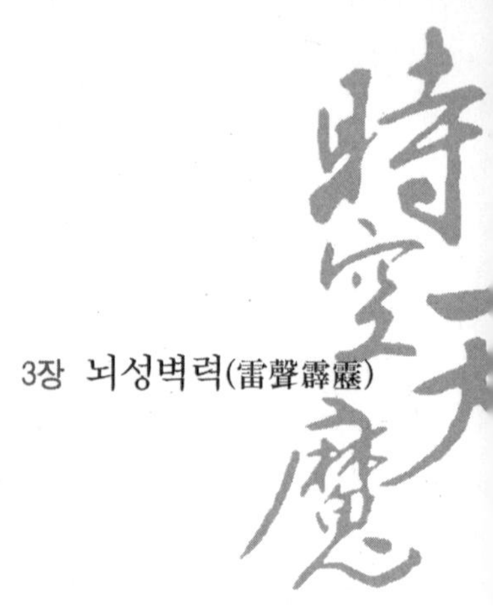

3장 뇌성벽력(雷聲霹靂)

휴노정의 습격을 끝으로 더 이상의 문제는 없었다.

일행은 작은 마을 하가천을 지나 유유히 고주에 진입했다.

고주는 이제껏 이환이 본 마을 중 가장 규모가 컸다. 열린 성문으로 수많은 사람들이 줄을 지어 통과를 기다리고 있었고, 우마가 쉬지도 않고 들락거렸다.

"어이쿠, 여 소저 아닙니까? 이번 행로는 무탈하셨습니까?"

"그럭저럭 나쁘지 않았어요."

성문 위병과 안면이 있는 여령이 히죽 웃으며 몇 마디의 대화를 나눴다. 이환과 풍적소는 인부 사이에 섞여 별다른 검문

없이 성내로 들어왔다.

"자, 집이다, 집!"

성내로 진입한 순간부터 여령은 몸이 달아오른 듯 작은 엉덩이를 자꾸만 안장 위에서 들썩거렸다.

아무리 상가의 재녀라지만 아직은 집이 좋은 소녀였다.

여령의 집은 성내를 크게 가로지르는 동서남북의 사방대로(四方大路) 중 일행이 들어온 서문(西門) 근처에 있었다.

천금상가(千金商家).

높게 걸려 바람에 나부끼는 깃발에는 그렇게 쓰여 있었다.

"아가씨!"

"오셨군요!"

입구를 지키던 위사가 여령과 인부들을 알아보곤 반색했다. 순식간에 천금상가 전체가 웅성거렸다.

"그럼 내가 못 돌아올 줄 알았어?"

여령이 픽 코웃음을 치며 보무도 당당하게 천금상가로 말을 몰았다. 뒤를 따르는 인부들과 함께 말을 탄 그 모습이 전쟁에서 이긴 개선장군처럼 보였다.

여령의 어깨가 으쓱 올라갔다.

상가 마당에는 벌써 많은 사람들이 나와 있었다.

그중에 후덕한 인상의 중년 부부가 환한 얼굴로 여령을 맞이했다.

여령이 급하게 말을 멈추고 폴짝 뛰어내렸다.

"엄마! 아빠!"

그녀는 토끼처럼 뛰어서 중년 부부에게 안겨들었다.

"수고했다!"

"어디 다친 곳은 없니?"

여령은 입술을 삐죽였다.

"엄마는 딸내미가 어디 다쳐서 들어왔으면 좋겠어?"

"얘가!"

풍만한 살집에 온화해 보이는 인상을 가진 중년 부인은 다소 붉어진 눈으로 여령을 꼭 끌어안았다.

후덕해 보이는 인상의 중년인이 헛기침을 가볍게 하며 분위기를 전환했다.

"령아야, 여기 두 분을 그냥 세워둘 셈이냐?"

"아참! 아빠, 여기는 이환 공자님이시구, 여기는 공자님의 호위무사인 장오 대협이세요."

이환은 침묵하며 포권을 취했다. 하지만 정중한 자세여서 무례라고는 누구도 생각하지 않았다.

풍적소는 읍하며 가볍게 고개를 숙였다.

"장오라고 합니다."

중년인도 정중히 답례했다.

"반갑습니다. 나는 령아의 아비 되는 여문송이고, 이쪽은 안사람 됩니다."

여령이 말했다.

“이분들이 빌어먹을 광씨네 개들을 처리해 줬어. 정말 꼼짝없이 당할 뻔했다니까.”

여문송은 후덕한 얼굴을 크게 찌푸렸다.

“령아, 아무리 화가 나도 처자가 그런 상스러운 말을 써서는 안 된다.”

“피! 빌어먹을 놈한테 빌어먹는다고 하는데 뭐가 문제야? 안 그래, 아저씨들?”

“아가씨께서 말씀이 좀 과하시네요.”

“그런 것 같아.”

“헤헤, 주인 어른, 저희는 아무 말도 안 했습니다요.”

인부들이 딴청을 부렸다.

여령은 기가 차서 힘껏 눈을 부라렸다. 사실 이 ‘빌어먹을’은 인부들이 거의 입에 달고 사는 단어였다.

그 외에도 몇몇 단어들이 더 있었지만 꺼내지 않는 쪽이 좋을 것 같았다. 여령은 힘준 눈이 튀어나올 것 같아 소매로 눈가를 비비며 중얼거렸다.

“아무튼 생명의 은인이니까 알아서 모셔, 아빠. 알겠지?”

“걱정 말거라. 이 여문송의 금지옥엽을 보살펴 주셨으니 어찌 허투루 대할까?”

여문송이 호탕하게 웃었다.

“게다가 그 빌어먹을 광가 놈의 수작을 호탕하게 박살 냈으니 이 얼마나 좋은 일이냐? 하하하하!”

"아빠!"

"뭐 어떠냐? 으하하하!"

천금상가에서의 대우는 무척 극진했다.

가주 부부는 너그럽고 옳은 것을 알며, 화목을 최고의 경영으로 삼았다. 이로 인해 일꾼과 시비(侍婢)들까지 공손함을 알았다.

벗을 사귐에 있어 최고의 인품이었다.

여령의 쾌활하며 구김없는 성격 또한 환경의 영향이 지대함을 알 수 있었다.

식사를 마친 이환과 풍적소의 방으로 다기(茶器)를 든 시비와 여령이 들어왔다.

"어때, 우리 장 아저씨의 솜씨가 입맛에 맞았어?"

"무척 맛있었습니다. 음식 때문에라도 천금상가를 잊지 못할 정도입니다."

풍적소가 웃고, 이환은 고개를 끄덕였다.

이환으로서는 과거로 시간 이동을 한 뒤 제대로 먹은 중국요리였다.

물론 장가촌에서 몇 번 식사를 대접받기도 했지만 가난한 촌락의 요리란 최소한의 노력으로 최대한의 배를 채우기 위한 음식일 뿐이니 오늘의 식사야말로 최초로 맛보는 정통 중국식 요리인 것이다.

여령이 히히 웃었다.

"우리 장 아저씨는 과거에 황실 대숙수 사부한테 요리를 배운 몸이라구. 언젠가는 잉어를 튀겼는데, 그 잉어가 자기가 아직 살아 있는 줄 알고 입을 뻐끔거리더라니까?"

"요리에도 도가 있는데 장 숙수께서는 그 이치를 터득하신 분 같습니다."

"잉어가 좀 잡히면 아저씨들한테도 구경시켜 주는데, 요즘은 워낙 가뭄이 심해서 잉어 잡기가 시원찮아."

여령이 입술을 삐죽거렸다. 그러다가 문득 박수를 치며 즐거워했다. 방울 짤랑이는 소리와 낭랑한 그녀의 웃음소리가 듣기 좋은 조화를 이뤘다.

풍적소가 왜 웃느냐고 물어보니, 그녀는 찔끔 흐른 눈물을 닦으며 대답해 주었다.

"잉어 생각을 했더니 잉어 대가리가 생각났어. 광온경이라는 놈인데, 눈이 멍청하게 크고 입이 툭 튀어나온 게 정말 못생겼어!"

그녀의 말에 옆에서 조용히 찻물을 달이던 시비가 킥, 하고 샌 웃음을 터뜨렸다.

여령은 이환과 풍적소를 향해 손을 모아 공수를 했다.

"고마워, 정말. 내가 잉어 튀김을 좋아하긴 해도 잉어랑 살림을 차리기는 싫었어."

풍적소가 물었다. 그는 이전부터 그녀와 인부들의 이야기를 통해 배후에 있는 사건을 추론, 짐작하는 중이었다.

"여 소저, 외람되지 않으면 몇 마디 여쭙겠습니다. 이번 상행은 이문을 위한 것이 아니라 뭔가 조금 다른 목적이 숨어 있는 것 같던데, 그것이 혹시 광온경이라는 자와 연관이 있습니까?"

"응. 잉어 대가리 광온경은 옆동네 태홍상회(太興商會)의 자식 놈인데, 주제도 모르고 감히 나한테 청혼을 하지 뭐야? 흥! 꼴에 눈은 있어 가지고!"

여령은 매실을 씹은 듯 인상을 찌푸렸다.

"나야 당연히 거절했지만 이 치사한 자식이 생떼를 쓰는 거야. 치사한 자식에 치사한 아비라고, 태홍상회 광 회주가 우리 집에 와서는 생뚱맞게 내기를 하자는 거야."

시비가 때마침 찻잔을 내밀었다.

여령은 뜨거운 찻물을 단숨에 마시고는 말을 이었다.

"우리가 이기면 태홍상회의 거래처 절반을 주겠대. 반대로 그쪽이 이기면 내가 광온경과 혼인해야 하고. 물론 아버지는 거절했지. 앞날 창창한 딸내미를 잉어새끼하고 놀게 하겠어? 근데 광 회주 이 빌어먹을 자식이 어디서 건달들을 고용해서 우리 거래처들 가게 앞에서 행패를 부리게 하는 거야. 동업자끼리 실례가 아니냐니까, 모르는 일이라고 딱 잡아떼더라? 기가 찰 노릇이지!"

여령은 생각하면 할수록 화가 나서 얼굴이 시뻘게졌다.

"우리한테 알짱거리는 건 참을 수 있어. 근데 왜 거래처들한테 손해를 끼치는 거야? 신용이 얼마나 중요한지 잘 알면서. 결국 아버지는 내기 제안을 수락했어. 으으! 그때 비열하게 웃던 광씨 부자를 생각하면 지금도 치가 떨린다, 치가 떨려!"

여령이 주먹을 얼굴 앞에 내밀고 부르르 떨었다.

그때, 문밖에서 하인의 목소리가 들렸다.

"아가씨, 손님이 오셨습니다."

"누구야?"

하인이 떫게 웃었다.

"광 공자님이십니다."

여령은 머리를 쥐어뜯었다.

팔목의 방울이 소란스럽게 귀청을 때렸다.

"없다고 해!"

"그게, 오실 때까지 기다리겠답니다."

"거머리 같은 자식!"

여령은 씩씩거리며 자리에서 일어났다.

"좋아! 까짓것 만나주지 뭐! 오늘이면 끝인데. 헹!"

그녀는 과격한 몸짓으로 문을 열고 나갔다.

풍적소가 온기가 약해진 찻물을 마시며 시비에게 물었다.

"그 광 회주가 제시한 내기 내용이 뭔지 아시오?"

"예, 대협. 광 회주께서는 아직 상행 경험이 없으신 아가씨께서 어떤 일이든 삼 할 이상의 이문이 남는 상행을 완수한다면 패배를 인정한다고 말씀하셨습니다."

"그랬구려."

여령은 처녀상행의 물품으로 말을 선택했다.

풍적소는 이 년차에 접어든 황실의 남만정벌(南蠻征伐)로 인해 장강이남(長江以南)의 말 시세가 무척 올라갔다는 사실을 알고 있었다.

시골의 읍에서 비교적 싼값에 말을 구매하여 대도시에서 적당한 이문을 남기고 판매한다.

여령의 판단은 적절했다. 적어도 내기에서 이길 수 있는 금액의 이문은 충분히 얻을 수 있었다.

그 와중에 그녀의 계획을 파악한 태홍상회가 훼방꾼을 풀었고, 완벽을 가하기 위해 흑살귀조를 고용했을 것이다.

흑살귀조는 과거부터 청부를 업으로 삼는 낭인이었다. 읍 도현의 혈사 이후 정파의 공적이 되었지만 여전히 세인들의 눈을 피해 청부업을 계속하고 있었던 것이다.

풍적소는 마지막 찻물과 함께 생각을 마무리했다.

문득 침묵을 지키고 있던 이환이 입술을 벌렸다.

"정원이 아름답군. 구경해도 되나?"

"아, 네. 개방된 곳이니 공자께서는 개의치 않으셔도 됩니다."

시비가 어색하게 고개를 끄덕였다. 무표정한 얼굴에 다소

차가운 눈매를 가진 이환과는 어쩐지 대화가 어렵다고 생각
했다.

이환이 문을 나섰다.

그의 등을 보며 문득 시비는 생각했다.

'그런데 정원은 뒤뜰에 있는데 한 번도 가보지 않고 어떻
게 알았지?'

봄의 정원에 꽃잎은 없어도 향기는 있었다.

꽃은 개화하지 않아도 특유의 향을 지니고 있다.

난초의 싱그러움이 연못에 드리워진 연잎만큼이나 넓게
가슴을 채웠다.

이환은 연못을 가로지르는 목교(木橋) 중앙에 서서 가만히
연못을 내려다봤다.

수면에 또 하나의 자신이 무심한 표정으로 눈을 맞추어왔
다.

'천마신공은 대단한 무공이다. 단전이 생성된 뒤 의식하지
않아도 내공이 급속도로 늘어나고 있다.'

흑살귀조를 검지로 죽인 것도 진보한 내공 때문이었다. 급
소를 친 것도 있었지만, 천마섬환의 기법과 손끝에 집중된 진
기로 일격필살의 힘을 얻게 된 것이다.

이환은 격세지감을 느꼈다.

지난날 희 부인의 새벽 연무를 관찰하며 느꼈던 충격이 아
직도 생생한데, 어느덧 손가락 하나로 살인이 가능한 경지에

이른 것이다.

'천마신공을 완성한다면 어떻게 될까?'

이환은 한 가지 궁금증이 들었다.

아직 일성(一成)에도 미치지 못한 수준으로 그가 평생 지니고 있던 상식을 파괴하는데, 앞으로 남은 성취가 쉽사리 상상이 가지 않았다.

'어쩌면 우주 정복이라도 할 수 있을지 모르겠군.'

이환의 입가로 희미한 미소가 떠올랐다.

그때 소란스러운 인기척이 다가왔다.

이환은 고개를 돌리지 않았다. 이미 무궁화 위성으로 방문자를 파악하고 있었다.

"아, 제발 좀!"

"여 매(呂妹), 왜 거절하는 겁니까? 말했다시피 천금상가와 우리 태홍상회가 통합하면 광동 상권의 칠 할(七割)을 장악할 수 있습니다. 이건 흔치 않은 기회입니다!"

"칠 할이건 지랄이건 그게 왜 하필 너한테 시집가야 하는 건데?"

여령은 사정없이 인상을 구겼다.

"이 찰거머리! 약속을 했으면 좀 지켜!"

"장부일언 중천금이라고 했습니다. 하물며 소생이 천금가에 와서 일구이언하겠습니까? 여 매가 규정한 이문을 남긴다면 소생은 인연이 아님을 인정할 것입니다."

“충분히 남아!”

“그거야 아직 모를 일이지요. 아직 물품을 팔지 않았으니까요. 엄정한 승부를 위해 판매는 양측 대표의 공증 아래 이루어질 거라……. 으음? 손님이 와 계셨군요.”

그들은 대화의 난전 속에 그제야 목교 위의 이환을 발견했다.

여령이 한숨 놓았다는 표정으로 쪼르르 그의 곁으로 달려갔다.

광온경은 그녀의 행동에 노골적으로 눈썹을 일그러뜨렸다. 그는 적개심 어린 눈으로 이환을 응시했다.

‘전신을 덮은 피풍의! 저놈이 바로 훼방을 놓은……!’

살아 돌아온 수하들을 통해 똑똑히 전해 들었다.

흑살귀조가 흑색 피풍의를 덮은 남자에게 어떻게 당했는지도 모르게 죽어버렸다고.

‘그 건방진 영감탱이를 초빙하기 위해 쓴 돈이 얼마인데!’

광온경은 속이 부글부글 끓었다.

하지만 대놓고 욕을 할 수도 없었다.

조금 건방을 떨었다고 자신에게 압력을 가하던 흑살귀조의 위압감은 아직도 뇌리를 벗어나지 않았다. 그날 밤 악몽을 꿀 정도로 흑살귀조의 존재는 무시무시했다.

그런데 저 작자는 흑살귀조를 일격에 죽였다.

그것도 누구도 알아볼 수 없는 움직임으로.

광온경은 평정을 가장하며 정중이라는 가면을 쓰고 이환에게 다가갔다.

"여 매, 위기에 처했던 여 매를 구출하고 상품까지 지켜주셨다는 그 협사께서 혹시?"

"알고 있으면서 뭘 모른 체하시나? 아주 잘 알고 있을 거 아냐? 발바닥에 불이 나게 도망쳤던 작자들이 미주알고주알 다 일러바쳤을 텐데."

여령의 비꼬는 말투에 광온경은 짐짓 인상을 썼다.

"여 매, 어떻게 소생을 그리 간교한 인간으로 매도하시오? 이 광온경! 떳떳한 진실만으로 여 매를 대할 것입니다."

그는 이어 이환을 향해 포권을 해 보였다.

"대협, 어려움에 처한 여 매를 도와주신 것에 진심으로 감사드립니다. 만약 여 매가 고의적인 사고를 당했더라면 소생은 그 결과를 인정하지 않았을 것입니다."

—신체 반응 결과, 98%의 거짓말입니다.

무궁화의 보고를 들으며 이환은 무심하게 광온경을 쳐다봤다.

딱히 무궁화가 아니었더라도 광온경의 본성을 알 수 있었다.

전쟁에서 겪은 노련한 경험은 궂은 날씨에 생각하는 추억 나부랭이가 아니다.

"험험! 여 매의 무사함을 확인했으니 소생은 이만 가보겠

습니다. 내일 아버님과 함께 들러 여 매의 상행을 공증토록
할 것입니다. 그럼 이만.”

광온경이 다소 허둥거리며 빠르게 자리를 벗어났다.

물끄러미 자신을 응시하는 이환의 시선에 돌연 두려움을
느낀 것이다.

마치 마음속 깊은 곳에 꽁꽁 숨겨둔 자신의 추악함이 산산
이 공개되는 기분이었다. 싫고 두려웠다.

‘이런 제기랄! 다 된 밥에 재를 뿌리다니! 무슨 수를 써야
한다. 무슨 수라도!’

정원을 벗어나는 광온경의 눈에 악기가 서렸다.

‘여령, 너는 내 여자다. 너만 있으면 돼.’

“아아, 짜증나.”

그녀는 찌푸린 얼굴로 목교의 난간에 턱을 붙였다.

턱이 뻣뻣해서 말소리가 부정확했다.

이환은 그녀를 가만히 바라본 다음 난간에 허리를 기댔다.

“뭐가 문제지?”

“너무 순순히 물러갔잖아. 이거 꼭 열흘 만에 간 뒷간에서
중간에 끊고 나온 기분이야. 그 자식, 또 뭔가 꾸미고 있는 게
분명해.”

이환은 내심 실소를 머금었다. 소녀가 내뱉기에는 너무 거
리낌없는 말투였다.

여령은 뒤통수에 양손을 깍지 껴 올렸다.

"아우, 뭔가 있어! 분명히 뭔가 있어!"

못 푸는 숙제를 남겨둔 얼굴로 고민하는 여령을 바라보며 이환은 힐끗 하늘로 시선을 돌렸다.

대낮인데도 하늘에 떠 있는 작은 별이 보였다. 하지만 그것이 별이 아님을 이환은 무척 잘 알고 있다. 위성은 별보다 훨씬 밝게 빛난다.

*　　　*　　　*

"놈들을 만나봤느냐?"

"네, 아버지. 하지만 흑살귀조를 죽인 놈만 봤고 나머지 녀석은 만나지 못했습니다."

"어떻더냐? 회유가 가능해 보이더냐?"

"불가능할 것 같습니다. 표정이 없고 눈빛은 차가웠습니다."

"흠, 냉막한 부류로군. 그런 족속은 회유가 불가능하지."

태흥상회의 광 회주는 아들의 말에 눈살을 찌푸렸다.

황금이면 무엇이든 가능한 상계의 인물로서 황금으로 되지 않는 일은 무척이나 그가 싫어하는 부분이었다.

광온경은 이야기를 계속했다.

"놈은 실로 무서운 자 같았습니다. 냉정한 시선에 소자는 절로 발끝이 저릿해질 정도였습니다. 그래서 걱정입니다. 만약 허튼 수를 썼다가 일이 잘못되는 날에는……."

"걱정 마라. 모르고 당했다면 모를까, 알고 당할 일은 없다. 내가 누구더냐? 동전 열 문으로 지금의 태홍상회를 일으킨 몸이다. 돈으로 안 되는 일은 없고, 돈이 있는 내가 못할 일은 없다."

광 회주는 서늘한 웃음을 지었다.

"조금 손해를 보더라도 이번 일은 신중과 완벽을 다해야겠다. 어차피 천금상가는 내 손에 들어오게 될 것이니까."

"맞습니다. 손해 입은 천금상가라고 해도 아버지의 손에 쥐어진다면 더없는 이익이지요."

"너는 믿을 수 있는 녀석들을 풀어서 화약과 등유를 최대한 많이 구입하도록 해라. 물론 분산하여 구입해야 하고, 은밀하게 이루어야 한다."

광온경의 얼굴이 조금 변했다.

"혹시 방화(放火)를 하실 생각입니까?"

"우리에겐 고수는커녕 제대로 무술을 하는 놈도 없다. 하지만 지금 천금상가에는 고수가 둘이나 있지 않느냐? 중원에서 새외(塞外) 격인 광동에서도 고주는 남단에 속한다. 성과 공중이 내일인데, 하루아침에 흑살귀조보다 뛰어난 청부 낭인을 찾기란 불가능한 일이다."

광온경이 조금 불안한 기색으로 물었다.

"그렇긴 하지요. 하지만 만약 불길이 심하게 번진다면 어떻게 합니까?”

광 회주는 잔인한 목소리로 중얼거렸다.

“그렇다면 더 좋다. 충신 노릇하는 몸종 놈들이 모두 죽어 버리고 가주 부부까지 상한다면 어찌 천금상가를 거머쥐는 데 장점이 아니겠느냐?”

“하지만 여 매는…….”

“네가 구하면 되지 않느냐?”

“소자가 어떻게 뜨거운 불길 속을 헤치고 여 매를 구하겠습니까?”

“너는 삼 년 전에 내가 떠돌이 주정뱅이에게 금화 한 냥을 빌려준 일을 기억하느냐?”

광온경은 잠시 생각하다가 고개를 끄덕였다.

“예. 소자는 사실 아직도 너무 후한 처사가 아니었나 싶습니다. 그때 그 거지가 맡긴 대금품이 한 벌의 피풍의 아니었습니까?”

광 회주는 빙그레 웃었다.

“그때 모두가 내 결정을 반대했지만, 나는 그럴 만한 이유가 있었다. 바로 피풍의가 가진 기묘한 공능 때문이었지.”

“고작 가죽으로 만든 피풍의에 어떤 기묘한 힘이 있다는 말씀입니까?”

“그것은 용문피풍의(龍紋披風衣)라는 것인데, 실제로 용의 껍질로 만들었는지는 모르겠지만 피수피화(避水避火)의 힘을 가진 건 사실이었다."

"불에 침범당하지 않다니요?"

"나는 내 눈으로 똑똑히 피풍의가 불에 타지 않고 상하지 않는 것을 확인했다. 또한 어지간한 불길은 피풍의 근처에 가면 작게 줄어들 정도였다. 그만한 기물이라면 황금 한 냥은 오히려 내 이익이지 않겠느냐?"

광 회주는 아들을 응시했다.

"네가 용문피풍의를 입고 불타는 천금가로 가서 여령을 구하면 된다. 피화의 힘이 있으니 화상을 입을 일도 없고, 여령의 목숨까지 구했으니 생명의 은인이 될 것이다."

광온경의 얼굴이 밝아졌다.

어차피 그는 여령만을 사랑할 뿐이었다. 장인장모 따위와 그들의 하인 따위는 안중에도 없었다. 어차피 자신을 좋게 평하지도 않으니 일찍 죽어주는 쪽이 편했다.

광 회주가 야심에 불타는 눈으로 아들을 바라봤다. 자신의 얼굴이 비춰진 아들의 눈도 그처럼 야욕에 타오르고 있었다. 부자는 지나치게 닮았다.

그는 자신만만하게 중얼거렸다.

"여가 놈은 폭우라도 쏟아지기를 기도해야 할 거다. 물론 가뭄이 수년째니 그럴 리야 없겠지만 말이다. 하하하!"

*　　　　*　　　　*

이환이 여령을 향해 말했다.

"오늘 밤은 창문을 꼭 닫고 자라."

"에? 갑자기 무슨 소리야?"

헤엄치는 붕어를 구경하던 여령이 이해하지 못하겠다는 듯 미간을 좁혔다. 석탄을 칠한 듯 숱이 많은 그녀의 눈썹이 송충이가 되어 서로와 가까워졌다.

이환은 힐끗 하늘을 쳐다봤다.

"오늘 밤은 한바탕 폭우가 쏟아질 거다."

그는 이어 중얼거렸다.

"어쩌면 번개가 떨어질지도 모르지."

여령이 위로 턱을 치켜들었다.

건조한 하늘은 구름도 얼마 없었고, 혼탁하기는커녕 손을 담그고 싶을 정도로 청명하기만 했다.

"피이!"

여령은 입술을 삐쭉였다.

그녀는 이환의 충고를 믿지 않았다.

그래서 다음날 축축하게 젖은 방 안을 치우느라 그녀의 시비들이 제법 고생을 해야 했다.

그녀는 가벼운 감기에 걸려서 쓴 탕약을 먹어야 했고.

밤이 찾아왔다. 그리고 달이 자랐다.

깊어진 새벽은 언제나 춥고 적막하다.

이환은 간간이 불어오는 싸늘한 새벽 공기를 맡으며 관상용으로 심어놓은 매화나무의 길쭉한 그늘 속에 몸을 기대고 있었다.

매화나무는 마구간의 측면에 심어져 있었다.

위치적으로 마구간의 사각지대에 속하는 곳이었다. 그래서 저쪽에서는 볼 수 없어도 이쪽에서는 무척 잘 보였다.

꼿꼿이 선 말들도 꼬리를 늘어뜨리고 잠들어 있는 새벽에, 딴에는 은밀한 작업이겠지만 땀을 삘삘 흘리며 작업에 몰두하고 있는 다섯 명의 복면인들도 이환에게는 그저 재미있는 구경거리일 뿐이었다.

이환은 손목시계를 쳐다봤다.

새벽 3시 28분.

"30분 정각에 인공우(人工雨) 가동한다."

—인공우, 가동 시간으로부터 1분 54초 남았습니다.

이환은 복면인들에게로 시선을 돌렸다.

그들은 작업을 거의 끝낸 상태였다. 메고 온 화약 꾸러미를 마구간 곳곳에 설치하고 등유를 건초 위에 잔뜩 뿌려둔 상태였다.

곧이어 벌어질 화끈한 불장난에 드러난 눈동자가 유쾌해 보였다.

이환은 조금 미안해졌다. 야밤에 담을 넘고 등이 다 젖을 정도로 일을 했는데 성과를 볼 수 없다니, 허무의 극치였다.

"비가 왔을 때의 표정을 직접 보고 싶었는데 안타깝군."

이환은 쏟아질 폭우를 바라볼 복면인들의 표정이 궁금했다. 하지만 헛수고의 구경은 이걸로 끝이었다.

그는 조용히 자리를 벗어났다. 방화 준비에 한참인 복면인들은 그의 기척을 파악할 수 없었다.

물론 그들이 가만히 주저앉아 있었다고 해도 천마군림(天魔君臨)의 보행(步行)을 감지할 수는 없었겠지만 말이다.

이환이 사라지고 얼마 뒤 복면인들이 한곳에 모였다.

"끝났나?"

"이쪽은 마무리했다."

"화약도 찌꺼기가 남지 않을 정도로 곳곳에 분산시켰다."

"좋아, 화섭자(火攝子)는 어디 있지?"

"내가 가지고 있네. 자네가 하겠나?"

"양보하지."

"역사적인 날이로군. 후후."

한 명의 복면인이 바닥에 쪼그려 앉아 한 쌍의 부싯돌을 소리나게 부딪쳤다.

딱! 따악!

번쩍번쩍 불똥이 튀었다.

부싯돌 밑에 깔린 기름종이가 불똥을 맞고 깨알처럼 타 들어갔다.

딱! 따악!

"좋아, 붙었군."

서너 번 불똥을 튀기자, 이윽고 기름종이로 불꽃이 피어올랐다. 복면인은 부싯돌을 내려놓고 여러 장으로 묶인 종이를 꺼내 기름종이의 불꽃을 옮겨 붙였다.

어둠 속에서 손톱만 한 횃불이 만들어졌다.

"흐흐, 잘 가거라."

복면인들은 서로를 마주 보며 음침하게 웃은 다음, 마구간을 향해 불붙은 종이 묶음을 던졌다.

휘이익!

곡선을 그리며 불씨가 공간을 갈랐다.

투둑.

그때, 한 개의 물방울이 불씨로 직격했다.

흔들리는 불씨를 보며 복면인들은 등골이 서늘해졌다.

마치 찬물을 덮어쓴 것 같았다.

투둑. 투둑. 투두두둑!

실제로 그렇게 됐다.

빗물이 쏟아지기 시작한 것이다.

우르르릉……! 콰강!

천둥을 동반한 폭우였다.

손톱만 한 불씨는 흔적도 없이 물에 젖어버렸다.

"이, 이 무슨……!"

찰나지간에 전신이 쫄딱 젖은 복면인들이 서로를 바라보며 허탈한 욕지거리를 내뱉었다.

마른하늘에 날벼락은 들어봤어도, 마른하늘에 폭우는 난생처음 겪는 사태였다.

그들은 한참 동안이나 빗물 쏟아지는 하늘을 쳐다봤다.

"이런 말도 안 되는!"

빗물을 얼굴로 받는 사람은 또 있었다.

천금상가 인근에 몸을 숨긴 채 뛰쳐나갈 준비를 하고 있던 광온경이었다.

용문피풍의를 휘날리며 정인의 생명을 구하려던 청년 영웅의 꿈은 쏟아진 차디찬 빗줄기에 흔적도 없이 씻겨 나갔다.

대신 이환이 찾아왔다.

"다, 당신은?"

어두운 골목길에서 나타난 이환을 보며 광온경은 기겁한 얼굴로 뒷걸음질을 쳤다.

이런 곳에서, 이런 시간에, 이런 때에 만날 사람은 결코 아니었다.

이환은 물끄러미 광온경이 걸친 피풍의를 살펴봤다.

용문피풍의라는 이름처럼, 피풍의 전면에 용의 모습이 바느질되어 있었는데 그리 화려하지는 않았다. 세심하게 살펴봐야 흔적을 찾을 정도였다.

그 점이 이환의 마음에 들었다.

“용문피풍의를 벗어라.”

“다, 당신이 어떻게 피풍의의 이름을 알고 있지?”

광온경이 당혹해하며 본능적으로 피풍의의 앞섶을 움켜잡았다.

이환은 대답하지 않았다.

대신 허리춤으로 손을 가져갔다.

지이잉!

촤아아악!

순간, 새하얀 백광이 치솟았다.

백광은 뜨거운 열기를 지니고 있었고, 닿은 빗물은 순식간에 증발했다.

“허헉!”

광온경은 대경실색했다.

이환이 임팩트 소드를 손목을 이용해 부드럽게 빙글빙글 돌렸다.

“너는 두 가지 선택을 한다. 하나, 피풍의를 벗고 집으로 돌아간다. 둘, 피풍의를 유품으로 남긴다.”

저음으로 속삭이듯 말하는 이환과 길게 치솟은 백열의 검신은 기괴함과 공포심을 동시에 지니고 있었다.

꿀꺽…….

광온경이 빗물이 태반인 침을 삼켰다.

이환은 느릿하게 말했다.

“세 번째 선택은 없다.”

촤작! 촤작!

임팩트 소드의 검신으로 떨어진 빗줄기가 연신 콩 볶는 소리를 냈다.

이환은 침묵했지만 그것으로도 위압감이 대단했고, 빗물 증발하는 소리는 어떤 협박과 욕설보다 광온경을 두렵게 만들었다.

이환이 앞으로 한 걸음을 내디뎠다.

참방!

내딛는 발걸음에 물이 튀었다.

광온경은 허겁지겁 용문피풍의를 벗었다.

한겨울의 냇물보다 훨씬 차가운 빗물이 그의 전신을 흠뻑 적셨다.

“여, 여기 있소!”

광온경은 발치에 용문피풍의를 내려놓았다.

그는 조심스럽게 이환을 쳐다봤다.

이환이 그를 보며 말했다.

“이제 가도 좋다.”

광온경은 뒤도 돌아보지 않고 뛰었다.

겁쟁이라고 불려도 좋았고, 손가락질당해도 좋았다. 지금 이 순간에 목숨이 붙어 있다는 자체가 그에게는 좋았다.

도망치는 광온경을 힐끗 바라본 이환은 용문피풍의를 주

워 들었다.

"괜찮군."

그의 입술로 희미한 웃음이 머물렀다.

광온경은 비가 자신을 따라온다고 생각했다.

한 발자국 앞은 언제나 비가 내리지 않았다. 그런데 정작 그가 걸어 도착하면 그곳에 빗물이 쏟아졌다.

처음에는 우연이라고 생각했지만 계속 이랬다.

천금상가에서 태홍상회로 돌아오는 내내 비가 쫓아왔다.

쿠르릉! 쿠르릉……!

시끄러운 뇌성을 동반한 채.

태홍상회의 정문이 코앞에 보였다.

광온경은 순간 멈칫 발걸음을 멈췄다.

불길한 생각이 들어서 갑자기 두려워진 것이다.

'설마 하늘이 우리 부자의 악행에 천벌을 내리는 게 아닐까?'

불길한 생각이 정신을 질식시키는 와중에 빗물이 그의 체온을 빼앗아갔다. 그는 파랗게 질린 입술로 몸을 벌벌 떨었다. 빗물은 너무도 차가웠다.

그는 불길한 생각은 접어두고 상회의 대문을 열고 안으로 들어갔다.

어서 따뜻한 이불 속에 몸을 파묻고 싶었다. 단단한 지붕이

라면 폭우를 막아줄 수 있을 것이고, 천신의 분노에서도 자신
을 숨길 수 있을 거라고 생각하며.

그리고 얼마 후,

번쩍!

쿠르르릉!

콰앙……!

한줄기 벼락이 태흥상회의 지붕으로 내리꽂혔다.

*　　　*　　　*

"푸엣취!"

여령이 힘찬 기침을 터뜨렸다.

"으으, 추워라."

"그러게 평소에 이불을 잘 덮고 주무시라니까요. 매일 사
내아이처럼 이불을 팽개치시니 결국 감기에 걸리는 거잖아
요."

시비의 핀잔에 여령은 코를 풀며 코웃음을 쳤다.

"흥! 이따위 감기, 수백 번 걸려도 좋아. 이건 승리의 영광
이라구."

코가 잔뜩 막혀 맹맹한 소리를 냈지만, 음성에 즐거움이 듬
뿍 담겨 있었다. 시비도 그랬다. 여령의 잠버릇을 탓하면서도
얼굴은 밝았고, 목소리는 환했다.

"쿨쩍! 역시 하늘은 공평해! 악인을 뒷짐 지고 구경만 할 정도로 물러터지지 않았다니까! 으헤헷… 에췌!"

이른 아침부터 천금상가는 축제 분위기였다.

눈엣가시였던 태홍상회가 어젯밤 느닷없이 쏟아진 폭우 속에서 벼락을 맞은 것이다.

여령이 양손을 가슴 앞에 모으고 중얼거렸다.

"하늘도 감사하지, 딱 회주 부자만 홀랑 태워 버리다니. 이건 정말 너무 멋져!"

"쯧쯧, 령아, 사람이 죽은 일이다. 너무 좋아하지 말거라."

여문송이 처소로 들며 훈책했다.

여령은 과장되게 입술을 가렸다가 다시 배시시 웃었다.

"아빠도 참, 우리 집에서 누가 날 고자질하겠어요?"

"벼락 한 번에 태홍상회가 완전히 와해될 지경이다. 우리의 행복이 다른 누구에게는 큰 슬픔이 된다는 것을 잊지 말거라."

"태홍상회 상수(商手)들이 안됐긴 했어요. 차기 회주는 누가 될 것 같아요?"

"모르겠다. 하필이면 광 회주가 재물을 침상 밑의 비밀 금고에 축적해 둔 바람에 벼락의 여파로 금은과 전표가 모두 소실되고 말았어."

"흥! 자린고비가 죽을 때도 돈을 품에 안고 갔네요."

여령이 밉살맞다는 얼굴로 눈매를 찌푸렸다.

여문송도 한숨을 내쉬며 고개를 끄덕였다.

"자본이 남았으면 차기 회주를 선출해서 상회를 유지할 수 있겠지만 너무 많은 손해를 입었어."

여령이 눈을 반짝였다.

"다 고용해 버려요! 어차피 태흥상회는 망한 거나 다름없는데 우리 산하로 흡수하면 그쪽도 좋은 일 아닐까요?"

"하지만 경쟁자가 죽었다고 바로 그의 기반을 흡수한다면 사람들이 나를 어떻게 생각할까 걱정스럽구나."

"뭘 어떻게 생각해요? 이게 뭐 아빠 탓이에요? 천재지변인데, 뭘! 오히려 고맙게 생각할걸요? 문 닫게 생겼는데 다시 구심점을 만들어주는 거잖아요. 저들도 상인이에요. 이익이 뭔지는 충분히 알고 있을 거라고요!"

여령은 이번 기회로 하여금 천금상회의 앞날에 지대한 변화가 일어날 것이라고 믿어 의심치 않았다.

광동제일상(廣東第一商)을 향한 위대한 첫걸음이 될 수 있는 것이다.

하인이 바깥에서 여문송을 불렀다.

"가주님, 손님 두 분께서 길을 떠나신다 합니다. 또한 태흥상회의 대행수 분들이 모두 찾아오셨습니다."

"아저씨들이 떠난다고?"

여령이 섭섭한 얼굴을 했다.

막상 초대해 놓고 태흥상회의 일 때문에 대접에 소홀했다는 생각이 든 것이다.

여문송도 그런 생각을 하면서 한편으로는 이른 아침부터 찾아온 태홍상회의 대행수들에게 관심을 가졌다.

"대행수들이 직접 찾아오다니, 그들이 내부적으로 결론을 낸 모양이구나."

"아저씨들은 제가 만나볼 테니까 아빠는 대행수들에게 가 보세요."

"네 목숨을 구한 은인들인데 그럴 수야 있느냐?"

"아휴, 제가 다 알아서 한다니까요. 어서 대행수들부터 만나봐요. 그 자존심 높은 영감들이 제 발로 찾아왔으니 적당히 대우해 주라고요. 히히!"

여령이 등을 떠밀 듯 여문송을 쫓아냈다.

"그럼 네게 맡기마. 이 아비의 사정을 대신 전해주도록 하려무나."

"아참, 말 두 마리만 쓸게요."

"말 값이 금붙이와 같은데 어찌 빈손으로 받겠습니까?"

여령이 가져온 건강한 두 필의 준마를 보며 풍적소는 손을 저었다.

"이게 뭐 공짜람? 아저씨들이 살린 말이니까 아저씨한테 분양하겠다는데."

여령은 천연덕스레 말하며 짐짓 은밀히 속삭였다.

“잉어 대가리 광가 놈이 번개 맞고 죽어서 우린 떼돈을 벌게 됐어. 그러니까 이까짓 준마 몇 필은 문제도 아니라고.”

“지난밤의 일은 전해 들었습니다. 참으로 공교롭더군요. 마른하늘에 폭우벽력이 쏟아지다니 말입니다.”

“아무튼 타고 가. 아빠가 허락한 일이라고. 아참, 아빠가 지금 바빠서 마중 못 나온 거 미안하다고 전해달래.”

풍적소가 고개를 숙였다.

“감사히 머물고 간다고 전해주십시오.”

“좋은 대접이었다.”

이환이 행낭을 짊어 메고 걸어왔다.

여령이 고개를 갸웃했다.

“못 보던 피풍의네?”

용문피풍의를 입은 이환은 훨씬 고급스러워 보였다.

이환은 희미하게 미소를 지었다.

“주웠다.”

“헤, 운도 좋네.”

여령은 광택 없는 진한 흑색에 표면에 드러난 용무늬를 보며 피풍의가 이환과 무척이나 잘 어울린다고 생각했다.

“그런데 비가 올 거란 걸 어떻게 알았어? 혹시 점 같은 것도 봐?”

풍적소가 문득 묘한 표정을 지었다.

머릿속에서 뭔가 톱니바퀴가 굴러가기 시작했다. 하지만

이환이 말 등에 올라타면서 그의 상념은 정지됐다.

여령이 이환을 올려다봤다.

"나중에 또 봐. 그땐 오빠라고 불러줄 테니까."

그녀는 풍적소를 향해서 눈을 찡긋했다.

"아저씨두."

"하하, 그 말을 듣기 위해서라도 기필코 다시 방문해야겠습니다."

여령은 두 사람이 보이지 않을 때까지 손을 흔들었다.

청량하게 흔들리는 방울 소리가 아주 오랫동안 그들을 배웅했다.

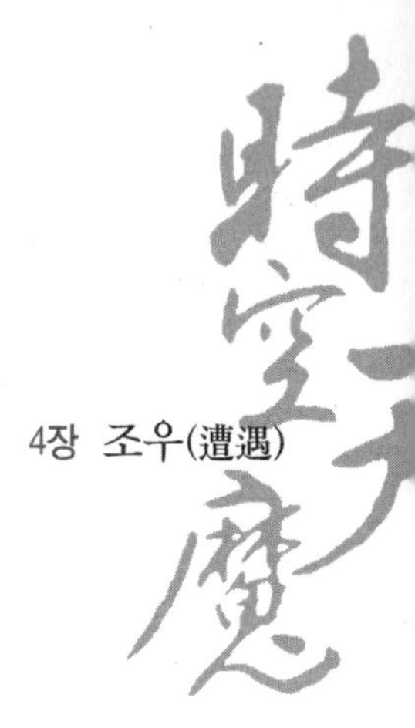

4장 조우(遭遇)

옥대만루(玉大饅樓)는 제일은 아니지만 다섯 손가락 안에 꼽히는 소주(蘇州)의 유명한 객잔이다.

객잔으로 들어서자 소년 점소이가 공손하게 들러붙었다.

"두 분 대인, 저희 옥대만루에 들러주서서 영광입니다. 식사를 하시겠어요, 아니면 저희 주루의 특별한 만루주(饅樓酒)를 찾아오셨나요?"

풍적소가 영민하게 눈을 굴리는 점소이에게 동전 몇 개를 건넸다.

"우리는 철만두를 먹으러 왔단다."

"철만두요? 아하, 대인께서는 맛을 아는 분이시군요. 이쪽으로 오세요."

점소이의 등을 보며 이환이 말했다.

"나는 이곳에 있도록 하지."

"그러십시오. 그럼 다녀오겠습니다."

풍적소는 점소이를 뒤따랐다. 점소이는 곧장 계단을 밟고 오층으로 올라갔고, 그곳에는 두 명의 무사가 가슴에 검을 품은 채 입구를 지키고 있었다.

"아룡, 무슨 일이지?"

"이분께서 철만두를 드시러 오셨어요."

점소이의 말에 무사가 풍적소를 예리하게 살펴봤다.

"철만두는 어떤 땔감을 쓰오?"

"앵두나무가 제격이지요."

풍적소의 대답에 무사는 고개를 끄덕였다.

"좋소. 안으로 들어가시오. 아룡은 내려가 봐라."

한차례 암호가 오가고, 무사는 길을 터줬다.

오층의 내부는 의외로 간소했고, 일이층에도 있는 싸구려 장식품 하나 걸려 있지 않았다.

잠시 후, 실내로 한 사람이 들어왔다.

그는 배가 잔뜩 나오고 얼굴에 수염이 많은 노인이었는데, 눈이 얄팍해서 신경이 날카로울 것 같았다.

"당신은 누구요?"

노인은 다짜고짜 질문을 던졌다.

철만두라는 것은 그와 지인들만이 알고 있는 암호이기 때문에 낯선 얼굴을 보고 의아심을 가진 것이다.

풍적소가 얼굴을 더듬거리며 면구를 벗었다.

노인이 놀라며 반가워했다.

"아니, 풍 협사가 아닌가? 반갑네! 살아 있었구먼!"

풍적소 또한 반가운 기색을 가득 보이며 포권했다.

"오랜만에 뵙습니다, 옥 대인."

"건강한 것을 보니 기분은 좋은데, 어쩐 일인가? 아직 곳곳에 용모파기가 붙어 있네. 돌아오기는 너무 이른 때야."

풍적소가 씁쓸하게 대답했다.

"철괴 형님이 돌아가셨습니다."

노인은 경악하며 살을 푸들푸들 떨었다.

"아, 아니, 황 협사가 숨졌다고? 이, 이 무슨 청천벽력인가? 동창의 위사에게 당했나?"

"그것은 아닙니다. 다른 기구한 사연이 있지요."

"허허, 황 협사가 나보다 일찍 눈을 감을 줄이야."

노인은 비감 어린 표정으로 중얼거렸다. 지금도 두 눈에는 황철괴의 모습이 선명히 그려졌다.

"그래, 형제들을 찾으러 재출도했구먼?"

"그렇습니다. 옥 대인께서는 최근에 넷째 형님과 막내를 보신 적 있습니까?"

노인은 웃음을 터뜨렸다.

“허허! 뻔한 답을 물어서 뭣 하나? 요설은 지껄이기를 좋아하고, 도사자(刀獅子)는 노름질을 좋아하니 누가 봐도 여기밖에는 갈 곳이 없을 텐데.”

노인은 창가로 걸어가 바깥을 손가락질했다.

“저기 북문대로에 화화호원(花花好院)이라는 기방이 있네. 평범한 사람은 받지 않고, 무엇이든 특별히 뛰어난 재주가 있어야만 출입할 수 있는 곳이지. 그리고 남문대로에 투자방(骰子幫)이라는 도박장이 있네. 영혼까지 판돈으로 사용할 수 있는 개미지옥 같은 곳이지.”

풍적소가 고개를 끄덕였다.

“도움에 감사드립니다, 옥 대인.”

노인은 풍적소를 돌아보며 말했다.

“이까짓 것이 무슨 도움이겠는가? 그보다 만금전(萬金殿)이 두 사람을 주시하고 있다 들었네.”

풍적소가 눈매를 찌푸렸다.

“만금전이라면 만금재왕(萬金財王)의 방회 아닙니까?”

“낭중지추라는 말이 괜한 것이 아니라는 것이겠지. 화화호원은 예로부터 기예가 정점에 이른 자에게는 무전취식을, 투자방은 십승 이상 연승하면 다음 경기부터는 내기 금액의 두 배를 돌려준다고 공언하고 있었네. 요설과 도사자가 그곳에 머문 지가 벌써 석 달이 훌쩍 넘었네.”

노인은 혀를 찼다.

"너무 오래 눌러앉았어. 손해가 막심할 거야. 돈이라면 자다가도 침을 흘리는 만금재왕 입장에서는 아주 피눈물이 줄줄 흐르겠지."

풍적소는 곤란한 기색으로 턱을 매만졌다.

만금전의 주인 만금재왕은 무공은 혈왕보다 떨어지고 잔인함은 독왕보다 떨어지지만, 실제 무림에서의 평가는 그들을 훌쩍 앞서고 있었다.

무림의 승부란 개인과 개인의 싸움보다 단체와 단체의 싸움이 훨씬 중요하기 때문이다.

그런 면에서 엄청난 재물로 하여금 엄청난 고수들을 고용하고 있는 만금재왕은 무시 못할 무림의 실세였다.

호사가들은 만약 만금재왕이 전 재산을 털어 총공격을 명한다면 수천 년 역사를 자랑하며 단 한 번도 외세에 함락당하지 않은 무림의 영원한 태산북두 소림사까지 함락할 수 있다고 떠들었다.

하지만 누구도 그럴 리는 없다고 믿었다.

만금재왕은 돈 안 되는 일은 죽어도 안 하기 때문이다.

실제로 만금재왕의 돈에 관한 집념은 세상 누구보다 대단하다고 악명이 자자했다.

"이렇게 된 것, 차라리 잘됐네. 만금전이 손을 쓰기 전에 은밀히 소주를 벗어나는 게 좋겠지."

"우선 넷째 형님부터 만나봐야겠습니다."

"그렇게 하게나. 한데 아래충의 남자는 누구인가?"

풍적소는 순간 이환에 대해 어떻게 말해야 할지 고민했다.

"소생과 둘째 형님이 머물던 곳에서 여러 가지로 도움을 주신 분입니다. 이번에 저를 위해 강호로 출도하신 분이지요."

"그런가? 고마운 사람이로군. 아무튼 정리가 되면 다시 한 번 들르게. 내 지금부터 은밀히 채비를 마련해 놓겠네."

"예, 감사합니다."

주루의 입구에 앉아 조용히 차를 마시던 이환은 내려오는 풍적소를 보며 물었다.

"길쭉한 얼굴에 갸름한 입술, 왼쪽 눈 밑에 상처가 있고 코는 빨갛군. 맞나?"

풍적소는 흠칫 놀랐다. 이제 적응될 때도 됐지만 이 놀람은 쉽사리 익숙해지기 어려운 것이었다.

"그분이 제 넷째 의형이 맞습니다."

이환은 몸을 일으켰다.

"죽기 전에 가야겠군."

화화호원은 잔칫날처럼 사람들이 삼삼오오 모여 입구를 가득 메우고 있었다.

풍적소는 눈매를 찌푸렸다.

장사진을 이룬 줄을 지키자니 일각은커녕 한식경도 모자

랄 것 같고, 쇳물을 덮은 듯 딱딱한 표정의 문지기는 동전은 커녕 은자를 줘도 코웃음만 칠 것 같았다.

그때, 이환이 나섰다.

그는 늘어선 사람들을 단숨에 제치고 문지기의 앞으로 걸어갔다.

"어, 어?"

"이봐, 줄을 서! 어디서 새치기야?"

사람들은 당연히 화를 냈다.

이환은 신경 쓰지 않았다.

"두 사람, 들어가겠다."

문지기가 그에게 말했다.

차례를 지키라는 소리는 하지 않았다. 어차피 문지기에게 사람은 오직 두 부류뿐이다.

화화호원 안의 손님과 문밖의 떨거지들.

"본 원에 입장하기 위해서는 남들보다 월등히 뛰어난 기예를 보이셔야 하오. 재주가 있소?"

이환은 대답하지 않았다. 그저 물끄러미 바라보기만 했다. 때로는 몇 마디의 말보다 이런 눈빛이 훨씬 낫다.

문지기는 옆으로 한 걸음을 비켰다. 문지기의 두꺼운 근육 몸집이 치워지고, 화화호원으로 진입하는 입구가 모습을 드러냈다.

"입구를 통과하면 바로 검증인이 귀하를 기다리고 있을 것이오. 시험에 통과한다면 지고의 행복을 얻을 것이고, 탈락한다면 앞으로 오 년 동안은 결코 다시 시험에 도전할 수 없소.”

이환은 문지기의 말을 흘려들으며 입구로 걸어갔다.

원성의 눈빛을 받으며 풍적소가 함께 진입했다.

입구 안쪽은 바깥과 별다를 것 없는 모습이었다.

마당 같은 넓은 공간이 마련되어 있었고, 그곳에 수많은 사람들이 초조한 얼굴로 재주를 시험받고 있었다.

실패한 자는 비통한 얼굴로 좌측 길로 안내되었고, 성공한 자는 세상을 얻은 듯 득의만만한 표정으로 우측 길로 안내되었다.

우측의 길에 화려하고 웅장한 화화호원의 본채가 있었다.

“반갑습니다. 본인은 화화호원의 입장 여부를 판단하는 검증인입니다. 두 분께서는 본 원에 입장하기 위해 어떤 기예를 시험받을 계획이십니까?”

“본인은 필법(筆法)을 장기로 내세우겠소.”

“곧 준비하겠습니다. 이봐! 어서 가서 문방사우를 준비해 와라!”

“알겠습니다!”

풍적소 외에도 필법으로 시험을 받는 사람이 제법 많았다. 하인은 바로 옆에서 작은 탁자와 문방사우를 대령했다.

풍적소는 붓에 먹을 듬뿍 먹였다.

검대지이후능리(劍待砥而後能利).

검(劍)은 숫돌에 간 이후에 예리해진다.

일필휘지의 솜씨로 붓을 놀린 풍적소를 보며 검증관이 찬탄하며 고개를 끄덕였다.

호쾌하며 섬세한 필체가 내용과 무척이나 잘 어울렸다.

거침없는 필법은 곧게 뻗은 검신으로, 섬세한 마무리는 날카로운 칼날로 비견되었다.

"이 정도 필법이라면 지급(地級)에 속할 수 있겠군요. 귀인의 방문을 화화호원은 고개를 숙여 환영하는 바입니다."

"과찬이오."

풍적소가 답례했다. 하지만 표정이 썩 좋지는 않았다.

검증인은 이제 이환을 쳐다봤다.

"귀하는 어떤 장기를 보유하고 계시지요?"

이환은 문득 옆으로 시선을 돌렸다.

"창작이란 도용도 모방도 아닌, 완전히 새로운 것이어야 하오. 한데 귀하는 타인의 시를 자신의 창작품으로 거짓말을 고했으니 영영 본 원에서 시험받을 자격을 박탈하겠소!"

다른 검증인의 호통에 후줄근한 도포를 입은 중년서생이 눈가로 아득한 절망을 떠올렸다. 쾌락을 꿈꾸며 흩어진 양심이 만들어낸 결과였다. 그에게는 세상이 무너진 듯 참혹한 일일 것이다.

　좌측의 길로 터벅터벅 걸어가는 중년서생의 발걸음에 힘이 없었다.
　'완전히 새로운 것이라?'
　중년서생의 절망이 가득한 등을 바라보며 이환의 입이 천천히 열렸다.

　높은 산 깊은 물을 박차고 나가는 무인의 진군에는 밤낮이 없다.
　눌러쓴 방립 밑에 투지가 불타고, 백두산까지라도 밀고 나가자.
　한 자루 검을 메고 굳세게 전진하는 무인의 등 뒤에 강호가 있다.

　"…독특하군요. 평범한 시는 아닌 것 같고, 음률이 있는 시조입니까? 제목은?"
　"진군가."
　"무인의 호연지기가 가득 담겨 있습니다. 이런 독특한 글귀는 분명 독창성이 있지요. 인급(人級)을 드리겠습니다. 귀하의 방문을 환영합니다."
　검증인이 하인을 불러 이환과 풍적소의 안내를 명령했다.
　"이쪽으로 오시지요."
　하인이 우측의 길로 두 사람을 인도했다.

저 길 끝에 더없이 지독한 쾌락과 열락이 꿈틀대고 있다.

시험받을 차례를 기다리던 사람들이 두 사람을 향해 질투와 부러움이 섞인 눈빛을 던졌다. 붉게 달아오른 눈은 무엇보다 간절하게 저 길을 걷는 사람이 자신이 되기를 원하고 있었다.

마치 마약에 취한 사람들 같았다.

아니, 화화호원은 마약이다. 단지 귀와 입으로 전해 듣는 소문만으로도 영혼 밑바닥까지 화화호원을 외쳐 댔으니까.

우측의 길 끝에는 관문이 있었다. 혹시 모를 침입자를 걸러 내겠다는 생각 같았다. 하인은 이환과 풍적소를 관문 앞까지 인도한 다음 돌아갔다.

관문지기가 문을 열었다.

"이 안에서 제공되는 모든 것은 무료입니다. 하지만 인정받은 급수에 따라 행동이 제한되니 그것을 잊지 마시기 바랍니다."

화화호원 안으로 들어온 그들은 곧장 요설 치천세를 향해 갔다. 이미 위성으로 그의 위치를 세밀하게 파악한 후였기에 쓸데없는 수소문은 하지 않아도 됐다.

하지만 문제가 있었다.

"이곳은 천급(天級) 귀빈들만 출입할 수 있는 공간입니다. 두 분은 지와 인급으로 등록되셨기 때문에 입장하실 수 없습니다."

"형님께서 기예를 아낌없이 선보인 모양이군요."

"다행이군. 그럴 만한 능력이 있다는 거니까."

이환이 중얼거리며 딱딱한 얼굴을 하고 있는 문지기를 스쳐 지나갔다.

"경고하겠습니다. 발길을 돌리지 않으면 본 원의 법칙을 위배하게 됩니다. 각자 급에 맞는 향락을 즐기셔야 합니다."

"난 사람을 만나러 왔다."

"본인에게 성명을 알려주시면 전달해 드리겠습니다."

이환은 천천히 고개를 저었다. 그의 눈동자가 차갑게 빛났다.

"너는 그렇게 못해. 내가 만날 사람이 십호 방에 있으니까."

문지기가 흠칫 놀라며 빠르게 당황한 기색을 숨겼다.

"십호실의 대협을 찾고 계셨군요. 여기서 기다리고 계시면 본인이 언질을 넣겠습니다."

"언제?"

이환이 비웃으며 말했다.

"그가 그와 뒹굴고 있는 창녀의 독침에 찔린 후에? 아니면 천장에서 노리고 있는 암살자의 검에 난도질당한 뒤에? 그게 아니라면 마루 밑에 날을 세우고 있는 창날에 뚫린 다음이겠군."

"네놈은 누구냐?!"

문지기가 대경실색하며 허리춤의 장검을 뽑아 들었다.

낭창하게 휘는 검신을 보며 이환은 건조한 눈빛으로 풍적소를 쳐다봤다. 눈빛을 받은 풍적소가 눈치 좋게 움직였다.

촤자작!

민첩하게 신형을 옮긴 풍적소가 단숨에 문지기의 마혈을 점했다. 필법이라면 모르되 무공이라면 능히 천급을 받을 풍적소다. 문지기 따위를 제압하는 일은 게눈 감추기보다 쉬운 일이었다.

꼿꼿이 선 채 마혈을 짚인 문지기는 목석처럼 움직임이 없었다.

풍적소는 문지기의 손을 잡고 그 수중의 장검을 다시 검갑에 집어넣었다. 그리고 양손의 위치를 조작해 자연스럽게 서 있는 자세를 만들었다.

누가 와서 말을 걸지 않는 이상, 들통날 일은 없어 보였다.

이환은 천급 전용 건물로 들어섰다.

가장 좋은 대우를 받는 사람들이 머무는 공간답게 입구에서부터 좋은 향기가 코를 찔렀다.

풍적소가 눈매를 찌푸렸다.

"최음제와 미혼약이 극미한 분량이지만 이 사향 속에 포함되어 있군요. 잠시라면 감정을 고조시키고 기분을 좋게 하겠지만 결국 사람을 망가뜨릴 겁니다."

"쾌락이란 원래 그런 게 아니었나?"

중얼거린 이환은 길게 뻗어 있는 복도를 가로질렀다.

양옆의 방 안에서 희열에 찬 신음과 고통에 찬 신음이 기괴하게 뒤섞여 흘러나오고 있었다.

풍적소는 눈가를 찌푸렸다. 대부분의 희열은 남성의 음성이었고, 고통에 찬 신음은 여성의 것이었기 때문이다.

가학은 쾌락의 또 다른 일면이다. 방 안의 상황은 굳이 관찰하지 않아도 알 수 있을 만큼 난장판일 것이다.

그사이 두 사람은 이층으로 가는 계단에 도착했다.

이어진 계단을 타고 난잡한 웃음과 수다 소리가 두 사람에게 흘러내렸다.

이층으로 올라선 이환은 한일자로 다물어진 입매를 가볍게 움직였다. 양쪽이 아니라 한쪽이다.

이환이 힐끗 장내를 응시하며 말했다.

"모두 쓰레기들이군."

아래층에서 들었던 것보다 이층은 훨씬 소란스러웠고 난잡했다.

일백여 명에 가까운 남녀가 장내에 모여 있었다.

여자들은 벌거벗은 채 투실한 엉덩이를 흔들어대고 있었고, 남자들은 눈의 초점이 풀린 채로 흥분과 쾌락을 번갈아 느끼고 있었다.

풍적소는 마음이 다급해졌다.

이런 난잡한 곳에 있는 의형의 상태가 걱정스러워졌기 때문이다.

"형님께서는 어디 계십니까?"

"사층, 창녀에게 유혹당하는 중이다. 마약을 조금 흡입한 것 같군. 행동이 굼떠."

"조금 빨리 움직여 주시지 않겠습니까?"

"그러도록 하지."

쾅!

반쯤 벌거벗은 남자의 몸 위에 올라타 있던 나체의 여인은 갑자기 방문이 부서지자 당혹해하며 한 손으로 자신의 풍만한 가슴을 가렸다.

"무슨 소리지? 뭐어야?"

여인의 아래에 깔린 남자가 취한 듯 힘없는 목소리로 중얼거렸다. 여인은 갈등 어린 눈으로 남자를 바라본 뒤 방문을 부수고 난입한 두 명의 침입자들에게로 시선을 돌렸다.

"이 무슨 무례한 짓이죠?"

"형님의 곁에서 떨어지시오."

침입자의 목소리를 듣고 아래 깔린 남자가 눈매를 좁혔다.

"어어? 적소냐? 이 목소리는 적소 같은데?"

"맞습니다, 형님. 저 적소입니다."

"오오, 적소야. 오래간만이다. 그런데 여긴 웬일이냐?"

"형님을 모시러 왔습니다."

"나를? 벌써 우리가 만날 시간이 됐나? 고작 몇 달 지난 것 같은데. 끄응! 근데 머리는 왜 이렇게 무거운 거야? 앞으로는 술 좀 줄이든지 해야지! 이봐, 좀 비켜봐. 무거워."

치천세가 위에 걸터앉은 여인을 향해 손을 저었다.

여인은 갈등하는 눈으로 치천세를 바라봤다.

기껏 복용시킨 미혼산의 약효가 줄어들고 있었다.

게다가 대화를 듣자니, 저 침입자들은 치천세를 데려가기 위해 왔다.

오늘과 같은 내일은 없다.

깨끗한 암살은 불가능하다는 뜻이다.

판단이 되자마자 여인은 뺨을 때리듯 치천세를 향해 왼손을 휘둘렀다.

중지에 착용한 은반지가 손가락 안쪽에서 뾰족한 빛을 머금었다.

풍적소가 신형을 움직였다.

물론 그보다 섬전이 빨랐다.

피융!

여인의 풍만한 왼쪽 가슴에 커다란 구멍이 생겨났다.

피융!

섬전은 다시 치솟았고, 천장이 무너지고 흑의인이 추락했다. 매캐한 살 타는 냄새가 방 안에 진동했다.

"이, 이게 뭐야?"

치천세가 경악하며 허둥지둥 몸을 일으켰다.

풍적소가 빠르게 그를 잡아당겼다.

푹!

방금까지 그가 누웠던 곳으로 창날이 치솟았다.

등줄기가 축축해지며, 미혼약 성분이 대부분 해소된 치천세가 이를 바득바득 갈았다.

"이 망할 매음굴이 감히 날 죽이려 들어?"

그는 반쯤 벗은 옷을 추스르며 소매를 걷어 올렸다.

"화화호원이 만금전의 산하라더군요."

풍적소는 한마디로 설명했고, 치천세는 그것으로 충분히 이해했다.

"만금재왕, 이 치사하고 옹졸한 돈벌레가 고작 몇 달 머물렀다고 입을 줄이려 들어?"

"가자, 응원군이 늘기 전에 벗어난다."

이환이 레이저 건을 갈무리하며 말했다.

치천세는 연속적으로 이어진 돌발 상황 속에 잠시 잊어버렸던 이환의 존재를 깨달았다.

"이분은 누구시냐?"

"우선은 이곳부터 벗어난 다음에 제대로 이야기를 나누도록 하지요."

풍적소가 품 안에서 봉화접선을 꺼내어 들며 말했다.

치천세는 그때서야 수많은 사람들이 이곳으로 몰려오는

소리를 들었다.

"제기랄, 귀찮게 됐군. 오늘 천색이 흐리더니 이런 횡액을 당하는구먼."

치천세는 투덜거리며 방문으로 향했다.

"그쪽이 아니다."

이환은 활짝 열린 창문 옆에 서 있었다.

"뛰어내리겠다고? 하긴, 그쪽이 더 빠르긴 한데 난 경공에는 조예가 없어서 발목을 다칠지도 몰라."

이환은 고개를 저었다.

"위로 간다."

"위?"

치천세는 자연스럽게 위로 고개를 들었다.

천장이 보였다. 천장 위는 지붕이다. 그 위는 하늘일 테고.

"대체 무슨……?"

치천세가 모르겠다는 듯 이환을 쳐다보는데, 이환은 이미 창문을 타 넘어 위로 기어오르고 있었다.

"지붕으로 가서 뭘 어쩌겠다는 거야?"

"일단 따르는 편이 좋을 것 같군요."

"뭐, 그래야겠지."

치천세를 뒤이어 풍적소가 창문을 넘어 벽을 타고 지붕으로 올라갔다.

"경치는 좋군. 자, 형씨, 이제 어떻게 할 생각이지?"

“위로 간다.”

“위로 왔잖아. 설마 하늘에 다리라도 놓을…….”

하늘을 쳐다보며 떠들던 치천세가 넋을 잃은 듯 말문을 닫아버렸다. 그와는 반대로 헤, 하고 벌어진 입으로 침이 흘렀다.

“이봐, 적소. 내가 지금 꿈을 꾸고 있는 거야? 그런 거지? 하하하, 그럼 그렇지. 아직 만날 시기도 아닌데 네가 찾아오고, 만금재왕이 아무리 좀생이라지만 그깟 돈 좀 아깝다고 날 죽이려고 들겠어? 진짜잖아!”

볼을 꼬집어본 치천세가 눈물을 찔끔 흘리며 경악했다.

“조금 비좁겠군.”

바이크의 좌석에 앉은 이환이 뒷자리를 보며 중얼거렸다. 뒷자리를 크게 차지한 군용 배낭 때문에 두 사람을 태우기에는 조금 비좁아 보였다.

저 연녹색 알록달록한 배낭이야말로 이환의 행낭이 가벼운 이유였다.

치천세는 정신이 반쯤 나간 것 같았다.

“적소, 대체 저 형씨, 아니지, 저분은 누구시냐? 아니, 사람은 맞냐? 대체 이게 무슨 일이야? 아미타불 관세음보살, 무량수불! 세상이 미친 건지 내가 미친 건지……!”

횡설수설하는 치천세를 달래 겨우겨우 바이크의 뒷좌석에 앉힌 풍적소가 이어 자신도 좌석 틈새에 올라앉았다.

부우웅!

낮은 배기음과 함께 바이크가 허공으로 치솟았다.

"히이익! 부, 부처님, 살려주십쇼!"

치천세가 오두방정을 떨었다.

풍적소도 아찔한 기분을 느끼며 내공을 끌어올려 평상심을 유지했다.

바이크는 화화호원이 한눈에 내려다 보일 만큼의 상승을 마치고 서서히 앞으로 비행을 시작했다.

하늘을 난다는 낯선 경험에 두 형제가 경악하고 경탄하는 사이, 어느덧 바이크는 화화호원에서 제법 떨어진 야산에 착륙을 시도했다.

부우우웅!

흙먼지를 일으키는 배기음을 들으며 치천세가 채 바이크가 지면에 닿지도 않았는데 훌쩍 먼저 뛰어내렸다.

그는 현기증으로 창백해진 얼굴을 하고 후들거리는 다리를 붙잡았다.

"어이쿠, 죽는 줄 알았네!"

"좋은 기분은 아니군요."

풍적소도 난색을 가득 표하고 있었다.

두 사람은 중심을 못 잡고 흔들흔들거렸다.

이환은 가벼운 농담을 떠올렸다.

'라이트 형제보다 532년 먼저 비행 멀미를 한 셈인가? 역

사상 최초로군.'

그때 무궁화의 보고가 들렸다.

이환은 작게 고개를 끄덕였다.

"화화호원에서 오십 명 정도가 밖으로 나왔군. 아무래도 성내로 돌아가는 건 번거롭겠어."

풍적소가 포권하며 고개를 숙였다.

"고견을 듣고 싶습니다."

그는 힐끗 주변을 둘러본 다음 입을 열었다.

"남쪽으로 조금만 움직이면 작은 마을이 있을 거다. 그곳에서 다시 만나도록 한다."

"홀로 돌아가실 생각입니까?"

"몸이 크면 그만큼 둔한 법이지."

이환이 풍적소를 쳐다봤다.

"그는 어떻게 생겼지?"

"도사자 철한(鐵限)은 저와 비슷한 신장에 은근한 적발(赤髮)을 지니고 있습니다. 또한 왼쪽 눈 밑에 작은 사마귀가 있어서 알아보기는 쉬울 겁니다."

이환은 잠시 먼 곳을 보는 듯 말이 없었다. 그러다가 팔목을 앞으로 내밀었다. 시계를 보였다.

지이잉!

액정이 환하게 빛나고, 환영이 모습을 나타냈다.

"허억!"

치천세가 물끄러미 구경하다가 경악하며 바닥으로 주저앉고 말았다. 이상하게 생긴 팔찌에서 자신의 의동생이 튀어나왔기 때문이다.

풍적소는 한 번 겪어본 광경이라서 그다지 많이 놀라지는 않았다. 하지만 여전히 경탄한 표정이었다.

"막내가 맞습니다. 안 본 사이 조금 변하기는 했지만 틀림없군요."

부웅!

후끈한 열기가 치솟으며 흙을 멀리 밀어냈다.

순식간에 산등성이를 가로지르는 바이크의 행적을 보며 치천세가 멍청한 표정으로 풍적소를 쳐다봤다.

"대체… 뭐가 어떻게 돌아가는 거냐?"

*　　　*　　　*

"어, 형님들?"

"막내야!"

"오형! 여긴 웬일이유? 여휴, 넷째 형은 화화호원에서 재미 좋았나 보우? 아주 살이 뭉텅이로 빠진 거 같네."

도사자 철한은 턱짓으로 이환을 가리켰다.

"그런데 저 양반은 대체 정체가 뭡니까? 하늘을 날아다니는 쇳덩이라니, 넷째 형하고 아는 사이요?"

"나도 오늘 처음 뵙는 분이시다."

"근데 형도 당했수?"

철한이 치천세를 보며 눈매를 갸름하게 좁혔다. 치천세의 의복이 정상은 아니라서 하는 소리였다.

치천세가 고개를 갸웃했다.

"나도? 그러면 네게도 덤비디?"

"거참! 그랬수다. 이 얍삽한 놈들이 판돈 긁어간다고 몰매를 놓다니, 아주 중원의 도리가 바닥에 떨어졌다니까!"

철한은 흥분한 듯 자신의 이야기를 늘어놓았다.

한바탕 목돈을 따서 기분이 째지는데, 갑자기 누가 뒤에서 부르더니 다짜고짜 살수를 쓰더란다. 그래서 돈이고 나발이고 한 푼도 못 건지고 목숨 살피기만도 바빴단다.

"그렇게 피똥 싸며 싸우던 중에 갑자기 하얀 섬광이 번쩍인다 싶더니, 시력이 좀 돌아오니까 저기 얹혀 있지 뭐요. 귀찮은 일은 피해서 다행이긴 한데, 두 번 타라면 사양할라우."

철한은 인상을 찌푸렸다가 풍적소를 응시했다.

"한데, 다섯째 형이 여긴 웬일이요? 같이 갔던 둘째 형은 어디다 버려두고?"

풍적소는 잠시 망설였다.

같은 말을 두 번 하는 것은 싫은 일이고, 그 속의 내용은 슬픈 말이다. 하지만 할 수밖에 없었다. 그게 사실이니까.

"철괴 형님께서 돌아가셨다."

"…농담하지 마쇼. 다섯째 형도 참! 넷째 형은 웃지도 않는 구먼. 형님답지 않게 웬 싱거운 농담이유! 안 그러우, 넷째 형?"

치천세가 눈을 내리감았다.

미리 풍적소로부터 전해 들은 것이다.

"막내야, 철괴 형님께서 돌아가셨다. 오제 말이 맞아."

"이게 무슨 개소립니까?!"

철한은 참혹하게 일그러진 눈으로 형제들을 쏘아봤다.

"농담도 가려가면서 하쇼! 지금 둘이 짜고 나 놀리는 거요? 그런 거유? 제발 그렇다고 말 좀 해보슈!"

치천세는 깊은 탄식을 중얼거렸다.

"나도 조금 전에 들었다. 적소가 철괴 형님을 묻고 우리 형제들을 데리러 왔다는구나."

"이런 씨팔! 누구요? 어떤 새끼가 둘째 형을 죽인 거요?"

"혈전문의 독심갈요다."

"혈전문? 이 빌어먹을 잡것들이! 독심갈요, 그 악독한 년은 지금 어디 있소?"

"형님께서 동반하셨다."

"그럼 그렇지! 철괴 형님이 그냥 보내줄 양반이 아니지! 크 하핫!"

철한은 이어 두 눈을 이글거렸다.

"그럼 이제 혈전문, 혈왕 그 늙은이의 종자들만 남았구먼!"

"아직 그럴 단계가 아니다."

"복수! 그거보다 더 중요한 게 뭐란 말이유? 독심갈요는 뒈졌다고 해도 혈전문의 족속들은 여전히 잘살아 있을 거 아뇨? 고놈들 기르는 개새끼까지 죄다 죽여서 복수해야겠소!"

"성급하게 굴지 말거라. 아직 그럴 때가 아니다. 또한 독왕곡과도 연결이 되어 있어. 신중할 필요가 있다. 둘째 형님께서 무리한 복수를 원하시겠느냐?"

"혈전문! 독왕곡! 설사 소림사 나발이라고 해도 안 무섭소! 혈채(血債)는 오직 피로밖에 갚지 못하우! 적어도 나는, 이 몸뚱이는 그렇게 기억하고 있수!"

상의를 와락 젖히는 도사자 철한.

그의 드러난 상체는 각종 흉터로 난잡하게 물들어 있었다. 누가 한 칼을 먹이면 그는 두 칼을 준다. 그렇게 만들어진 은원의 상징들이었다.

풍적소는 짙은 탄식과 함께 고개를 저었다.

"우선은 우리 형제들이 모두 모이는 것이 먼저다. 둘째 형님 무덤에 술잔을 올리는 것보다 복수가 중요하다는 말이냐?"

철한의 눈매가 우울해졌다.

"…철괴 형은 어디에 묻혀 있소?"

"광동 남단에 있는 장가촌이라는 곳이다. 그곳 한편에 작게나마 누일 곳을 마련했다."

"씨팔! 천하의 쇠지팡이 황철괴가 촌구석에 자빠져 있단 말이우? 이런 씨파알! 크흐흐흑······!"

"막내야, 너무 슬퍼하지 말거라. 인간사 회자정리라고 했다. 인간이 천년만년 살 수도 없는 일이지. 허허."

공허한 치천세의 웃음을 들으며 철한은 격한 숨을 들이켰다. 그는 거친 동작으로 눈물을 훔쳤다.

"제기랄! 다른 형들은 수소문이 됩니까?"

"우선은 너와 넷째 형님부터 먼저 모시러 왔다. 돌아간 후에 다시 출도할 생각이다."

"그럼 나는 지금부터 바로 형님들을 찾으러 가겠소!"

"혼자 가기는 먼 길이다. 또한 처처에 동창의 눈이 깔려 있으니 어떤 험난한 길이 될지 모른다."

"그렇다고 언제 그 먼 광동까지 갔다가 다시 나오겠소? 난 하루라도 빨리 우리 형제들을 하나로 모아야겠수!"

철한은 단단히 결심을 한 듯 풍적소의 만류에도 흔들림이 없었다.

치천세도 고개를 끄덕였다.

"나도 막내와 의견이 같다. 한시라도 빨리 대형을 위시한 형제들이 모여야 할 것이다. 나도 마음 같아서는 당장 형제들을 찾아 떠나고 싶지만······."

그는 이환을 쳐다봤다.

"신인께서 졸부에게 청할 것이 있다고 하니 그저 안타까울 뿐이다."

이환이 느릿하게 입술을 벌렸다.

"풍적소에게 들었겠지?"

"그렇습니다."

"할 수 있나?"

"정확히 장담은 못하겠습니다. 마을 규모를 진법으로 숨겨야 한다니……. 이론상으로는 생각해 본 적이 있지만 실제로 시도해 본 적은 한 번도 없기 때문입니다."

"이론을 구축했다면 실행하는 건 어렵지 않지. 해보겠나?"

이환은 치천세를 응시했다.

"무엇이 되든 한 가지로 보상해 주겠다. 할 수 없는 일, 능력이 부족한 일, 내가 이루어주겠다. 이 정도면 나쁘지 않은 거래겠지?"

듣고 있던 철한이 껄껄대며 웃었다.

"하하, 이 양반, 호탕하구먼! 하지만 그런 거래는 언제나 제안자의 손해만 끼치는 일이라고!"

이환은 가느다랗게 웃었다.

"나는 바보가 아니지."

철한은 어깨를 으쓱했다.

"내 눈에도 그렇수."

그는 형제들을 쳐다봤다.

"아무튼 나 먼저 움직이겠소. 일단 대형부터 찾아볼 테니까 시간 되면 쫓아오시우!"

"조심하도록 해라."

"천기가 아직 네놈 죽을 길을 열지 않았으니 날뛰지만 않으면 몸 상할 일은 없을 거다."

"나중에 봅시다, 형님들!"

철한이 말을 몰고 북녘으로 달려나갔다.

풍적소와 치천세는 멀어지는 막내 동생을 오랫동안 지켜본 다음 자신들의 말고삐를 잡았다. 마을로 가서 미리 준비해 온 기마였다.

이환은 자신 몫의 말에 올라탔다.

급한 일은 해결했으니 눈에 띌 이유는 없었다.

지이이잉!

바이크가 배기음을 울리며 하늘로 치솟았다.

치천세가 고개를 한껏 젖혀 허공으로 사라져 가는 바이크를 쳐다봤다.

"보면 볼수록 놀랍군. 이래서 도사들이 죄다 우화등선하려는 건가?"

이환은 통신기를 풍적소에게 던졌다.

"할 말이 있으면 붉은 단추를 눌러라."

풍적소가 의아하다는 듯 물었다.

"동행하지 않으십니까?"

"들를 곳이 있지."

이환은 희미하게 웃었다. 의미심장한 웃음이었다.

풍적소는 통신기를 품 안에 갈무리했다.

"그럼 장가촌에서 뵙겠습니다."

이환은 고개를 끄덕였다.

치천세와 풍적소가 멀어져 가고, 이환도 말을 몰았다.

그들은 남쪽, 그는 서쪽이다.

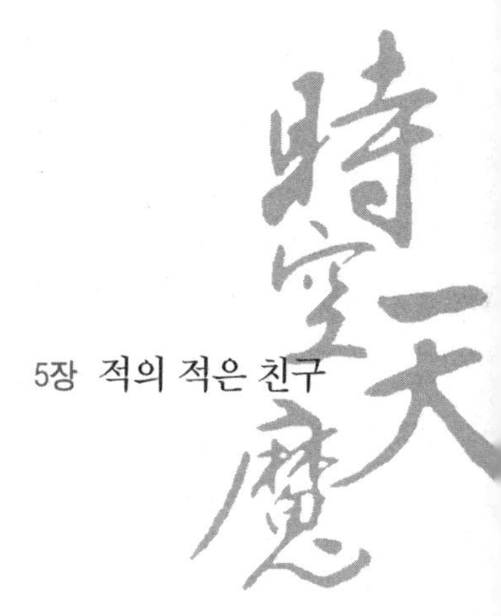

5장 적의 적은 친구

이환은 섬서로 향했다.

그 넓은 섬서 땅 중에 목적지는 없었다. 그냥 섬서였다.

혈전문이 섬서 땅에 있다는 것은 알지만, 섬서 어디에 있는지는 몰랐다. 그저 독심갈요와 풍적소가 대결하던 상황에서 흘러나온 섬서란 지명만 생각한 것이다.

다소 무책임할 수도 있지만 이환은 큰 걱정을 하지 않았다. 일단 가보면 안다. 그런 생각이었고, 정확히 맞아떨어졌다.

섬서성 초입, 상남(商南)에 이르자 거리 곳곳에 붉은색 무복을 아래위로 입고 가슴에 혈(血)이라는 글자를 가져다 붙인 건달들이 수도 없이 눈에 띄었기 때문이다.

이환은 근처 노점에서 만두를 하나 사며 지나가듯 저들에 대한 이야기를 꺼냈다.

"저 사람들이 혈전문의 무인들입니까?"

그러자 옆에서 만두를 오물거리던 소년이 고개를 끄덕였다.

"맞아요. 저 빨간 옷을 입은 남자들이 혈전문의 문도들이죠. 하지만 무인은 아니에요. 매일 행패를 부리고 있다니까요. 우리 엄마가 저놈들은 깡패라고 했어요."

"쉿! 애야, 그런 말은 함부로 하는 게 아니다. 자칫 와전되었다가는 너와 네 어미는 경을 칠 게야."

"칫."

소년은 만두 가게 주인의 훈계가 불만이라는 듯 만두 씹는 데만 열성을 다했다.

하지만 정작 훈계를 줬으면서도 자기 자신은 그러지 못하는 듯 만두 가게 주인이 조용히 혼잣말처럼 험담을 중얼거렸다.

"하긴, 무인이 무공은 안 닦고 상인들에게 보호비나 뜯고 다니니 건달패와 다를 건 없지."

이환이 만두 한쪽을 찢어 입에 넣었다.

가만히 있던 소년이 끼어들었다.

"화산파(華山派)에 부탁하면 저자들을 물리쳐 주지 않을까요?"

"화산파? 허허, 글쎄다. 화산의 고명한 도사님들이라면 저런 무늬만 무인인 건달패쯤은 손짓만으로도 물리칠 수 있겠지. 하지만 도사 분들이 뭐 하러 더러운 인간사에 감 놔라 대추 놔라 하겠느냐?"

"도사라면 착한 일을 많이 해야 신선이 되죠! 화산파 도사들은 너무해! 신선 되기 싫나 보다!"

그때 혈전문의 무인이 노점 근처로 다가왔다.

"이보게, 젊은 양반. 보아하니 여행객 같은데 어디로 가시오?"

칼을 혀 위에서 가지고 놀면 결국 잘리는 것은 혀다.

그런 이치를 잘 알고 있는 만두 가게 주인은 가볍게 이환에게로 화제를 돌렸다.

"세상 구경을 하는 떠돌이입니다."

"그래? 허허, 나도 종종 그런 생각을 하곤 했지. 검 하나만 의지해 수만 리 강호를 홀로 주유하는 그런 꿈. 하지만 이제는 다 늙고 기력이 없어서 언감생심이야. 이 만두피 하나도 제대로 못 밀겠다니까."

만두 가게 주인은 옛 추억이 생각나는 듯 두꺼운 밀대를 가만히 들어 보였다.

"나도 꼭 강호를 주유할 거예요!"

소년이 끼어들었다. 어느새 만두 하나를 다 먹고 입이 심심한 듯 수다를 떨기 시작했다.

"구주팔황을 일검 아래 놓고, 수만 황금을 미녀의 웃음 아래에 놓으며, 절대의 권력도 고독한 길 아래 놓으니 이것이 진정한 검신(劍神)의 길!"

이환은 처음 들어보는 말이었지만 만두 가게 주인은 익숙한 듯 피식 웃으며 반죽 뜨는 물을 소년에게 뿌렸다.

"예끼, 벌써부터 헛물켜지 마라. 무림영웅은 아무나 되는 줄 아느냐?"

"난 꼭 검신 같은 영웅이 되고 말 거라구요!"

얼굴에 튄 물방울을 소매로 벅벅 닦으며 소년이 항변하듯 외쳤다. 두 사람의 행동으로 보아 검신이라 불리는 검객은 무척 뛰어난 명성과 무공을 소유하고 있을 게 분명했다. 그리고 그에 걸맞은 존경받을 법한 인품도.

이환은 만두 값을 치르고 몸을 일으켰다.

등 뒤로 소년과 만두 가게 주인의 수다 소리가 계속 들려왔다.

이환은 사람들 사이로 흘러들었다.

정처없이 걷는 것 같지만 사람을 미행하는 중이다.

조금 전 노점을 지나친 혈전문의 무인. 열 걸음 정도 앞에서 험악한 인상으로 대로 한가운데를 떡하니 차지하고 걷는 그를 뒤따라가는 것이다.

위성을 통해 관찰한 결과 저자의 품 안에는 전서가 들어 있었다. 입구가 아교로 잘 봉인되어 있는 전서통은 누가 봐도 저자의 간부에게 전달될 게 뻔했다.

혈전문도(血戰門徒)는 큰 장원으로 들어갔다.

현판에는 혈전문 상남지부라고 쓰여 있었다.

지부라면 본 건물은 따로 있다는 뜻.

상남은 아닌 모양이다.

이환은 계속해서 전서를 품에 넣은 혈전문도를 관찰했다.

물론 육신은 근처의 다루(茶樓:찻집)에서 차를 음미하고 있고 하늘에 떠 있는 위성의 눈을 통해서다.

혈전문도는 상남지부에서 그렇게 고위 직책이 아닌 듯 곁으로 사람들이 지나갈 때마다 꾸벅꾸벅 인사를 해댔다.

이윽고 그는 한 사람을 만났다.

―지부장님, 급보입니다.

지부장.

상남지부를 통괄하고 있는 간부다.

그는 날카로운 인상을 지닌 삼십대의 중년인이었다.

―어디서 온 것이냐?

혈전문도는 무릎을 꿇은 채 양손으로 전서통을 지부장에게 내밀었다.

―안강(安康)에서 왔습니다!

―본 문에서?

지부장이 다급히 전서통을 받아 들었다.

그는 통 뚜껑의 봉인이 뜯어지지 않았나를 먼저 살핀 다음 조심스럽게 전서를 펼쳤다.

이환도 전서에 적힌 내용을 읽었지만 제대로 된 글이 아니라 해석할 수 없는 개별적인 단어들만 적혀 있었다.

암호문이다.

지부장은 당연히 해석을 할 수 있었다.

그는 전서를 양손으로 비볐다. 흰 연기가 치솟더니 금방 종이가 누렇게 타서 재로 변했다.

─큰일이군! 너는 빨리 나가서 일급제자들을 연무장으로 도열시켜라!

─존명!

혈전문도가 황급히 튀어나가고, 지부장은 비로소 안색을 찌푸렸다.

─평리(平利), 석천(石泉)지부가 하룻밤 사이에 모두 괴멸당하다니! 대체 어느 간 부은 놈들이 혈전문을 노리는 것이지?

그는 중얼거리며 바깥으로 나갔다. 오늘 밤은 자신이 저 연쇄 살인의 희생양이 될지 모를 일이다. 불길한 마음은 초조하게 변했다. 그는 경공을 써서 연무장으로 향했다.

연무장에는 먼저 도착한 상남지부의 일급제자들이 질서정연하게 도열해 있었다.

─부르심을 받았습니다!

일급제자들은 과연 일급이라는 급수가 붙여질 만했다.

이환의 입장으로는 아주 흡족한 군기였다.

지부장은 가볍게 고개를 끄덕인 다음 일급제자들을 향해 말했다.

―본 문에서 급보가 날아왔다. 본 문을 무너뜨리려는 암해 세력이 평리와 석천지부를 지난밤에 급습하여 괴멸시켰다고 한다. 다음 차례는 본 상남지부가 될지도 모르는 일이다.

이환의 입장으로는 무척 즐겁고, 그들의 입장에서는 무척 충격적인 비보에 일급제자들은 칼 같은 군기도 잃어버리고 혼란스럽게 웅성거렸다.

―조용! 언제 적의 총공세가 찾아올지 모른다. 지금 이 시간부터 본 상남지부는 특급 경계 태세를 취한다. 적들은 개미새끼 하나 남기지 않고 죽여 버린 무자비한 놈들이다. 하지만 다행스럽게도 본 문에서 지원 병력을 보냈으니 본 상남지부는 놈들을 역으로 제압해 큰 공을 세울 것이다.

―옳은 말씀이십니다!

일급제자들이 포권하며 고개를 숙였다.

냉정을 찾은 제자들을 바라본 지부장은 만족스러운 표정으로 고개를 끄덕였다.

―거리에 나가 있는 이, 삼급제자들에게도 이 소식을 전하고, 이질적인 움직임은 낱낱이 보고하도록 명하라!

―존명!

"여어, 여행객! 이제는 어디로 가시오?"

이환은 흐릿한 미소를 지었다.

"안강으로 갑니다."

＊　　　＊　　　＊

상남에서 안강으로 출발한 그 첫날 밤, 혈전문 상남지부는 누구도 살아남지 못하고 조용히 괴멸당했다.

살인자들의 숫자는 오십 명. 상남지부는 지원 병력까지 합쳐서 삼백 명이 넘었지만, 고작 오십 명에 무너진 것이다.

암살자들은 수단 방법을 가리지 않았다.

상남지부의 저녁밥에 수면제를 탄 다음, 새벽녘 모두가 비몽사몽일 때 담을 타 넘고 들어가 단검으로 멱줄을 따버렸다.

완벽한 몰살이었다.

암살자들은 왔을 때처럼 돌아갈 때도 조용히 사라졌다. 어떠한 흔적도 남기지 않으려고 무척이나 노력했다.

만일 위성이라는 것이 없었다면 그들의 살인은 암살자의 교본이라고 불러도 좋았다. 자신들의 존재를 오직 자신들만 알게 만들었으니까.

하지만 이환은 모든 것을 지켜봤다.

복면을 쓴 그들의 얼굴을 투시했고, 골격과 신체 특징을 모두 파악했다. 하물며 그들의 대화쯤이야!

멀리 안강 성벽이 보였다.

비로소 안강이다. 혈전문이 있는.

그는 가장 먼저 안강 동문대로의 선강반점에 방을 임대했다. 점심으로 삼황계(三黃鷄)를 배부르게 먹었고, 근처의 문향서고로 가서 몇 권의 독서를 즐겼다.

선강반점의 삼황계는 주방장이 가장 자신있어하는 요리였고, 문향서고는 책을 구입하지 않아도 한쪽에 있는 책상에서 무료로 독서가 가능했다.

이것은 안강에서 며칠 살아보지 않으면 알 수 없는 생활의 지혜였다.

막 안강에 도착한 이환으로서는 몰라야 당연했다.

먼저 도착해 그가 당도할 때까지 안강 일대를 낱낱이 살핀 2호 위성이 아니었으면 말이다.

처음에 청와대가 발사할 수 있는 위성은 3호와 5호 두 대뿐이었다. 추락하며 외부의 고열로 인해 발사구가 녹아버렸기 때문이다.

하지만 수리를 통해 모든 위성을 발사시켰고, 지금은 총 다섯 대의 정찰 위성이 공중을 부유하고 있었다.

이제까지 이환은 1호 위성 하나만 사용했다.

자신은 언제나 청와대를 벗어나지 않았으니 그것으로도 충분했던 것이다. 하지만 이렇게 세상에 나와 있으면서 더욱 정보의 중요성이 체감되었다.

이환은 위성의 위치를 조금 변경했다.

그렇게 해서 현재 위성은 1, 2호가 이환, 3, 4호가 장가촌과 능산 일대, 5호가 광동성 순찰 상태였다.

이제 이환은 원하는 곳 어디라도 먼저 2호 위성을 보내 모든 것을 파악할 수 있는 것이다.

도착하여 머물면서 정세를 살필 이유가 하나도 없었다.

가는 동안 다 알아버렸으니까.

이환은 책을 덮었다.

그는 동전 몇 개를 책상 위에 올려놓고 서고를 벗어났다.

어느덧 바깥은 어둑어둑해지는 저녁이다.

그는 움직이기 시작했다.

작전 개시다.

*　　　*　　　*

"크으음……."

얼음장 같은 바닥을 통해 한기가 스며들었다.

쇄월삼호(碎月三號)는 넝마짝처럼 망가진 육신으로 전해지는 지독한 고통에 신음을 참지 못했다.

차라리 죽고 싶었다.

아니, 정말로 죽어야 했다.

'상남지부에 전력을 집결하는 척해서 산양지부에 함정을

파놓았다니… 보기 좋게 당했지.'

쇄월삼호는 혈전문 산양지부를 습격한 쇄월조(碎月組)의 조원이다.

상남지부가 칠성조(七星組)의 몰살을 겪는 동안, 산양지부는 쇄월조의 방문을 받았다.

쇄월조는 일전에 석천지부를 몰살시킨 경험이 있었다. 그래서 산양지부도 그렇게 될 것이라 믿어 의심치 않았다.

게다가 혈전문에서 상남지부 쪽에 꽤 많은 전력을 투입시켰다고 해서 여유도 조금 있었다.

원래 쇄월조가 상남지부를 맡기로 했지만, 칠성조와 바꿔 맡았기 때문이다. 쇄월조보다 칠성조 조원들의 무공 수위가 한 단계 강력해서 그랬다.

그런데 그게 함정이었다.

상남지부는 맹물이었고, 산양지부는 복마전이었다.

'하하… 혈왕이 직접 나설 줄은 몰랐지!'

쇄월삼호는 그날 밤의 일을 생각하자 아직도 소름이 오싹 돋았다.

혈파장력(血波掌力)을 소나기처럼 뿌리며 동문 사제들을 학살하던 혈왕!

무림의 수많은 무인들 가운데 손에 꼽을 수 있는 왕(王)의 칭호를 받은 존재였다. 물론 그에 걸맞게 소문대로 잔인하였고.

'혈왕의 분노가 본 문으로 쏟아진다면…….'

쇄월삼호는 자신이 자백한 뒤의 상황을 생각해 봤다.

그의 문파가 쌓아온 명성, 사탕처럼 조각나 버린다.

그의 문파가 육성한 제자들, 수박처럼 머리통이 쪼개진다.

그리고 그 모든 일의 원흉은 대대손손 배신자라고 손가락질을 받는다.

바로 나다.

부르르…….

쇄월삼호는 몸을 떨었다.

물론 자백하라는 압박 속에서도 꽉 닫은 조개처럼 입을 열지 않을 각오가 돼 있었다.

하지만 하루가 다르게 잔인해지고 두려워지는 고문을 떠올리자 당장 내일도 오늘과 같이 침묵하리라는 자신이 없었다.

그만큼 악랄했다, 혈전문의 금옥(禁獄) 간수가 펼치는 고문들은.

게다가 금옥 간수는 변태였다.

쇄월삼호의 살갗이 육포처럼 벗겨지고, 그 안의 하얀 근육 줄기를 보며 아랫도리가 불룩해졌다.

잔인한 장면을 봐야 흥분하는 변태성욕자인 것이다.

고문에 물이 오르면 간수는 눈구멍이 없는 복면으로 쇄월삼호의 시야를 가렸다. 그리고 고문받는 것은 쇄월삼호인데도 자신이 숨을 헐떡거렸다.

"더러운 자식!"

간수가 앞에서 뭘 하고 있는지는 뻔했다.

복면으로 시야를 가려주는 게 고마웠다. 그나마 간수 놈에게 누가 봐준다고 더 흥분하는 노출증은 없는 것이다.

쇄월삼호는 물에 젖은 솜처럼 무거운 몸을 겨우 움직여 벽에 등을 기댔다.

"죽어야 하는데……."

그는 중얼거렸다.

하지만 결단력은 없었다.

죽기에는 죽을 방법이 없는 것이다.

팔다리의 근육이 끊어졌고, 단전이 찢어졌다.

이대로는 아무것도 할 수 없었다. 천령개를 내려칠 악력도, 혀를 끊을 힘도 없었다.

"죽어야 했는데……."

모두 죽고, 혼자 남았을 때 그는 입 안의 독단을 씹어야 했다. 그래서 절명독으로 숨을 끊었어야 했다.

하지만 그러기에는 혈파장력이 너무 아팠다.

작살 맞은 고기처럼 동료의 피 위에서 펄떡대고 있는 그는 그렇게 혈전문의 심처에 감금되어 버린 것이다.

"나를 좀 죽여줬으면……."

그는 처연히 중얼거렸다.

혈전문에서 그런 자비를 보여줄 사람은 누구도 없다는 것을 알면서도.

그때였다.

"정말 죽고 싶나?"

어두컴컴한 금옥의 입구에서 저음의 목소리가 들려왔다.

쇄월삼호는 깜짝 놀랐다. 혹시 간수 자식이 오늘은 정력이 샘솟아서 몰래 찾아왔나 두려웠다.

저벅저벅…….

발자국 소리가 어두운 통로를 가로질렀다.

쇄월삼호는 발소리를 들으며 간수가 아니라는 사실에 안도했다. 간수는 왼쪽 다리가 없어서 의족을 달았기 때문이다.

그리고 빠르게 의구심을 가졌다.

이 늦은 밤에 홀로 생포한 포로를 찾아올 만한 사람이 누군가를 추론해 보며.

"사, 사형이오?"

그는 더듬거리며 물었다.

사형!

쇄월삼호가 존경하는 친형과 같은 존재.

그라면 장로들의 만류에도 불구하고 자신을 구하기 위해 혈전문으로 침투했을지 모른다.

하지만 대답은 없었다.

'사제!' 하고 부르며 웃는 얼굴로 다가오지 않았다.

쇄월삼호는 와락 겁이 났다.

"누, 누구요?"

침입자는 대답이 없었다.

그래서 쇄월삼호는 그가 자신이 투옥된 옥실 앞에 섰을 때야 그를 확인할 수 있었다.

그가 물었다.

"정말 죽고 싶나?"

쇄월삼호는 더듬거리며 물었다.

"다, 당신은 누구요?"

그는 웃었다.

"적의 적은 친구. 이것만 알려주지."

쇄월삼호의 눈빛이 변했다.

적의 적은 친구!

"그렇… 다면 우리가 친구라는 말이오?"

"당신이 원한다면."

그는 팔짱을 끼며 말했다.

"원하나?"

쇄월삼호의 눈빛이 떨렸다.

"원… 하오."

"좋아. 그럼 자리를 옮겨서 자세한 이야기를 나누도록 하지."

철컥!

금옥의 문이 열렸다.

그는 손을 내밀었다.

쇄월삼호는 떨며 손을 맞잡았다.

＊　　　＊　　　＊

"사제!"

"사… 형!"

쇄월삼호는 붕대로 몸을 둘둘 감은 채 꿈에도 생각하지 못한 사형과의 재회에 감격으로 몸을 떨었다.

"크흐흑… 사형! 죄송합니다. 이 못난 놈이 비겁하게 혼자 살아남았습니다."

"아닐세! 한 명이라도 살아 있는 게 어딘가? 생명은 소중한 법이지 않은가!"

"크흐흑……!"

"아무튼 다행이네. 다행이야."

"이제 일 이야기를 할 차례 같지 않나?"

죽음을 뛰어넘어 만난 상봉은 언제나 감동적이다. 사형제 간의 훈훈한 정이 흐르는 가운데, 목석처럼 무감정한 목소리가 끼어들었다.

사형, 스스로를 칠성일호(七星一號)라고 말한 이십대 후반의 남자가 이환을 돌아봤다.

이환은 무표정한 얼굴로 왼쪽 의자에 앉아 있었다.

남쪽 성벽에 동문 사제들만 아는 암호를 써서 자신을 부른 남자다.

정체불명.

위험한 자다, 아직은.

"존호를 알려주시겠소?"

"자네들도 가명을 쓰는데 나도 그래야 형평성이 맞겠지. 피풍일호(披風一號)쯤으로 할까?"

"…좋소, 피풍일호. 귀하는 정말 우리와 손을 잡을 생각이시오?"

"그렇지 않다면 혈전문으로 잠입해서 저 친구를 구해올 이유도 없지. 뭐 하러 위험을 감수했겠나? 자네 단체에게 성의를 보이기 위한 거였어."

"음……."

칠성일호는 수긍했다.

자신만 해도 희박한 가능성에 구출 작전을 포기했는데, 이자는 죽음을 각오하고 생판 모르는 남을 구해왔다.

적어도 호의를 보인 것이다.

"좋소, 피풍일호. 귀하의 성의는 분명히 감사하게 생각하리다. 하지만 아직 귀하가 진정한 친구인지는 불분명하오."

"혈전문의 첩자라는 것인가?"

"가능성은 있지 않겠소?"

칠성일호가 걱정하는 것은 이것이었다.

첩자.

호의를 베푸는 척 합류해서 본거지를 일망타진한다.

매력적인 계략이다.

이환은 고개를 끄덕였다.

"자네의 말이 옳아. 그럼 내가 친구가 될 방법을 알려주겠나?"

"그것은 내가 말할 수 없소."

"상급자에게 보고해야 하는 거군. 좋아, 동문대로의 선강반점 오호실에서 기다리겠네."

"후에 연락드리겠소."

둘만 남은 상황이 되자 칠성일호가 물었다.

"사제, 정말 저자의 정체를 모르나?"

"예. 어젯밤 갑자기 나타나서 저를 구출해 줬습니다. 그 과정에서 본 문의 상황이나 제 가명에 대해 아무것도 묻지 않더군요. 그리고 이곳으로 옮기면서 여러 가지로 섬세하게 신경을 써줬습니다."

"으음, 쇄월조가 당한 지금은 고수가 필요해. 그는 홀로 혈전문을 침투해 사제를 구출했을 정도니 실력 검증은 된 셈. 지금으로서는 최고의 동업자라고 할 수 있겠지만."

"그러면 그를 적당히 이용만 하는 게 어떨까요?"

"이용?"

"예. 개인 활동을 시켜서 암살이나 기습용으로 써먹으면 딱이죠. 어차피 회유가 불가능한 골수 혈왕의 심복들은 눈엣가시들이니 이참에 제거해 버리는 겁니다."

"그거 매력적이로군. 그가 거부하면 어쩌지? 냉철해 보이던데, 이런 계획은 금방 눈치 챌 거야."

"그도 신임을 얻기 위해 세 번 정도는 거부하지 못하고 수긍할 테니, 그때 단기간에 최대한 써먹는 겁니다. 우리로서는 전혀 아쉬울 것이 없게요."

"좋군. 장로님께 자네의 의견과 함께 피풍일호에 대해 보고를 올려야겠네. 혹시 미행이 있을지 모르니까 당분간 자네를 찾아오지 못할 거야. 이해하게."

"저야 어차피 죽은 몸이니 가만히 처박혀 있겠습니다."

"그럼 나중에 보세."

오일이 지난 이른 아침.

이환은 창문을 통해 들어온 방문객을 향해 찻주전자를 들어 보였다.

"차 한 잔 하겠나?"

칠성일호는 고개를 저었다.

"됐소. 본론으로 들어갑니다."

"반가운 소리로군."

칠성일호가 품에서 여러 번 접힌 종이를 꺼냈다.

안강 일대의 큰 기점만 표시한 지도였다.

"이게 혈전문이고 여기가 이곳의 위치요."

"그렇군."

"우리는 귀하의 신용을 확인하고 싶소. 그래서 한 가지 임무를 부탁드리겠소."

"얼마든지."

"여기 남문대로에 홍옥전포(紅玉典鋪)라는 곳이 있소. 혈전문의 생활물품을 납입하는 홍옥상회의 회주가 경영하는 곳인데, 그는 혈전문의 외총관이오. 그를 귀하께서 상대해 주시오."

"암살인가?"

"그렇소."

"그만 없애면 우리는 친구인가?"

"얼마쯤은."

이환은 픽 웃었다.

"조금 화려해도 상관없겠지?"

펑!

건물이 폭발했다.

불길이 치솟고 뚫린 지붕으로 타 들어가는 전표가 비처럼 쏟아져 내렸다.

사람들은 전표를 줍고, 일꾼들은 불을 끄느라 아비규환이 따로 없었다.

"……."

칠성일호는 멀리서 그 광경을 지켜보며 벌어진 입을 다물 수 없었다.

건조한 공기를 머금고 타오르는 청염의 불길은 사람 뼈조차도 한 조각 남겨두지 않을 것처럼 보였다.

"만족하나?"

"…이건 좀 너무하지 않소?"

"뭐가? 조금 화려할 거라고 말했을 텐데."

칠성일호는 쓴웃음만 지었다. 일반적인 상식으로 암살이란 몰래 죽이고 오는 일이다. 그런데 피풍일호라는 작자는 무식하게도 건물을 통째로 날려 버렸다. 사람을 구워 죽인 것이다. 손속이 과감하고 또 잔인했다.

'어차피 홍옥전포의 돈은 모두 혈전문이 비상시에 끌어 쓰는 자금이다. 이쪽이 혈전문에 타격이 크겠군.'

칠성일호는 좋게 생각하려고 마음먹었다.

어쨌거나 혈전문만 무너뜨리면 되는 거였다.

다음 임무는 이틀 후에 도착했다.

역시 이른 아침부터 이환을 찾아온 칠성일호가 지도를 펼치고 임무를 설명했다.

"북문대로의 만홍루(滿紅樓), 대상은 주인 왕모석이오. 그는 혈전문의 속가제자인데 혈전문에서 내총관 노릇을 하고 있소. 그가 없으면 홍옥전포의 소실로 궁핍해진 혈전문은 더욱 곤궁해질 것이오.”

칠성일호는 이환을 응시했다.

“이번에는 왕모석만 죽여야 하오.”

이환은 고개를 끄덕였다.

“유념하지. 그가 잠든 시간에 처리하겠네.”

쿠르릉!

콰앙……!

그날 이른 저녁.

비가 내렸다.

“곤란하군. 갑자기 벼락이 쳐서 건물을 붕괴시킬 줄은 몰랐어. 자칫 잘못했다가는 복수도 하기 전에 죽을 뻔했군. 하긴, 왕모석에게는 그게 그거겠지만.”

붕괴된 만홍루의 폐허를 보며 칠성일호는 또다시 할 말을 잃었다.

“자네의 조직에게 미안하다고 전해주게. 내 신용을 보여줄 수 없어서 나도 섭섭하군.”

“아, 아니오.”

칠성일호는 피풍일호의 음성에 다소 웃음기가 숨어 있다

고 생각했다. 하지만 그것은 자신처럼 허탈함과 기묘함이 섞인 기분의 발로라고 치부하고 말았다.

그렇게 생각할 수밖에 없었다.

세 번째 임무는 다시 삼 일 뒤에 찾아왔다.

"망아대형 연비규. 놈은 서남쪽 망아호동(골목)에서 창녀들을 거느리는 포주요. 안강 최고의 집창촌을 경영하는데, 배후에 혈전문이 있소. 이것도 혈전문에게 노른자위 같은 자금줄이오."

"암살인가?"

"그렇소. 개인적인 부탁이지만 매우 고통스럽게 죽여주시오."

"왜?"

"놈은 창녀들을 개처럼 취급하오. 복종시키기 위해 학대는 기본이고, 마약을 강제로 복용시켜서 이성을 잃게 만드오. 인간 말종이오!"

늦은 밤.

자연은 밤을 휴식을 위해 만들었다.

하지만 망아호동에 있어 밤이란 시끄럽고 땀나고 힘든 시간이었다. 대개의 성행위가 그러하듯 말이다.

휘이잉…….

바람에 피풍의 자락을 흩날리며 망아호동에 들어온 이환은 썩 기분이 좋지 않았다.

공기가 더러웠다.

공장 굴뚝에 머리를 집어넣은 기분이다.

그는 어둠을 가로지르며 곧바로 목표물을 향해 전진했다. 위성으로 관찰한 바, 이번 목표는 죽어 마땅한 자였다.

바로 지금처럼 여자의 목을 조르며 코와 입으로 하얀 분말을 꾸역꾸역 집어넣었기 때문이다.

분말이 뭔지는 뻔했다.

이환은 등에 멘 레이저 건을 저격용으로 설정했다.

목표물은 개기름이 번들거리는 놈의 머리.

핑!

짧은 소리.

"꺄아아아악……!"

그리고 긴 소리.

이제 끝이다.

*   *   *

"대단하오! 모두 감탄하고 있소."

"이제 조금 믿음이 가나?"

"피풍일호, 귀하는 분명히 우리의 친구가 틀림없소."

이환은 가볍게 웃었다.

"혈전문이 우리 모두의 적인 것도 확실하지."

"다만 놈이 너무 쉽게 죽은 것 같아 불만이오. 그는 자신이 행한 죄과만큼이나 힘들게 죽었어야 하는데……."

칠성일호의 눈에 떠오른 것은 확실한 정의감이었다.

이환이 물었다.

"그쪽에서는 언제 본론으로 들어갈 셈인가?"

본론.

혈전문을 파멸시키는 것!

"귀하의 맹위 덕분에 혈전문은 많은 타격을 입었소. 특히 홍옥전포를 태워 버린 일이 가장 컸소. 하하!"

그날의 황당함이 다시 생각난다는 듯 칠성일호가 가벼운 웃음을 터뜨렸다.

그는 이어 말했다.

"귀하께서 외부적으로 혈전문의 손발을 끊는 동안, 우리는 내부적으로 장치를 설치했소."

칠성일호가 은밀하며 신중하게 속삭였다.

"삼 일 뒤, 우리는 다시 산양지부를 공격할 거요. 산양지부에 혈왕의 사대제자(四大弟子) 중 하나인 광야자(狂夜者)가 있소. 우리는 혈왕의 남은 삼대제자가 없는 지금이야말로 최적의 시기라고 판단하오. 광야자만 제압한다면 혈전문은 혈왕 말고는 무서울 사람이 없소."

물론 그 혈왕의 무서움이 지나치게 엄청났지만 칠성일호
는 애써 득의만만한 미소를 지었다.

피풍일호에게 혈왕의 존재를 가볍게 생각시켜야 한다.

그래야 직접 목을 칠 기회를 제공했을 때 피풍일호가 흔쾌
히 받아들일 것이며, 양심의 가책 없이 그를 죽일 수 있는 것
이다.

그 와중에 피풍일호가 혈왕에게 상처라도 낸다면 무척 고
마울 터이다. 자신들이 혈왕을 처단하기 쉬워질 테니까.

"그러면 혈왕이 대비하기 전에 일을 끝내야겠군."

"그렇소. 삼 일 새벽, 광야자의 목이 떨어짐과 동시에 본인
이 이끄는 칠성조가 혈전문을 칠 것이오. 물론 산양지부를 공
격한 북두조(北斗組)까지 빠르게 합류하여 동이 트기 전에 모
든 것을 끝낼 것이오. 귀하도 이 순간에 당연히 참가하시리라
믿소."

칠성일호가 호감 어린 미소를 지어 보였다.

이환도 웃어 보였다.

"물론."

서로의 머릿속을 알아서는 안 되는 동상이몽(同床異夢)이
다. 하지만 미안하게도 이환은 칠성일호의 머릿속을 뻔히 꿰
뚫어 보고 있었다.

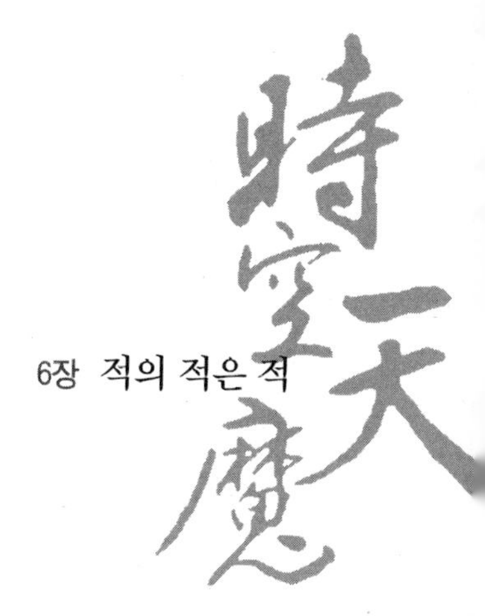

6장 적의 적은 적

뜨는 태양과 함께 결전의 시간이 다가왔다.

"피풍일호, 이분은 칠성령주(七星令主)시오."

"반갑소, 피풍일호."

복면을 써서 얼굴을 가렸지만 이환에게 그런 것은 무의미한 행위였다. 칠성령주의 진면목은 인심 좋아 보이는 노인이었다.

"반갑소. 오늘이야말로 우리가 힘을 합쳐 큰 뜻을 취하는구려."

"그렇다오. 혈전문은 오래전부터 패악을 일삼아왔소. 우리는 악즉참의 기개로 혈왕의 무리를 소탕할 것이오."

"칠성령주, 시간이 되었습니다!"

칠성령주는 고개를 끄덕였다.

복면에 뚫린 눈구멍으로 강렬한 안광이 치솟았다.

"갑시다, 피풍일호!"

휙! 휘리릭!

칠성조의 오십 명과 이환.

이렇게 오십일 명이 어두운 거리를 가로질러 혈전문에 당도했다. 혈전문은 연이은 재난에 철통같은 경비를 서고 있었다.

피피핏!

선두의 칠성조 열 명이 피리같이 생긴 대나무 죽통을 앞으로 내밀자, 그곳에서 철전(鐵箭)이 쏘아져 보초를 서던 경비들을 꿰뚫었다.

쇠 화살 끝에 독이 발린 듯 경비들은 비명도 지르지 못하고 몸을 한 번 흔들더니 풀썩 쓰러졌다.

"간다!"

칠성령주가 쓰러진 경비들을 가로질러 혈전문의 담을 타넘었다. 칠성조 전원이 그 뒤를 따랐다.

이환은 힐끗 경비의 가슴에 박힌 철전을 바라본 다음 역시 담을 뛰어넘었다.

혈전문 내부는 기습에 대비하듯 횃불로 대낮처럼 밝혀져 있었다. 보초들도 많았다.

칠성령주가 이환에게 다가왔다.

"피풍일호, 조원 일곱이 흩어져서 불을 지를 거요. 주변이 시끄러워지면 이들은 일부러 행적을 노출시켜 바깥으로 보초들을 유인할 거고, 그때 우리는 혈왕을 총공격할 계획이오. 귀하도 혈왕을 제거하는 데 힘을 보태주시오!"

"기꺼이."

칠성령주가 웃음기 어린 목소리로 말했다.

"우리는 아주 오래전부터 주방장을 매수해서 음식과 식수에 비정기적으로 만성 독약을 투입했소. 이 만성 독약은 특수해서 그냥 먹으면 인체에 아무런 해가 없지만 몸에 약효가 남게 되오. 그때 발독 성분을 복용하면 전신에 힘이 빠지고 제대로 내공을 운기할 수 없는 특수한 독약이오. 어제 음식에 발독 성분을 넣었기 때문에 놈들은 오늘 제대로 힘을 쓸 수가 없을 거요!"

칠성령주가 조원들에게 명령했다.

"움직여라!"

"예!"

칠성조 일곱 명이 기름과 화섭자를 가지고 빠르게 사라졌다. 얼마 후 건물 곳곳에서 연기가 치솟기 시작했다.

"불이다!"

"불이 났다!"

"침입이다! 크아악!"

"적의 침입이다!"

순식간에 혈전문이 시끄러워졌다.

경적과 경종이 번갈아가며 요란하게 밤을 깨웠다.

"이쪽으로!"

칠성령주가 이환을 손짓했다.

그들은 소란이 일어나는 반대 방향으로 움직였다. 화재와 침입으로 모든 시선이 집중되어 있는 곳이 있다면, 그만큼 허술해진 곳이 있기 마련이다.

칠성령주는 그곳을 통해 혈전문의 심처로 전진해 갔다.

피피핏!

침입에 동요하지 않고 지정된 자리를 지키던 경비들이 다시 죽통의 화살을 맞고 쓰러졌다.

"일곱 명이 외부 경비를 미혹하는 것은 채 한 식경(食頃:30분)이 못 될 거요. 그사이에 혈왕을 죽이거나 그에 준한 상처를 입혀야 하오."

침투는 계속됐다.

비로소 잔존 경비들을 모두 해치우고, 혈전문 가장 안쪽의 심처에 도착하는 데까지 약 팔 분이 걸렸다.

[저곳이 혈왕이 거주하는 별채요. 놈은 아마 다섯 번째 애첩과 늘어져라 방사를 즐긴 뒤 곯아떨어져 있을 거요!]

칠성령주가 큰 연못 옆에 그림처럼 지어진 호화로운 건물을 가리키며 전음으로 말했다.

이환은 내부를 보며 몰래 웃었다.

곯아떨어지기는커녕 아직도 힘이 넘쳐 보였다.

"이놈들! 기다리고 있었다!"

쾅!

폭발하듯 문이 떨어져 나가고, 그곳으로 한 명의 남자가 서서히 걸어나왔다.

만지면 붉은 염료가 잔뜩 묻어 나올 것처럼 새빨간 적포(赤袍)를 입은 중년인이었다.

그는 두 눈으로 귀화(鬼火)를 일렁거리며 일갈을 터뜨렸다.

"사지를 찾아 날아든 날파리 새끼들이로구나!"

"저자가 바로 혈왕이오!"

칠성령주가 적포인을 향해 소리쳤다.

이환은 딱히 칠성령주가 말해주지 않아도 알 수 있었다. 저만한 내공을 지닌 함성은 아무나 지를 수 있는 게 아니었기 때문이다.

"모두 공격하라!"

칠성령주가 총공격을 명령했다.

사십사 명의 칠성조원이 장검을 뽑아 들고 빠르게 달려나갔다.

"가소로운 놈들!"

혈왕은 달려드는 칠성조원을 향해 냉소를 터뜨렸다. 이내 그도 적포를 펄럭이며 먹이를 노리는 짐승처럼 빠르게 칠성조원들을 공격했다.

마흔넷과 일인의 승부였지만 놀랍게도 혈왕의 무위는 마흔넷이라는 인원을 부끄럽게 만들 정도로 강력했다.

양권에 머물러 있는 도깨비불 같은 붉은색 광채는 소름이 돋을 정도로 빠르게 움직였다.

이환은 혈왕의 전투를 관찰했다.

두뇌가 냉철하게 돌아갔다.

'무공으로는?'

필패(必敗)!

'저격은?'

필승(必勝)!

제아무리 무공이 왕이라 불릴 정도로 뛰어나다지만, 레이저 건 앞에서는 모든 것이 무의미하다.

그는 등에 멘 레이저 건의 총신을 붙잡았다.

칠성조와의 전투로 시야가 어지러운 지금, 단 한 발이면 그를 죽일 수 있다.

하지만 발포하지 않았다.

아직 아니다.

방법도 아니다.

자신이 나서기 전에 칠성조가 해줄 게 아직 남아 있었다.

그는 느긋하게 전투를 관찰했다.

혈왕의 동작, 전투 습관, 그가 만들어내는 무공 효과, 모든 것이 자료로 기록되었다.

덤으로 칠성조원들이 만들어내는 환상적인 합동 공격도 좋은 자료가 됐다. 무슨 기묘한 방법을 쓰는지 모르겠지만 칠성령주가 '개진(開陣)'이라고 외친 다음부터였다.

하지만 그 변화로도 혈왕을 죽이기에는 요원해 보였다.

"피풍일호! 어서 공격하지 않고 뭐 하시오!"

칠성령주가 멀찍이 구경하고 있는 이환을 향해 속이 터진 듯 버럭 고함을 질렀다.

이환은 그쪽을 향해 가볍게 손을 흔들어줬다.

"으아아악! 개자식!"

그 태연자약한 모습에 화가 폭발한 듯 칠성령주의 움직임이 과격해졌다. 그리고 그만큼 허점을 만들었고, 혈왕의 좋은 먹잇감이 되었다.

퍽!

"푸확……!"

일장을 얻어맞은 칠성령주가 분수처럼 피를 뿜으며 뒤로 나자빠졌다.

이환은 천천히 그에게 다가갔다.

"끄흐흡! 이 배… 신자!"

붉게 충혈된 눈으로 이환을 쏘아보는 칠성령주. 그의 얼굴에 원통과 분노가 가득했다.

이환은 차갑게 웃었다.

“배신은 동료에게나 하는 소리지, 신벽곤. 우리가 언제 동료인 적이 있었나?”

“어떻게 내 이름을……!”

칠성령주는 장력을 맞았을 때보다 더욱 아픈 표정을 지었다.

이환은 무감정하게 대답했다.

“종남파(終南派)의 장로(長老)라는 사실도 알고 있다.”

차도살인(借刀殺人)!

당했다! 완벽하게 당했다!

온통 머릿속을 헤집는 참담한 현실에 칠성령주, 종남파 장로 신벽곤은 몸을 부들부들 떨었다.

“…너는 누구냐?”

이환은 낮게 웃었다.

“적의 적은 그냥 적일 뿐.”

이환은 혈왕을 응시했다.

어느덧 칠성조는 대부분이 격살되거나 부상을 입고 바닥을 나뒹굴고 있었다.

하지만 혈왕도 처음 같지는 않았다.

죽통 속의 철전이 다리에 두 발, 어깨에 한 발 꽂혀 있었다. 독으로 인해 늦어진 동작으로 전신에 자잘한 상처와 등에 큰 검상까지 입은 뒤였다.

하지만 고절한 내공으로 독기를 몰아낸 듯 앞선 경비들과는 달리 절명하는 일은 일어나지 않았다.

'해볼까?'

호승심이 슬며시 고개를 내밀었다.

저 상태의 혈왕이라면 자신과 얼추 수준이 맞을 것 같았다. 혈왕의 부상이 이환에게는 제대로 된 핸디캡인 셈이다.

'시간 소모가 크다.'

이성이 반대했다.

지금이면 혈왕을 죽일 시기였다.

칠성조원들이 신나게 칼질을 해서 혈왕의 등짝에 검흔을 선명하게 남겨놨기 때문이다.

전신의 자잘한 상처와는 달리 등의 검상은 제법 전력을 다해 만든 것 같았다. 종남파의 검객이 전력을 다해 공격한다면, 검끝에 실리는 것은 역시 종남파의 검법일 것이 당연했다.

'군인이라면 실리를 택했겠지. 하지만……'

이환이 앞으로 걸어나갔다.

"지금의 난 일개 민간인일 뿐이다."

빙긋!

"조금 특별하지만 말이야."

그는 앞으로 걸으며 바닥에 널브러진 칠성조원 누군가의 검을 집어 들었다. 평범한 철검이었다.

"크아악!"

그때 혈왕은 마지막 날파리, 칠성일호를 일격으로 때려눕

히고 있었다. 칠성일호는 큰 비명을 지르며 허물어졌다.

"너는 뭐냐? 이놈들과 한패거리냐?"

이환은 고개를 저었다.

"모르는 사이다."

"우스운 개소리!"

혈왕이 우악스럽게 덤벼들었다.

겉보기에는 멀쩡해 보이지만 그의 내부는 독으로 고생하는 중이었다. 어서 빨리 눈에 보이는 모든 낯선 놈들을 때려잡은 뒤에 운기조식을 해야 했다.

부웅!

허공을 가르는 권격은 쇠망치처럼 강력했다.

이환은 빠르게 측면으로 몸을 이동시켰다. 그는 세포 하나하나에까지 긴장감을 전달시켜 혈왕의 모든 동작에 민첩하게 대응했다.

"노오옴!"

혈왕이 미꾸라지처럼 피하기만 하는 이환의 모습에 화가 치민 듯 주먹을 폈다.

손가락이 지네의 다리처럼 꿈틀거렸다.

'오공지!'

독심갈요가 사용하던 모습이 기록되어 있다.

쐐액!

손가락 사이로 바람이 찢어지는 소리가 칼처럼 날카로웠

다. 엄청난 속도였다. 이환이 계속 피해 버리자, 아예 속도를 중점으로 붙잡아 버리겠다는 생각인 것이다.

이환의 이마로 굵은 땀방울이 맺혔다.

채 다섯 걸음도 안 되는 반경 안에서 폭풍처럼 쏟아지는 혈왕의 공격을 흘려내는 것은 충분히 고된 일이었다.

그는 언제나 아슬아슬하게 혈왕의 권을 피해냈다.

쉿쉿쉿!

가공할 공격이 계속되고, 이환의 몸놀림은 묘하게도 점점 느려졌다. 하지만 우습게도 혈왕은 훨씬 그를 상대하기가 어려워졌다.

'이놈! 보법이 발전하고 있다!'

혈왕은 비로소 이상한 점을 깨달았다.

"본좌를 상대로 보법 연마를 하는 것이냐!"

"덕분에."

이환은 피하기에만 급급한 것이 아니었다.

이것을 기회로 삼아 보법, 천마신공 보신편에 기록되어 있는 천마규환보(天魔叫喚步)을 숙달시킨 것이다.

연습으로도 몇 번밖에 하지 않은 천마규환보는 목숨을 건 수련 앞에 무척이나 빠르게 숙달되었다.

혈왕의 얼굴이 분노로 붉게 변했다.

"감히… 본좌를 노리개로 삼다니."

일대의 공포라 불리는 그가 언제 이런 수모를 겪었을까.

혈왕은 부득 이를 갈아붙였다. 분심이 혈기와 함께 솟구쳤다. 더 이상의 여유는 스스로가 용납할 수 없었다.

그는 모든 진기를 끌어올렸다. 독기를 제어하고 있던 기운까지 일점에 모여들었다. 잠시 눈앞이 돌았다. 독기가 치밀어 오른 것이다. 하지만 개의치 않았다.

"크크크……!"

악문 잇새로 사이한 웃음이 흘러나왔다. 동시에 두 눈에 더 없이 붉은 혈광이 번뜩였다. 달리 혈왕이라 불리는 것이 아니었다.

화아아악!

그는 후려치듯 쌍장을 휘둘렀다. 쌍수에 어린 붉은 광채는 붉은 전광과 다름없었다.

"……!"

이환은 정신없이 뒤로 물러섰다.

이건 어설프게 흘러낼 수 있는 공격이 아니다.

혈왕의 진신절기, 혈파장력인 것이다.

화악! 화아아악!

혈왕은 미친 곰처럼 양수를 휘둘렀다.

막강한 장력이 이환을 태풍 앞의 버들가지로 만들었다.

이환은 정신없이 뒤로 후퇴하며 때를 기다렸다.

그가 원하는 것은 찰나의 틈.

혈왕의 장력이 연환하며 만들어질 약간의 멈칫거림.

화아아악! 화악……!

바로 지금!

번쩍!

아무렇게나 쥐어진 철검이 최적의 직선을 그리며 극점을 향해 뻗어나갔다.

천마섬환.

손에 익은 느낌 그대로였다.

쩌엉!

이환의 눈이 커졌다.

혈왕이 너무도 쉽게 철검을 후려쳤기 때문이다.

우우웅……!

검신의 진동에 이환은 손아귀가 찢어질 듯 아팠다.

천마섬환을 튕겨내다니!

비록 완전하지는 못하지만, 그래도 이것을 얻기 위해 무던히도 노력했다.

그동안의 고련이 거품처럼 부서지는 것만 같았다.

거품을 부수는 것은 주먹.

혈왕의 억센 혈파장력이었다.

화아아앙!

어느덧 길게 자란 앞머리를 흔드는 섬뜩한 바람에 이환은 본능적으로 보법을 밟고 뒤로 신형을 피했다.

혈파장력은 아슬아슬하게 이환의 이마를 스치고 지나갔다.

이마가 따갑다.

화아아……!

재차 혈파장력이 다가오는 소리가 들렸다.

이환은 다시 천마섬환을 발현했다.

쩌엉!

하지만 역시 실패.

콰득!

설상가상으로 검신에 짙은 금이 갔다.

이환의 얼굴에 낭패가 어렸다. 철검 따위가 아까워서가 아니다. 천마섬환이 통하지 않아서였다.

'왜?'

눈앞의 혈왕보다 혼돈 섞인 의구심이 온통 정신을 잡아끌었다. 그 의구심은 곧 빈틈으로 이어졌다.

퍼억!

"쿨럭!"

혈파장력이 가슴을 후려쳤다. 진기는 곧 가시가 되어 혈맥을 할퀴기 시작했다. 심장이 찢어질 것만 같다.

이환은 입으로 피분수를 뿌리며 뒤로 밀려났다. 바닥에 길게 고랑처럼 족흔이 남았다.

피를 내뿜은 이환의 눈이 총명한 빛을 잃었다.

"흐흐……!"

혈왕이 광소를 흘리며 몸을 굽힌 이환에게로 걸어왔다. 전력을 실은 혈파장력이다. 심장이 속에서부터 잘게 쪼개졌을 터다.

혈왕은 통쾌한 마무리를 준비했다.

그때였다.

화라라라락……!

문득, 주인의 피를 머금고 가라앉아 있던 용문피풍이 돌풍을 만난 것처럼 위로 치솟았다. 동시에 뭉클거리며 날카롭고 살갗을 간질이며 육신을 무겁게 하는 기묘한 기세가 장내에 넓게 퍼졌다. 음울한 기운이었다.

혈왕의 얼굴이 기묘하게 변했다.

"이, 이 기세는……!"

지이잉!

임팩트 소드가 고열의 검신을 발현했다. 뜨거운 열기 속에 정신을 오싹하게 만드는 힘이 일렁거렸다.

임팩트 소드의 검신은 백색이 아닌 자흑색(紫黑色) 광채였다.

이환이 굽혔던 몸을 폈다.

총기를 잃은 그의 눈동자로 자흑색 안광이 암흑 속의 횃불처럼 거세게 타오르고 있었다.

"설마 마……!"

번쩍!

당황한 혈왕의 눈동자로 자흑색 섬광이 치솟았다.

치이이익…….

피와 살점이 눌어붙는 악취가 코끝을 스쳤다.

* * *

동이 튼 이른 새벽.

안강 관청으로 전쟁처럼 사람들이 몰려들었다.

관청 앞마당에 나타난 한 구의 시체 때문이었다.

판별 결과 그는 혈전문의 장문인이었다. 대체 왜 일문의 문주이자 천하에 이름 높은 혈왕이 변사체가 되어 관청 앞마당에 쓰러져 있을까?

지현은 의아해했고, 이내 병졸들이 혈전문으로 몰려갔다.

문도들에게 비보를 전하기 위해서였다.

하지만 병졸들이 본 것은 처참한 시체, 시체, 시체.

혈전문이 하룻밤 새에 씨 몰살을 당한 것이다.

지현은 비로소 깨달았다.

"혈전문주는 불의의 습격을 당해 멸문지화를 입은 바, 이에 원통하여 상처 입은 몸을 이끌고 본관을 찾아왔다! 사람이 한둘이 아닌, 수백 명이 동시에 죽은 것은 필시 보통 일이 아닌 것! 본관은 대명법에 의거해 범인을 색출하는 데 만전을 기할 것이로다!"

이 소식을 들은 종남파 수뇌부들은 속이 썩어들었다.

예전부터 야금야금 종남파의 영역을 갉아먹던 눈엣가시 같은 혈전문을 무너뜨린 것은 정말 속이 다 후련했다.

하지만 완벽하게 일을 처리하지 못해 관부의 개입을 받게 된 것은 무척이나 곤란한 일이었다.

그리고 만약 관청에서 동창으로 사건이 넘어간다면 그때는 문제가 심각했다.

무림이 아무리 커도 명이라는 국가에 존재하는 터전일 뿐이다.

수십만 병졸들이 작정하고 달려들면 아무리 무림의 대영웅이라도 버텨낼 재간이 없는 것이다.

하물며 종남이라는 고정된 영역이 있다면야 더 난관이었다.

도망치면 수천 년 종남의 맥을 버리는 거고 지키고 있자니 감옥행이다.

종남파로서는 제발 들통나지 않기를 대접에 물이라도 떠 놓고 기도할 수밖에 없었다.

하지만 이틀 뒤, 종남파의 주요 인사들은 혀를 빼 물고 개거품을 흘릴 수밖에 없었다.

설상가상으로 혈전문의 내, 외총관이 실종되었다가 돌아온 것이다.

두 사람은 자신들을 납치한 흥수가 '본 파를 도와 혈전문

을 무너뜨리는 데 협조하지 않으면 고통스럽게 죽여 버린다'
라고 협박했으며, 혈전문은 예전부터 많은 사람들이 암해 세
력의 회유에 넘어간 상태였다고 증언했다.
  여담으로, 감금되어 있던 그들이 탈출한 것은 그 근처를 지
나가던 여행객이 우연히 그들의 구조 요청을 들어서였다.

  검정색 피풍의가 멋있는 협객이었지!
  그럼! 은은히 보이는 용문이 아주 고급스러워 보이더군!

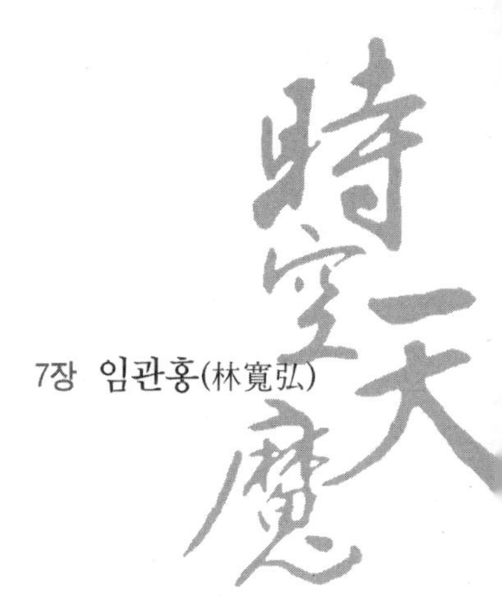

7장 임관홍(林寬弘)

아침부터 하늘에 먹장구름이 가득하더니 결국 비가 오기 시작했다.

땡볕 아래 노릇노릇하게 익어가던 길손에게 있어 가장 멋진 손님이었다.

이환은 피풍의를 머리 위까지 덮어썼다. 피수피화의 능력이 대단해서 안으로 한 톨의 물기도 흘러들지 않았다.

온몸은 시원한데 축축하지는 않다.

정말 최고였다.

그렇게 입가로 흐릿한 미소를 머금고 유유자적 길을 노니는데, 멀리 몇 대의 짐마차가 관도를 벗어나 멈춰 서 있는 게 보였다.

이환은 잠시 말을 멈춰 세웠다.

그는 위성을 통해 정경을 굽어봤다.

멈춰 선 마차 근처에서 충분히 비만해 보이는 뚱뚱한 중년인이 이마에 비취가 박힌 띠를 두른 청년과 언성을 높이며 실랑이를 벌이고 있었다.

두 사람은 비를 맞는 것도 저어하지 않고 한참을 열띤 논쟁 중이었다.

일꾼들은 근처 나무의 그늘에 엉덩이를 깔고 비를 피하고 있었다. 얼굴에는 지루한 표정이 가득했다.

마차가 멈춘 이유는 저 두 사람의 언쟁 때문으로 보였다.

"음성 출력."

—이봐! 대체 몇 번을 말해야 알아듣겠나? 내가 알기로 마차에 황금보도(黃金寶刀) 같은 건 없네!

—말씀을 믿고 싶지만, 소생이 두 눈으로 직접 확인할 기회를 주셨으면 합니다.

—이 사람아, 나도 못 뒤지는 표물을 생판 처음 보는 자네가 어떻게 뒤져! 게다가 상자는 모두 밀봉돼 있어서 안을 보려면 봉인을 뜯을 수밖에 없단 말일세!

—소생이 간곡히 부탁드리겠습니다.

—봉인을 아무나 떼면 누가 표국에 물건을 맡기나!

중년인이 노성을 토하더니 나무 밑에 앉아 있는 일꾼들을 채근했다.

―이제 출발하세! 언제까지 뭉그적거릴 셈인가?

중년인의 노성은 표면적으로는 일꾼들을 향했지만, 그 속은 사실 길을 막고 억지를 늘어놓는 청년에게 향해 있었다.

일꾼들이 기다렸다는 듯 일어서자, 청년이 다급히 중년인의 앞을 가로막았다.

―상관(上官) 표두님, 무리한 부탁임을 알고 있습니다. 하지만 소생에게는 정말 중요한 일이라 그렇습니다. 소생의 얼굴을 봐서라도 제발 조금의 시간을 주십시오!

중년인은 세차게 고개를 저었다. 늙은 닭의 벼슬처럼 축 늘어져 있던 볼 살이 출렁거리며 흘러내린 빗물이 청년의 얼굴로 튀었다.

―나는 자네를 오늘 처음 봤는데 얼굴을 봐서 뭘 어쩌겠나?

청년은 잠시 망설이더니, 이어 포권을 하며 말했다.

―소생은 무림에서 임관홍(林寬弘)이라고 불리는 무명소졸입니다.

―뭐? 자네가 바로 빙심옥검(氷心玉劍) 임 소협인가? 이거 몰라봤군!

상관 표두가 갑자기 크게 놀라며 황망히 포권으로 답례했다.

이환은 청년이 무림에 이름을 떨치고 있는 사람이라고 생각했다. 그렇지 않고서는 그를 문제아로 치부하던 중년인이 한순간에 자세를 바꿀 이유가 없었기 때문이다.

푸르륵!

멈춰 서 있는 것이 지루했던지 말이 고개를 저었다.

이환은 빗물에 젖은 갈기를 쓰다듬어 주며 말을 달랬다.

'상관 표두의 대우에서 그가 악인이 아니라는 것은 알 수 있는데 임관홍이라는 자는 어째서 남의 물건을 뒤져 보겠다고 하는 걸까.'

이환은 위성을 통해 마차를 투시해 내부를 관찰했다.

그가 찾는 황금보도의 유무를 확인하기 위해서였다.

하지만 마차 어디에도 임관홍이 찾는 도(刀)라고 불릴 만한 물건은 없었다. 각각 상자 속에 포장된 물건들은 모두 도자기 그릇이었기 때문이다.

—소생의 졸명을 알고 계시다니 다시 부탁드리겠습니다. 물품을 확인할 수 있게 해주십시오.

—허허! 임관홍은 매사가 단호하다고 들었는데 어째서 이렇게 억지를 부리는 겐가?

—소생에게 말 못할 연유가 있음을 알아주셨으면 합니다.

일꾼 가운데 가장 나이 든 백발노인이 상관 표두에게 다가왔다.

—마차를 몰깝쇼?

상관 표두는 임관홍을 쳐다봤다.

임관홍은 이제 간절한 눈빛을 보냈는데, 상관 표두는 흔들리지 않았다. 아니, 흔들릴 수 없었다.

―내 임 소협의 위명은 들어 알고 있고, 평소 자네 같은 청년 협객을 기꺼이 생각하고 있었으나 그건 내 개인적인 감정일세. 정(情)과 이(理)를 구분하듯 공과 사 또한 엄중히 달라야 하는 법이지.

그는 품(品) 자를 그리며 서 있는 마차 중에 가장 선두에 있는 마차를 가리켰다.

―저기에 달린 깃발을 보게나. 우리 유향표국(柳香鏢局)의 깃발이네. 나는 지금 표행을 이끄는 유향표국의 표두로서 자네를 대한다는 뜻일세. 운송의 법칙에 이르길, 안전과 엄금만큼 중요하고 지켜져야 할 것은 없다고 나와 있네. 표국의 신용은 목숨보다 귀중한 것일세. 한데 자네는 사사로운 감정에 휩쓸려 지금 나와 표국의 신용에 진흙을 뿌리려 하고 있어. 묻겠네, 자네의 호기심이 한 표국의 신용과 여기 모두의 목숨보다 더 귀중한가? 말해보게나.

임관홍의 표정에 부끄러움이 어렸다.

―죄송합니다. 이 부탁이 억지인 것은 소생도 잘 알고 있습니다. 하지만 소생은 정말로 황금보도의 존재 유무를 확인해야 합니다.

―허허, 자네도 참 고집스럽군. 이래 봐야 변하는 것은 없어. 나는 절대 밀봉을 열 수 없네! 그럴 자격도 없거니와!

임관홍은 각오를 했는지 표정이 차갑게 변했다.

―후일 꼭 사죄하겠습니다. 원하신다면 목이라도 달갑게 내밀겠습니다.

―임관홍! 자네는 정말 내 부탁에도 불구하고 계속 천둥벌거숭이처럼 날뛸 셈인가?

임관홍의 기세가 변하자 상관 표두의 얼굴에 긴장감이 어렸다.

스르릉!

임관홍의 허리에 매달려 조용히 비를 느끼던 장검이 우윳빛 검신을 세상에 드러냈다. 금방 빗물에 젖은 검신은 마치 눈물을 흘리듯 애잔한 검광을 일렁였다.

―지금이라도 부탁드리겠습니다. 물품을 확인할 수 있게 허락해 주십시오.

상관 표두는 대답하지 않았다.

그저 다리를 넓게 벌리고 무릎을 조금 굽힌 채 양수를 가슴 위로 치켜들었다.

두 사람은 비에 젖은 눈으로 서로를 응시했다.

시간은 흐르는데 두 사람만은 정지된 세계 속에 사는 듯 움직이지 않았다.

히이잉!

반대로 이환은 말을 몰았다.

오랜 정지가 지루했다는 듯 말은 씩씩하게 걸어나갔다.

이윽고 렌즈의 영상이 아닌, 육안으로 마차와 두 사람의 모습이 보이기 시작했다.

폭풍 전야처럼 숨소리도 죽여가며 고요함을 이룩했던 장

내가 덜그럭거리며 푸드득거리는 말[馬] 소리로 시끄러워졌
다.

물에 젖은 땅을 밟는 발굽 소리는 그리 크지는 않았지만 너
무나 조용한 장내에는 엄청난 소음으로만 들렸다.

초조한 눈으로 상관 표두와 임관홍의 대치를 지켜보던 일
꾼들은 자신도 모르게 짜증난 표정이 되어 지나가는 이환을
쏘아봤다.

대체 왜 이렇게 눈치가 없느냐는 얼굴들이었다.

쿠르릉……!

먹장구름 사이로 묵직한 천둥이 터졌다.

"타합!"

대결은 그것을 신호로 시작됐다.

첫 번째 공격은 임관홍의 횡렬 베기였고, 두 번째 공격은
그것을 피한 상관 표두의 중단 차기였다. 세 번째 공격은 임
관홍의 내려 베기가 되었고, 네 번째 공격은 상관 표두의 팔
꿈치 찍기였다.

이것이 일합(一合)이었다.

"과연 빙심옥검이라는 이름이 아깝지 않네. 검의 기세가
무척이나 좋군."

"하지만 어찌 맹호권(猛虎拳)과 맞설 수 있겠습니까? 무례
한 상황에도 불구하고 후배를 아껴주시는 상관 표두님의 온
정에 부끄러울 뿐입니다."

맹호권은 오래전에 붙은 상관 표두의 외호다.

지금에야 찾을 수 없지만, 권각을 쓰는 몸놀림이 비호와 같다고 해서 붙여진 별칭이었다.

상관 표두는 안타까운 표정을 지었다.

"대체 무슨 연유로 물품을 확인하려고 하나? 내 비록 이곳에서는 물품을 개봉할 수 없지만 배송처로 가서 자네를 위해 사정을 말해볼 수는 있네. 물품 개봉에 참관할 수 있냐고 말일세."

임관홍은 씁쓸한 미소를 지으며 고개를 저었다.

"죄송하나 그러면 늦습니다. 또한 여기에는 피치 못할 이유가 있으니 진실을 토로하지 못함을 양해해 주셨으면 합니다."

"허어! 허어!"

상관 표두는 답답한 듯 가슴을 두드렸다.

"이보게, 임 소협! 자네는 분명 후기지수들 사이에서는 발군의 검공을 지니고 있지만, 냉정하게 말해 자네의 검보다 내 권각이 조금은 뛰어나네. 지난 삶이 헛되지 않았다는 뜻이겠지! 하지만 사십 년이나 살면서 연마한 권각이 고절하지 않아 전력을 다해 자네를 제압하고자 한다면 필시 엄중한 상처를 남기고 말 거네. 내 권의 상처로 인해 자네같이 앞날이 창창한 후진이 앞으로의 성장에 문제가 생긴다면 나는 더없이 비통할 것일세!"

"설사 죽는다고 해도 소생은 결코 상관 표두님을 원망하지 않을 것입니다."

임관홍은 자신의 의지를 보이듯 장검을 얼굴 앞으로 들었다.

"답답하도다! 답답해!"

상관 표두는 깊은 한숨을 내쉬었다.

이제 어떻게 말해도 임관홍에게는 소용없다는 사실을 다시금 깨달은 것이다. 결국 그는 출수를 준비할 수밖에 없었다. 마음이 어떻든 이것은 깨지 못할 공사(公事)인 것이다.

임관홍 또한 죽음을 각오한 얼굴로 한껏 심기를 집중시킨 모습이었다.

우윳빛 검신이 더욱 하얗게 소광(素光)을 머금기 시작했다.

다시금 폭풍이 불어닥칠 준비가 끝났다.

비가 그쳤다.

언제 그랬냐는 듯 구름은 흩어지고, 그 사이로 눈부신 태양이 모습을 드러냈다.

상관 표두는 바닥에 주저앉아 있고, 임관홍은 석상처럼 서 있었다.

"대단한 기량일세. 과연 빙심옥검이로군. 나는 자네 같은 청년고수는 처음 만났네. 우리가 만약 같은 나이였다면 나는 처음의 일합도 견디지 못했을 걸세."

상관 표두가 여전히 앉은 채 중얼거렸다.

자신의 삶에 대한 조금의 회의와, 임관홍을 향한 약간의 질투가 담겨 있었다.

묵묵히 서 있던 임관홍이 천천히 양손을 모았다.

동작이 조금 뻣뻣했다.

"과… 찬의 말씀이십니다. 우왹!"

쿵!

더듬거리던 임관홍이 마지막에 검은 핏덩어리를 토하며 뒤로 쓰러졌다.

대결의 승자는 상관 표두였다.

그는 단지 내공 고갈로 체력을 소진한 것뿐이지만, 임관홍은 내부 장기가 흔들리는 깊은 내상을 입었다.

"임 소협을 짐이 덜 실린 마차에 태우게!"

"그러다가 물품을 열어보면 어쩌려고요?"

한 일꾼의 질문에 상관 표두가 쓴웃음을 지었다.

"깨어나도 하루 정도는 손가락 움직일 힘도 없을 걸세. 그런 걱정은 말게나."

"그거 참 미안하지만 반가운 소리로군요."

일꾼들이 쓰러진 임관홍을 끙끙거리며 마차 한편에 올려 실었다.

상관 표두가 손으로 땅을 딛고 신형을 일으켰다. 한차례 휘청하기는 했지만 외견상 문제는 없어 보였다.

그는 문득 관도 중앙에 있는 이환을 발견했다.

"귀하께서도 혹시 본 표국의 표행에 관심이 있으시오?"

어투는 정중했지만 임관홍의 일 때문에 다소 날카로운 구석이 있었다.

이환은 느릿하게 고개를 저었다.

"별로."

"곧 마차가 출발하니 자리를 비켜주시지 않겠소?"

이환은 고삐를 흔들었다.

히이잉!

강렬한 태양 아래 말라가는 진흙 위로 깊은 말발굽 자국이 새겨졌다.

'좋은 대결을 보고 가는군.'

이환은 녹화된 조금 전의 결전을 다시 재생시켰다.

치열한 공방이 오가고, 어느 정점의 순간 돌연히 임관홍이 정지했다. 위성을 통해 본 그의 신체는 모든 근육이 뻣뻣하게 경직한 채였다.

바로 상관 표두가 임관홍에게서 승리한 결정적인 공격이 명중한 직후다.

보통의 육안으로 보면 그 최후의 공격은 보이지 않았다. 그저 두 사람이 붙은 채 상관 표두의 몸이 흐릿하게 움직인 것으로밖에 인식되지 않았다.

하지만 위성으로 녹화하여 느리게 재생시키자 확실히 보

였다.

상관 표두는 양손을 바깥에서 안으로 부드럽게 회전시켜 임관홍의 복부를 때린 것이다.

눈에 보이지 않을 빠르기를 지닌 채 손목을 비틀어 회전력을 가졌고, 그 힘은 순수하게 내부로 흘러들어 갔다.

이환은 이것이 경력임을 깨달았다.

천마신공 체법편에 따르면, 경(勁)이란 기의 작용에 의하여 나타나고 이루어지는 무형의 힘을 뜻한다.

경에는 수많은 분류와 그에 따른 사용법이 있고, 상관 표두가 보인 마지막 일격은 유경(柔勁)에 속한다.

겉으로는 가볍고 온화하여 변화가 없지만 안에서 폭발하는 성질을 가진 경력을 뜻하는 말이다. 다른 말로 암경(暗勁)이라고도 칭한다.

유경 자체로도 상승의 기법인데 상관 표두는 이것에 부가적인 힘을 추가했다.

바로 손목을 비틀어 때린 것.

유경 속에 회전력을 추가하여 타격을 극대화시킨 것이다.

'제대로 된 전사(纏絲)를 봤군.'

이환은 흡족한 웃음을 머금었다.

요즈음의 그는 이 전사에 관심을 가졌다.

그의 천마섬환은 최단거리의 직선은 이루었지만 아직 모자란 부분이 있었다. 첫 번째로 충분한 내공이고, 두 번째로 내공이 없어도 막강한 힘을 내게 하는 기술이다.

바로 전사였다.

전사는 누에고치가 나선으로 돌면서 실을 감는다는 뜻으로, 신체가 이루어내는 나선형 움직임을 뜻한다.

인간은 누구나 이 전사의 힘을 지니고 있다. 극대화하지 못하고 일상생활에서만 쓰일 정도로 미약해서 티가 나지 않을 뿐이다.

하지만 이 전사를 적재적소의 힘으로 이끌어 쓴다면 무엇보다 뛰어난 능력을 지니게 되는 것과 같다.

상관 표두는 절대 그렇게 생각하지 않겠지만, 이환은 임관홍에게 고마움을 느꼈다.

그로 인해 오늘 귀중한 학습 자료를 얻게 된 셈이었다.

이환은 부드럽게 손목을 비틀었다. 나선형으로 움직이는 손의 움직임을 보며 전사를 머금은 천마섬환을 떠올렸다.

소용돌이치는 섬전.

상상만으로도 즐거웠다.

＊　　　＊　　　＊

이환은 안쪽에 앉아 가벼운 요리를 주문했다.

한 병의 술도 잊지 않았다. 지난 두 달여에 걸친 풍적소와의 여행 중 죽엽청의 술맛을 알게 된 것은 충분히 멋진 소득

이었다.

　식당의 손님이라고는 그와 흰 수염을 가슴까지 기른 늙은 승려가 전부였기 때문에 주문한 요리는 채 몇 분도 걸리지 않고 대령되었다.

　이환은 죽엽청으로 입가심을 했다.

　싸구려 술 특유의 과하게 독하고 지나치게 달짝지근한 맛이 입 안을 뜨겁게 달궜다.

　"이봐, 시주. 여기도 저 젊은 시주가 마시는 곡차 한 병 가져오너라."

　죽엽청의 주향이 거기까지 퍼진 듯, 조용히 앉아 속이 빈 만두를 오물거리던 노승이 점소이를 불렀다.

　점소이는 늙은 중이 술타령을 하자 그를 공경하던 마음이 사라졌다.

　"이봐요, 스님. 연세도 있으신데 독한 술을 마시면 탈이 날지도 몰라요."

　"허허허, 시주는 걱정하지 마라. 본불이 연로하였어도 곡차 몇 항아리는 아직도 너끈하니까!"

　노승은 굵은 음성으로 너털웃음을 터뜨렸다.

　점소이는 속으로 코웃음을 치며 주방으로 들어갔다.

　그때 손님이 들어왔다.

　"어허, 피곤하다! 이봐, 점소이! 주문 받게!"

　"어서 옵쇼!"

술병을 들고 나오며 자동적으로 환대를 하던 점소이가 들어선 손님을 확인하고는 헤, 하고 입을 벌렸다.

손님은 몸집이 비대해서 공이 굴러가는 것처럼 생겼는데, 그가 입은 팽팽하게 당겨진 흑색 무복의 가슴에는 유향이라는 글자가 수놓아져 있었다.

"모두 서른 명이다. 우선 식사부터 차려다오."

"곧 준비하겠습니다!"

손님은 근처의 탁자로 가지 않고 우선 실내를 부드럽게 훑었다. 이것은 그의 오랜 습관이었다.

그는 노승과 이환을 발견했다.

노승은 별로 특별한 곳이 보이지 않았다.

하지만 이환은 조금 달랐다.

임관홍과의 대결을 물끄러미 지켜보던 자다.

게다가 이환이 자리 잡은 위치.

'바깥쪽에 빈자리가 많은데도 일부러 구석진 곳을 차지해 앉았다. 녹록한 자는 아니군.'

상관 표두는 이 인연이 계획된 것이 아닐까 생각해 봤다.

하지만 심증도 물증도 없는 상황.

그는 상념을 접으며 근처의 탁자에 착석했다.

"점소이, 일행에 환자가 있으니 조용한 곳으로 혼자 쓸 수 있는 방을 주게나."

"구호실로 가시면 됩니다요. 주방장에게 일러 미음이라도 끓이라고 할까요?"

"미리 그럴 필요는 없네."

상관 표두가 근처의 일꾼들에게 명령했다.

"자네들이 임 소협을 구호실로 옮기게."

"알겠습니다."

일꾼들이 밖으로 나가더니 한 명이 임관홍을 업고 돌아왔다.

"상태가 어떤가?"

"여전합니다. 숨은 쉬고 있는데 이거 뭐 꼼짝도 안 해 밤에 지키고 있자니 송장을 보는 거 같아 조금 으스스하더군요."

상관 표두가 일꾼들의 농담을 듣고 껄껄 웃었다.

임관홍을 업은 일꾼이 그다지 힘든 기색도 없이 위층으로 올라가고, 점소이는 바쁘게 음식을 날랐다.

한적하던 식당이 금세 요란스럽게 변했다.

주변의 소란스러움에도 불구하고 이환은 조용히 독작을 계속 만끽했다. 죽엽청은 절반이나 남아 있었다.

즐기되 남용은 하지 않는 성격 때문이다.

쿵쾅쿵쾅!

요란한 발소리와 함께 임관홍을 업고 이층으로 올라갔던 일꾼이 황급히 내려왔다.

"임 소협의 정신이 돌아온 모양입니다."

"허어? 벌써?"

상관 표두가 의아해하며 다급히 신형을 일으켰다.

'경에 기와 내장이 흔들렸는데 벌써 정신을 차린다는 말인가? 놀랍구나! 과연 천하에 떠들썩한 청년검수로세!'

비대한 몸에도 불구하고 계단이 삐그덕거리는 소리도 내지 않고 그의 몸을 올려 보냈다.

이환은 한 모금의 죽엽청을 머금으며 위성을 통해 위층의 상황을 투시했다.

작은 방에 임관홍이 누워 있고, 정신이 든 듯 희미한 신음을 흘리고 있었다.

상관 표두가 방 안으로 진입했다.

―임 소협, 정신이 드나?

―으으음…….

임관홍의 눈꺼풀이 힘겹게 올라갔다.

―상… 관 표두님이십니까?

―그렇네. 우선 내가 호법을 설 테니 대주천(大周天)부터 해서 내기를 회복하게나.

―그럼 부탁… 드리겠습니다.

어렵게 뜬 눈을 다시 감으며 임관홍은 양수를 배꼽 위로 모아 독특한 수결을 만들었다.

반듯하게 누운 임관홍은 폐부 깊은 곳까지 숨을 들이마셨다. 특이하게도 상체가 모두 부풀어 오를 정도로 큰 숨이었는데 들이마시는 소리가 전혀 나지 않았다.

그리고 내뱉었는데, 특이하게도 바람 빠진 풍선처럼 커다란 소리가 났다

—후우우우……!

한 번의 호흡이 끝나고, 임관홍의 얼굴로 백옥과 같은 광채가 일렁이기 시작했다.

혹시 모를 사태를 막기 위해 임관홍을 지켜보던 상관 표두가 얼굴의 백광을 보며 혼잣말을 했다.

—유려한 검초에서 짐작은 했지만 임 소협은 음유공(陰柔功) 계열의 내공을 연성한 모양이로구나. 이런 연유라면 날렵한 체구와 선이 가녀린 인상도 이해가 되는군.

—푸우우우……!

그사이 임관홍이 다시 큰 소리를 내며 숨을 뱉었다.

얼굴에 떠오른 백광이 서서히 사라져 갔다.

상관 표두는 가만히 뒷짐을 지고 임관홍이 깨어나기를 기다렸다.

이윽고 임관홍이 속눈썹을 가볍게 떨며 눈을 떴다.

그는 곧장 신형을 일으켜 포권했다.

—호법을 서주셔서 감사합니다, 상관 표두님.

—내 손으로 자네를 상하게 했으니 어찌 감사를 받겠나?

—모든 것이 소생의 불민함에서 비롯된 것이니 상관 표두님께서는 전혀 자책하실 이유가 없습니다. 오히려 억센 마 같던 억지심을 끊어 주셨으니 소생이 큰 것을 배운 듯싶습니다.

─자네는 계속 나를 부끄럽게 하는군. 과연 자네의 위명이 세상의 관심을 받는 이유를 알겠어.

─부끄럽습니다.

상관 표두는 몇 차례 덕담을 나눈 다음 조양에게 힘쓰라는 말과 함께 방에서 나왔다.

혼자 남은 임관홍이 눈썹을 파르르 떨며 고개를 숙였다.

─후우! 상관 표두님은 참 대인대덕한 분이구나. 내가 어째서 대인과 싸워 넘어뜨리려고 했으며, 그분의 생업을 하찮게 생각했을까? 다 욕심과 교만 때문이다. 이래서야 어떻게 한천구류결(寒天九流訣)을 대성할 수 있을까? 홍아, 홍아! 너는 아직 멀었어!

짙은 탄식을 쏟아낸 임관홍이 몸을 일으켜 한쪽 탁상에 놓인 자신의 짐 보따리로 다가갔다.

행낭 곁에 한 자루 고색창연한 보검이 조용히 잠들어 있었다.

스르릉!

임관홍은 검을 들었다. 검갑에서 절반 정도 뽑아진 우윳빛 검신은 무척이나 아름다웠다.

─옥루(玉淚), 너도 내가 창피하지?

우웅!

검신이 나직한 떨림을 만들어냈다.

임관홍은 마치 대화라도 하듯 검신을 쓰다듬었다.

─피! 그래도 상관 표두님과 대결할 때 넌 무척이나 좋아했잖아. 사

실은 강자와 싸우는 게 좋지?

우우웅!

아니라는 듯 옥루검(玉淚劍)은 더욱 큰 떨림을 터뜨렸다.

하지만 임관홍은 장난꾸러기 같은 표정을 지으며 히죽 웃었다.

이런 쾌활하고 짓궂은 미소는 지금까지의 진중했던 임관홍의 성격을 보았을 때 무척 의외의 것이었다.

지켜보던 이환은 임관홍의 진실한 단면을 봤다고 생각했다.

병사에게 있어 숙달된 병장기는 전우를 뛰어넘어 형제이자 또 하나의 자신이기 때문이었다.

그래서 이환은 지금의 임관홍을 이해할 수 있었다.

자신도 임팩트 소드를 쥘 때면 그 잔인하게 뜨거운 열기가 격렬한 언어로 자신에게 말을 걸어왔으니까.

―킁킁, 황사가 섞인 비를 맞았더니 옷이 누렇게 변해 버렸어. 목욕을 하고 싶은데… 지금은 무리겠지?

임관홍이 곤란한 얼굴로 입고 있던 옷을 만지작거렸다. 겉옷은 얼추 말랐지만 속에 껴입은 옷은 아직도 불쾌하게 축축했다.

그는 잠시 고민하더니 이내 옷자락을 풀기 시작했다.

이환은 위성 화면을 종료시키려고 했다.

하지만 그럴 수 없었다.

겉옷 두 겹을 벗은 그의 아담한 상체를 봐버렸기 때문이었다.

고작 옷 두 겹의 차이지만 벗은 그의 상체는 지나치게 가늘었다. 드러난 맨 팔뚝은 이환 자신의 것에 절반도 안 된다.

임관홍은 두 겹의 겉옷 안쪽에 민소매 갑옷을 입고 있었다. 용봉이 장식된 갑옷은 가볍고 튼튼해 보였다.

그리고 그것을 벗었을 때 진실이 드러났다.

임관홍은 머리에 두른 비취 박힌 영웅건(英雄巾)을 풀었다.

촤르륵!

실제로 이런 소리가 나지는 않았지만, 임관홍의 풍성한 흑발이 등으로 쏟아지는 모습은 무척이나 역동적이었다.

임관홍.

그는, 그녀였다.

사라락.

갑옷에 갑갑하게 눌려 있던 가슴이 풍성하게 제 모습을 찾고, 앙증맞은 그녀의 배꼽이 이환의 눈을 어지럽혔다.

그녀의 손이 아래로 내려갔다.

그리고…….

"영상 종료."

이환은 다급히 전송을 정지시켰다.

그는 빠르게 잔을 채운 죽엽청을 삼켰다.

몸에서 피어나는 열기와는 반대의 열기가 시원하게 정신

을 깨웠다.

이환은 턱 선을 쓰다듬었다.

볼이 뜨겁다.

그는 쓰게 웃었다.

이환은 눈썰미가 상당한 편이었지만 임관홍이 여자라는
사실은 알아채지 못했다.

기품과 진중함이 묻어 있는 성격과 함께 워낙 완벽하게 변
장을 잘했기 때문이다. 특히 그녀의 겉옷은 목의 깃이 높아서
목을 전부 가렸다.

가장 특징적인 목젖을 숨긴 것이다.

물론 원한다면 위성을 통해 속옷 하나 남겨놓지 않고 콩팥
의 모양까지 투시할 수 있지만 남의 벌거벗은 몸을 일일이
확인하고 다닐 정도로 이환의 성적 취향이 독특하지는 않았
다.

특히 털이 부숭부숭한 남자의 몸이라면 더더욱 사양이
다.

그는 조금 난감했던 관찰을 기억 속에서 지우기 위해 연거
푸 술을 마셨다.

그때 임관홍이 깨끗한 백의를 입고 아래층으로 내려왔다.
이번에도 목깃이 길고 체형이 잘 드러나지 않는 옷을 입고 있
었다.

단지 얼굴을 봤을 뿐인데도 이환은 그녀의 앙증맞은 배꼽

만 떠올랐다. 그는 민망해서 그녀를 제대로 바라볼 수가 없었다.

"임 소협, 움직여도 괜찮겠나?"

"예, 상관 표두님. 약간의 내상이 남아 있기는 하지만 이틀 내외로 치유할 수 있습니다."

"식사하겠나?"

"응혈이 위쪽에 맺혀서……."

"허어! 섭식을 해야 원기가 생길 텐데."

상관 표두가 아쉽다는 듯 혀를 차며 이내 품 안에서 작은 목각 상자를 내밀었다.

임관홍이 물었다.

"이것은……?"

"본 표국의 표사들이면 누구나 상비하고 있는 환약일세. 갈황속명환(曷黃速命丹)인데, 평범한 의생이 조제한 내상약보다는 훨씬 나은 편이지."

임관홍이 받기를 송구스러워하자 상관 표두가 재촉했다.

"아직 다섯 알이나 더 남았으니 어려워하지 말게."

"그럼 다시 신세를 지겠습니다."

"신세는 무슨, 오히려 내가 신세를 지는 셈이지. 내 장담하건대, 자네는 필시 십 년 안에 무림에서 손꼽히는 검객이 될 게야. 미래의 검중제일인(劍中第一人)에게 이까짓 내상약 한 알로 생색을 낼 수 있으니까 말일세. 허허헛!"

호쾌한 웃음을 터뜨린 상관 표두가 문득 질문을 던졌다.

"내 개인적인 호기심인데, 아, 이건 대답하지 않아도 좋네. 자네에게 경력을 발출했을 때 장심에 딱딱한 물체가 느껴지더군. 자네가 이렇게 일찍 회복한 것도 그 이유인가?"

임관홍은 고개를 끄덕였다.

"예. 벽문단호갑(碧雯丹護鉀)이라는, 문중에서 내려온 보물입니다. 어지간한 검기까지 막아낼 수 있지요."

"과연! 험난한 무림을 겪어가는 무인에게 충분히 필요한 물품이로군."

상관 표두는 머릿속에 비집고 앉았던 의문 한 가지를 해결했다는 생각에 크게 고개를 끄덕였다.

"그럼 쉬시게. 나는 바깥을 한번 둘러보고 올 테니."

"수고하시지요."

임관홍은 이어 점소이를 불렀다.

"따뜻한 화주(火酒) 한 병 주게."

"금방 대령합죠."

점소이는 주방으로 들어가며 이렇게 생각했다.

'허참, 오늘은 날이 아닌가? 괴상한 술손님만 받는군. 저기 혼자 구석탱이에서 술을 핥아 먹는 자식도 그렇고, 중놈 주제에 벌써 여섯 병이나 마시고 있는 늙은 중놈에, 이어서 이제는 아파서 얼굴이 창백한 계집애 같은 자식까지 술타령일세.'

점소이의 생각에는 이유가 있었다. 정작 큰돈이 되는 표국 일행은 간단한 식사만 하고 죄다 객방으로 기어들어 갔기 때문이다.

쾅!

그때 바깥에서 요란한 폭음이 터졌다.

"어이쿠!"

점소이가 김이 모락모락 올라오는 화주를 내어오다가 화들짝 놀라 주저앉고 말았다.

"뭐야? 무슨 일이야?"

"너도 들었지?"

위에서 쉬고 있던 일꾼들이 동시에 일층으로 내려왔다.

그때 바깥에서 쩌렁쩌렁한 비명이 터져 나왔다.

"크억! 가… 강도!"

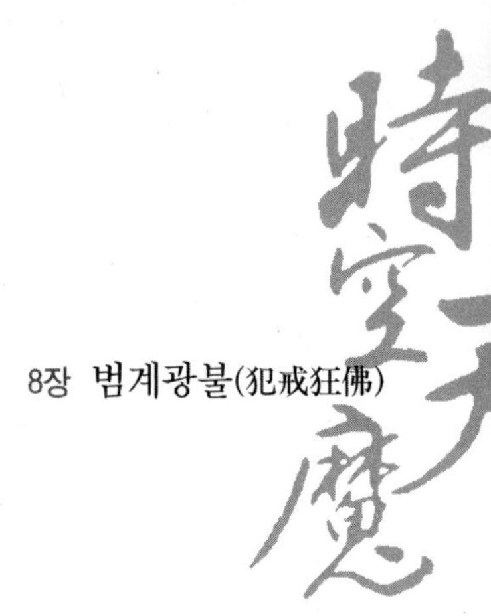

8장 범계광불(犯戒狂佛)

일꾼들의 표정이 변했다. 그들은 황급히 밖으로 튀어나갔다.

임관홍도 안색이 변해서 벌떡 자리에서 일어났다.

그녀는 한쪽에 주저앉은 점소이에게서 화주를 뺏어 든 다음 그대로 벌컥벌컥 들이켰다.

술은 많이 뜨거웠고, 속으로 들어가자 더 뜨거워졌다.

삽시간에 그녀의 다소 창백했던 얼굴이 발그스름하게 혈기를 찾기 시작했다.

탁!

화주 병을 내려놓은 임관홍이 옥루검의 손잡이를 움켜잡

고 빠르게 밖으로 달려나갔다.

곧이어 밖에서 요란한 싸움 소리가 들렸다.

실내는 귀신처럼 술을 퍼마시는 노승과 불안에 떠는 점소이, 주방장, 한쪽 구석에 앉아 가만히 먼 곳을 응시하는 이환 밖에 남지 않았다.

―황금보도를 내놓아라!

검은 천에 흰색으로 해골을 그려 넣은 복면을 쓴 강도의 외침을 들으며 이환은 느릿하게 반 모금의 죽엽청을 음미했다.

'임관홍의 경쟁자들인가? 하지만 저들도 잘못 찾아왔군.'

그는 문득 황금보도라는 물건에 대해 호기심이 들기 시작했다.

왜냐하면 지금까지 술만 퍼마시던 노승이 잔을 내던지며 신형을 일으켰기 때문이다.

"허허허! 본불이 여기 있는데 어디 피라미들이 황금보도를 논하는가!"

우우우웅!

노쇠하고 낮은 목소리였지만 탁자가 흔들거리고 창문이 바들바들 떨었다.

점소이는 술주정뱅이 땡중으로 보이던 늙은 중이 사실은 고강한 무림고수였음을 깨닫고는 사색이 되어 주방으로 숨어 버렸다. 혹시 은연중에 취했던 불손한 태도를 꼬투리 잡지 않을까 두려워서였다.

하지만 노승은 가슴 앞에 합장한 채로 미끄러지듯 앞으로 쏘아갔다. 마치 바닥에 기름칠을 한 듯 걷지를 않았다.

이환의 눈이 반짝 빛났다.

'육지비행(陸地飛行)?'

천마신공 보법편에 따르면, 공력이 일 갑자에 이르면 용천혈로 진기가 면면부절(綿綿不絶)하게 이어져 종래에 허공에 뜬 채 이동할 수 있다고 나와 있다.

그것은 여타 문파에 따라 각기 다른 보법 명칭을 지니고 있지만, 뭉뚱그려서 육지비행술(陸地飛行術)로 불렀다.

이환은 노승이 실력을 감춘 고수, 그것도 일 갑자의 내공을 지닌 상당한 고수임을 깨달았다.

짙은 호기심이 들었다.

'좋은 자료를 얻겠군.'

그는 섬세하게 바깥 상황을 주시하며 녹화를 시작했다.

바깥은 아수라장이었다.

복면을 쓴 강도는 모두 세 명이었고, 상관 표두가 하나, 임관홍이 하나를 맡고 일꾼들이 합격진을 펼쳐서 나머지 하나를 근근이 잡아두고 있었다.

상관 표두와 임관홍은 각자의 적을 상대로 다소 여유가 있는 데 반해, 일꾼들은 표정이 안 좋았다. 조만간 상관 표두나 임관홍이 도와주지 않으면 합격진이 무너질 것 같았다.

그때, 식당 안에서 아무도 신경을 쓰지 않던 늙은 중이 튀어나왔다.

"피라미들이 아주 열심히 싸우고 있구나! 커허허헐!"

노승은 광오한 웃음을 터뜨리며 쭈글쭈글한 손을 크게 휘둘렀다. 낡은 소맷자락이 흔들리며 막강한 공력이 뿜어졌다.

퍼엉!

나비의 날갯짓이 태풍을 일으킨다는 말이 있다.

그것은 지구 반대편의 이야기지만 지금은 눈앞의 일이었다.

휘이이잉!

"으어억!"

"대… 단한 경력!"

"으음!"

적아가 따로 없이 바깥의 모든 인물이 소매 바람에 놀라 몸을 위축시켰다.

상관 표두가 문득 느끼는 바가 있어 포권하며 물었다.

"노스님의 소매 신공이 반선수(盤禪袖) 같은데 본인의 짐작이 맞습니까?"

반선수라는 말이 나오자 강도들이 어깨를 움찔했다.

소림제일수공(少林第一袖功)이라는 말이 반선수의 앞에 따라붙기 때문이다.

소림사(少林寺).

반선수는 소림의 것이었다.

복면을 덮어쓴 것만 봐도 알겠지만 강도들은 사파의 무리. 정파의 대들보인 소림사의 승려라면 응당 정의를 위해 표국의 편으로 붙을 게 뻔했고, 그러면 강도질은커녕 목숨줄도 포기하게 될 판이다.

상관 표두도 그것을 알기에 조금은 광오한 노승의 언행에도 불구하고 먼저 정중하게 소림의 이야기를 꺼낸 것이다.

소림사는 수많은 기예와 불심 높은 고승 외에도, 고된 면벽수련으로 정신이 조금 이상해진 무승(武僧)들이 많기 때문이었다.

하지만 노승은 날카롭게 상관 표두의 기대를 베어 넘겼다.

"흥! 본불이 어찌 소림 따위의 잡놈 패거리일까? 본불은 예전에 그 더러운 잡놈 소굴에서 뛰쳐나와 본불만의 활불행(活佛行)을 개척하셨다!"

"범계광불(犯戒狂佛)?"

상관 표두는 경악하며 부르짖었다.

노승은 웃었다.

"그 이름은 무척 오랜만이로군. 시주는 본불의 명호를 아는구나. 그러면 본불의 손속이 비자비비(非慈非悲)하다는 것도 전해 들었겠지? 순순히 황금보도를 내놓으면 목숨만은 살려주마!"

상관 표두는 침음했고, 강도들은 신음했다.

범계광불이라면 소림사가 낳은 최악의 문제아다.

소년 시절 학승(學僧)으로 들어와 오십 세에 이르도록 아무도 모르게 무공을 훔쳐 배우고 심마에 걸려 소실봉을 맨발로 달려나갔다.

그 과정에서 수많은 학승과 무승들이 죽었다.

훔쳐 배운 소림 무공이 심마를 통해 기괴독랄한 쪽으로 변형되어 무공 수위를 절정으로 올려 버린 것이다.

소림사는 부랴부랴 나포대를 조직했다. 절정 경지를 제압하려면 비슷한 경지에 이른 무승이 족히 다섯 명은 필요했다.

소림은 나포를 위해 계율원의 금강승들을 내보냈다.

그들은 손쉽게 미쳐 날뛰는 범계광불을 포위했다. 하지만 지금은 광성에 물든 반도일지언정 한솥밥을 먹던 사이다. 손속이 무뎌질 수밖에 없었다.

원래 죽이기는 쉬워도 나포하기는 어렵다.

자비의 결과는 곧 처참한 배신으로 이어졌다.

그 과정에서 범계광불도 큰 상처를 입었고, 상처 입은 맹수는 아무에게나 이빨을 드러냈다.

많은 민초가 죽었고, 존경의 대상이었던 소림은 힐책과 원망의 시선만 받았다.

결국 진노한 소림 방장의 명을 받들어 계율원의 집법장로가 하산했지만, 그때 이미 범계광불은 귀신같이 숨어든 뒤였다.

그게 벌써 십 년 전의 이야기다.

혹자는 죽었고, 혹자는 참회동으로 끌려갔다던 범계광불이 십 년의 공백을 깨고 다시 모습을 드러낸 것이다.

"헤헤, 알고 보니 범계광불 선배셨군요. 이거 반갑습니다. 저희들은 악서삼귀(惡鼠三鬼)로 불리는 사파인입니다. 제가 일서(一鼠), 이쪽이 이서, 저쪽이 삼서죠."

전투가 멈춘 틈을 타서 상관 표두와 대적하던 복면인이 슬쩍 범계광불에게 접근했다.

"껄껄, 심보 고약한 쥐새끼들이로구나."

"헤헤, 그렇습죠. 이렇게 된 것, 저희들과 연수하셔서 저놈들을 죽여 버리는 게 어떻습니까? 같은 사도인끼리 힘을 합쳐야죠."

"꺼허허헐! 본불 혼자서도 저놈들은 물론 너희 쥐 놈들도 거뜬하다!"

"물론 그러시겠죠. 어디 감히 범계광불 선배의 무위를 무시하겠습니까? 하지만 문제는 황금보도를 강탈, 아니, 접수하고 난 다음이죠."

"그다음?"

"예, 그다음 문제 말입니다."

범계광불이 관심을 보이자 복면인의 목소리에 희색이 만연했다. 반대로 상관 표두는 입술이 바짝바짝 말랐다.

"황금보도를 처분하려면 밀거래를 이용할 수밖에 없는데,

이게 아무리 비밀이 유지된다지만 소수의 눈과 입은 막을 수 없죠. 게다가 범계광불 선배와 같은 유명인이라면 분명히 소문이 나겠죠. 그럼 뭡니까? 바로 소림사 그 잡놈들이 잡으러 오지 않겠냐는 말입니다.”

“소림사… 소림사… 소림사…….”

범계광불의 눈이 침침해졌다. 자신을 제압하던 금강승들은 분명히 무서운 존재였다. 계략을 써서 빈틈을 확보하지 못했으면 지겨운 동굴 속에서 지금까지 틀어박혀 있었을 것이다.

하지만 이내 뻣뻣하게 고개를 치켜들었다.

“그까짓 중놈들, 하나도 무섭지 않다!”

“헤헤, 모기가 아파서 피합니까? 물리면 귀찮아서 그렇지.”

복면인이 장사치처럼 손을 비볐다.

“저희가 대신 황금보도를 처분해 드리겠습니다. 그러면 범계광불 선배는 손도 안 대고 코를 푸는 거죠. 물론… 헤헤, 약간의 사례금은 분배해 주셔야 합니다.”

“네놈들을 어떻게 믿고?”

“어이쿠, 우리 악서삼귀가 아무렴 같은 사파의 대선배에게 사기를 치겠습니까? 의리가 있죠. 아니면 누구 한 명을 볼모로 잡아두고 계시면 됩니다.”

범계광불이 냉소했다.

“사파는 몰라도 네놈들에게 의리가 있을까?”

“헤헤, 그런 섭섭한 말씀을…….”

“하지만 네놈들 말도 일리가 있다. 소림사의 중놈들이 또 나를 찾으러 나오면 골치가 아프겠지.”

“그렇습니다. 에헤헤헤.”

범계광불은 서늘한 눈으로 복면인을 응시했다.

“만약 개수작을 준비하고 있다면 혓바닥을 생으로 쥐새끼가 갉아먹게 만들겠다!”

섬뜩한 눈빛에 복면인이 찔끔 놀라며 상관 표두를 향해 고개를 돌렸다.

“그런 그렇고, 우선 저놈들부터 처리하도록 하죠. 저희들이 하자니 시간이 조금 걸릴 것 같은데… 헤헤, 괜찮으시겠습니까?”

“흥! 그따위 얕은 수로 본불이 넘어갈 성싶으냐? 본불은 널린 게 시간이다!”

“그럼 뭐, 저희들이 처리하겠습니다.”

복면인은 생각대로 범계광불이 넘어가지 않자 입맛을 다시고 수중의 단검을 치켜들었다. 동시에 두 명의 복면인도 각자의 무기를 내밀었다.

[임 소협, 합격을 통해 우선 단검을 든 놈부터 제압하세! 그가 대형 같으니 그를 먼저 죽인다면 나머지 두 녀석들은 어렵지 않을 게야!]

상관 표두의 전음을 들으며 임관홍은 미약하게 고개를 끄덕였다.

그녀의 판단에도 악서삼귀는 문제가 아니었다.

문제는 범계광불.

수중의 옥루검이 범계광불의 난입과 동시에 진동하고 있었다. 상관 표두와 대결했을 때와 비교하면 반딧불 앞의 태양과 같은 진동이다.

그만큼 강자라는 뜻.

임관홍은 긴장된 마음을 심결을 끌어올려 다독거렸다.

그리고 전투가 시작됐다.

"차합!"

그녀는 낭랑한 함성과 함께 초식을 발현했다.

쾌검은 순식간에 단검 든 복면인의 가슴팍을 찔렀다.

카앙!

하지만 왼쪽에서 나타난 복면인, 이서가 수중의 철수(鐵手)를 던져 검격을 방해했다.

그의 무기는 무척 독특했는데, 강철로 손가락을 굽힌 사람 손 모양을 만들고 손목 부분에 줄을 달고 휘둘렀다.

검격이 흔들린 틈을 노리고 삼서가 넙데데한 박도를 앞세워 달려들었다.

부웅!

도신이 만들어낸 풍압이 묵직했다.

스치면 그것으로 중상이다. 하지만 임관홍은 박도를 신경 쓰지 않고 재차 출수를 준비해 일서만을 노렸다.

쩌엉!

상관 표두가 쏜살같이 달려들어 직도단천의 기세로 내리찍는 삼서의 박도를 옆에서 후려쳐 버렸기 때문이다.

도신이 넓다는 것은 내려칠 때 가속을 더해 강한 파괴력을 낼 수 있지만, 그만큼 타격점이 크다는 것과 같았다.

"으읏!"

삼서는 박도를 쥔 손아귀가 찢어질 것처럼 아팠다.

쐐액!

옥루검을 회수한 임관홍이 처음보다 훨씬 날카로운 검세를 쏘아냈다. 검신이 낭창하게 흔들리면서도 검극은 정지한 듯 일체의 미동도 없었다. 정중동의 요체였다.

"이크!"

일서는 정교한 임관홍의 공격을 피하기에 급급했다.

공격은 이서와 삼서가 도맡았고, 그것도 상관 표두의 방어 앞에 쉽게 무산되었다.

그렇게 지루한 공방이 계속되었다.

임관홍의 검은 날카롭고 섬세하지만 다소 힘이 약했고, 상관 표두는 굳세고 당당하다. 만약 상관 표두가 일서에게 공격을 먹일 수 있었다면 승패는 금방 판가름났을 것이다.

하지만 두 팔은 하나의 검보다 공격권이 훨씬 짧다.

필시 안으로 파고들어 급소를 때려야 하는데, 적지로 파고들기에는 악서삼귀의 세 벽이 너무나 험난했다.

그래서 공격권이 긴 임관홍이 출수하고, 상관 표두가 굳센 힘으로 방어를 도맡은 것이다.

긴 것으로 공격하고 가까운 것으로 방어한다면 능히 훌륭한 병법이었다.

전황이 서서히 임관홍과 상관 표두 쪽으로 기울고 있을 때였다.

“에잇, 쓸모없는 쥐새끼들!”

한적하게 구경만 하던 범계광불이 결국 울화통이 터져 자리를 박차고 달려들었다. 사실 심마를 통해 광증을 지닌 그가 이때까지 가만히 참은 게 용했다.

“어이쿠, 범계광불 선배! 감사합니다!”

악서삼귀가 반색하며 뒤로 후퇴했다.

하찮은 실력으로 괜히 근처에 있다가 범계광불의 공격에 휩쓸려 버리면 그야말로 개죽음이기 때문이다.

쿠쿠쿠쿠쿠……!

허공을 가로지르며 양수를 앞으로 내민 범계광불의 장심을 통해 폭포 소리와 같은 경력음이 터져 나왔다.

상관 표두는 본능적으로 위기를 감지하고 임관홍의 앞을 막아섰다.

“하아압!”

그가 최초로 함성을 내질렀다.

기합을 통해 체내의 모든 진기를 끌어올려야 할 정도로 지금의 장력은 무서운 힘이었다.

바로 반야신장(般若神掌)!

소림이 자랑하는 최고의 장법 공부였다.

콰가가강!

기의 폭음이 지진을 일으켰다.

후두두둑……!

땅이 적어도 손가락 두 마디는 파였고, 흙이 눈덩이처럼 쏟아져 내렸다.

"쿨럭!"

상관 표두가 울혈을 토해냈다.

그의 단정하고 조금은 작아 보이던 무복은 곳곳이 찢어지고 검게 그을려 있었다.

그의 뒤에서 반야신장의 장력을 무사히 피해낸 임관홍이 드러난 상관 표두의 참혹한 상태를 보고 입술을 악물었다.

차앙!

옥루검이 맑은 검명을 흘리며 범계광불에게 내밀어졌다.

섬뜩한 예기는 달빛이라도 저밀 듯 보였다.

"말학 임관홍이 한 수 가르침을 청하지요."

범계광불은 마땅찮은 표정을 지었다.

"고작 그 실력으로 본불에게 덤빈다는 말이냐? 저기 뚱뚱한 놈은 내 일수를 막아낼 능력이 있었지만 본불이 보기에 너는 아직 무리일 것 같다, 이 풋내기 녀석아."

"쿨룩! 범계광불의 말이 맞네. 임 소협, 검을 거두시게. 쿨룩! 범계광불, 귀하도 황금보도를 찾고 계시오?"

"그렇지. 피를 좀 흘리고 나니까 슬슬 머리가 돌아가는 모양이지? 꺼허허헐!"

상관 표두는 제멋대로에 오만한 범계광불을 보며 분노로 주먹을 부르르 떨었다.

"미안하지만 귀하는 잘못 찾아오셨소. 본인이 알기로 표물에 그런 물품은 없소."

"꺼허허헐! 내가 미쳤지만 바보는 아니지. 내 눈으로 직접 확인하면 되는 일이다."

범계광불이 호탕하게 마차를 향해 걸어갔다.

상관 표두가 그 앞을 막아섰다. 범계광불의 백미가 꿈틀거렸다.

"죽고 싶으냐?"

"표사에게 있어 운송 중인 표물은 생명과 같은 것. 내 비록 일신의 공부가 얕지만 그렇다고 허망하게 포기할 정도로 살아온 표사의 삶이 무가치하지는 않았소!"

상관 표두가 결의심을 가지고 외쳤다. 그 웅변은 누가 들어도 감탄할 만한 기개가 담겨 있었다.

범계광불도 감복한 듯 고개를 끄덕였다.

“그럼 죽으려무나.”

그는 천천히 닭발처럼 주름진 손을 들어 올렸다. 장심에 가득 찬 힘은 반야신장이다.

“안 돼!”

휘리리릭!

임관홍은 결코 상관 표두의 죽음을 지켜보고만 있을 수 없었다. 이대로 죽긴 아까운 사람이었다. 그녀는 검과 하나가 되어 섬전같이 범계광불을 향해 날아갔다.

이때다 싶어 주변에 떨어져 있던 일꾼들도 돌멩이를 집어 들고 힘껏 던지기 시작했다.

“이놈들이!”

악서삼귀는 돌멩이가 자신들 쪽으로도 날아오자 성을 냈다. 하지만 범계광불에게 가는 돌멩이 가지고는 어떠한 행동도 하지 않았다.

내심으로는 임관홍은 반야신장에 죽고, 범계광불은 기적처럼 돌멩이에 머리가 깨져서 죽었으면 하는 기대를 했다.

부상당한 표두쯤은 셋이서 가볍게 찜 쪄 먹을 수 있었다. 일꾼들이야 말해 입 아프고.

하지만 그런 일은 단 하나도 이루어지지 않았다.

파앙!

범계광불의 초라한 신형에서 뿜어져 나온 강렬한 기의 폭풍 때문이었다.

"으으윽……!"

임관홍이 가랑잎처럼 뒤로 밀려 나갔다.

돌멩이들은 주인에게로 돌아갔다. 곳곳에서 일꾼들이 앓는 소리를 냈다. 되돌아온 돌멩이는 무서운 반탄지기가 담겨 있었다.

범계광불은 멀리 밀려난 임관홍에게는 눈빛도 주지 않고 재차 느릿하게 상관 표두의 죽음을 이끌었다.

쉬이익!

"엇!"

느긋하게 사태를 관람하던 일서가 자신도 모르게 경호성을 터뜨렸다.

우윳빛 맑은 광채를 일렁이는 한 자루의 검이 범계광불의 측면을 노리고 날아들었기 때문이다.

쩌엉!

범계광불이 단숨에 옥루검을 잡아 들었다. 검신이 주인을 대신해 탄식을 터뜨렸다.

주름진 노안으로 짜증이 어렸다.

"고얀 놈이 본불의 활생지도를 거부하는구나."

피슉!

옥루검이 손잡이만 남고 땅속에 틀어박혔다.

범계광불은 임관홍을 향해 시선을 돌렸다.

"그는 표국의 일행도 아니고 길에서 우연히 만난 사이이니 범계광불은 행사에 신경 쓰지 마시오!"

상관 표두가 다급히 임관홍을 보호했다.

퍽!

"크윽!"

벌레를 치우듯 가벼운 동작에 상관 표두는 바닥을 나뒹굴고 말았다. 매서운 일지선(一指禪) 공력이었다.

임관홍은 서서히 자신에게로 다가오는 범계광불을 보며 긴장감에 마른침을 삼켰다.

옥루검도 없는 이상 소림사가 낳은 최악의 반도 앞에서 살아남을 가능성이란 바늘구멍보다 작았다.

그때였다.

객잔의 주렴이 요란스럽게 흔들리며 그곳을 통해 한 명의 인물이 걸어나왔다.

그는 시커멓지만 고급스러워 보이는 피풍의를 덮은 사내였다.

'저자가 어째서……?

상관 표두는 피풍의사내를 알아봤다.

언제나 사람들로부터 조금 동떨어져 위치해 있고, 표정에서도 뭔가 쉽게 접근하기 힘든 느낌을 지니고 있던 사내다.

마치 이 세상 사람이 아닌 듯 한발 물러서서 모든 것을 관조하던 사내.

그런데 이제까지와는 달리 직접 사람들 사이에 모습을 드러냈다.

상관 표두는 미약한 기대와 큰 의혹을 동시에 느꼈다.

그가 이제 무슨 행동을 취할까를 생각해 보며.

"젊은 시주는 죽엽청을 맛있게 먹더니 여기는 왜 나왔누? 소피가 마려운가? 꺼허허헐!"

범계광불이 장난스럽게 말을 걸었다.

이환은 힐끗 임관홍에게 시선을 던졌다.

"칼을 줍고 안으로 들어가도록 해."

"이봐, 시주! 저 풋내기는 본불이 곧 죽여야 해. 시주 덕분에 조금 미뤄지긴 했지만 안으로 들여보내고 말고는 내가 판단할 문제라고, 이 멍청한 녀석아!"

자근자근 말하던 범계광불이 이내 언성을 높이며 벼락같이 장심을 내밀었다.

손이 뻗어오는 순간은 분명히 찰나지간이지만 이환에게는 무척 느리게만 보였다.

그는 물끄러미 장심을 바라봤다.

매섭고 빠르다.

하지만 안 아파 보이는 것은 착각일까?

쾅!

반야신장이 옆구리에 틀어박혔다.

이환의 몸이 가볍게 흔들렸다. 하지만 그것으로 끝이었다.

피를 토하지도, 고통 어린 비명을 지르지도 않았다. 죽지는 더더욱 않았고.

'내 반야장력을 맨몸으로 버티다니!'

범계광불은 믿을 수가 없었다. 그것은 장내의 누구도 동감했고, 특히 이환 자신은 더욱 그랬다.

그는 이 난감한 상황에 작게 눈썹을 찡그렸다.

'어째서 아무런 통증이 없지?

"꺼허허헐! 시주가 몸이 강철 같군! 어디, 다시 한 번 맞아라!"

범계광불이 다시 반야장력을 때렸다.

하지만 이번에는 이환도 움직였다.

쾅!

우드득!

"크헉!"

범계광불이 왼손을 부여잡고 흰자위를 치켜 올렸다. 그의 왼손은 엄지를 제외한 손가락 네 개가 모두 뒤로 꺾여 있었다.

완벽하게 부러진 것이다.

이환은 앞으로 내밀었던 주먹을 천천히 내렸다.

"어, 어떻게 내 반야신장의 장력보다 강할 수 있지? 반야신장은 소림 땡중들도 최고로 치는 장력인데!"

반야신장은 무척 강하다.

하지만 천마섬환은 더욱 강하다.

강한 것과 강한 것이 만나면 약한 쪽이 부러지는 게 당연한 이치였다.

하지만 범계광불은 그걸 이해하지 못했고, 설사 했다고 해도 소림 무학에 정심한 자신이 난생처음 보는 풋내기보다 약하다는 사실을 인정할 수가 없었다.

"살계를 열어주마!"

범계광불이 멀쩡한 오른손으로 장력을 풀어냈다.

역시 반야신장이다.

그래서는 결과 역시 뻔했다.

뿌드득!

"크아아악!"

오른손마저 왼손과 같은 형체를 가지게 되자, 범계광불은 육신의 고통보다 자존심에 큰 상처를 입었다.

"이노옴!"

그는 미친 듯 손가락이 덜렁거리는 양수를 휘둘렀다.

손가락이 부러져 권을 만들지는 못하지만 역시 소림이 자랑하는 나한권법(羅漢拳法)이었다.

이환은 슬쩍 상체를 뒤로 흔드는 것으로 범계광불의 모든 주먹질을 피해냈다.

퍽!

이환이 발길질을 해 범계광불의 단전을 때렸다.

아무렇게나 올려 찬 동작 같아 보이지만 막대한 충격이 기해혈을 뒤집어놓았다.

"본불이 이렇게 당하다니!"

범계광불은 믿을 수가 없었다.

은거한 곳에서 황금보도에 관한 이야기를 듣고 오랜만에 강호로 돌아온 것은 좋았다. 새로운 출발이라 할 수 있었으니까. 그리고 황금보도가 움직이는 노선을 알아내서 미리 대기해 표두 놈을 제압한 것까지도 좋았다. 악서삼귀 놈들이 조금 걸리기는 하지만 어차피 황금보도만 팔아치우면 죽여 버려 놈들의 몫을 주지 않을 생각이고.

그런데 이 녀석이 나오고부터 문제가 생겼다.

아주 크고 위험하고 돌이킬 수 없는 난제였다.

'어디서 이런 괴물 같은 녀석이 나타난 거냐!'

이것은 범계광불만의 생각이 아닌, 장내에 있는 모두의 의문이었다.

그리고 이환도 의문스러웠다.

'어째서 내가 이렇게 강해졌지?'

짐작하건대, 혈왕을 죽였을 때보다 두 배는 강해진 상태였다.

이해할 수가 없었다.

하루아침에도 알아볼 수 없이 변하는 게 세상 이치라지만 이건 너무 심했다.

이환은 오랜 시간을 가지고 스스로를 관찰해야 할 필요를 느꼈다. 자세하고 끈기있게 내면을 관조해서 변화의 이유를 파악해야 했다.

범계광불은 이환이 갑자기 혼자만의 세계에 빠진 것 같자 슬그머니 꽁무니 뺄 계획을 구상했다.

지나치게 강한 괴물 같은 놈이다.

도저히 싸워 이길 자신이 없었다.

범계광불은 민활하게 눈동자를 굴렸다. 상관 표두와 임관홍이 보였다.

'표두 놈은 뚱뚱한 데다 무공이 만만치 않아서 괜히 인질로 잡았다간 내가 다칠 수도 있겠군. 저 어린놈은 호리호리하니 잡아채기도 좋고 무공도 약한 편이니 마음에 들어. 게다가 저 괴물 같은 놈이 먼저 말을 건 적도 있잖아? 그래, 저놈이다!

범계광불이 전력을 다해 경공을 전개해서 임관홍을 잡아챘다.

"이 풋내기를 살리고 싶거든 가만히 있어라!"

범계광불이 온전한 엄지를 세워서 임관홍의 목에 가져다 댔다. 공력을 집중한 엄지는 짧았지만 충분히 목을 뚫을 수는 있었다.

임관홍은 졸지에 인질이 되자 수모가 치솟았다.

사실 그녀의 무위는 또래와 비교하면 월등히 뛰어난 편이다. 하지만 상대는 그녀의 또래가 아니었다.

닭의 왕이 늙은 여우에게 못 당하는 것과 같은 이치였다. 애초에 급수가 다른 것이다.

범계광불은 이환이 움직이지 않자 자신의 의도가 먹혀들어 가고 있다고 희색을 띠었다.

"좋아! 손끝이라도 움직이면 이놈을 확 죽여 버릴 줄 알라고! 꺼허허헐!"

눈치를 보고 악서삼귀가 끼어들었다.

"헤헤, 범계광불 선배. 이참에 표물을 뒤져서 황금보도를 찾아내죠?"

"네놈들 마음대로 해라!"

범계광불은 목숨 보전하기도 바쁜 판에 눈치없이 악서삼귀가 끼어들자 울화통이 치밀었다.

악서삼귀는 좋아라 하며 마차로 달려갔다.

"쿨룩……! 멈춰라!"

상관 표두가 기침을 내뱉으며 악서삼귀를 붙잡았다. 하지만 그는 부상이 심했고, 체력도 한계였다. 되레 역공을 받아 목숨이 위태로울 판이었다.

피피핏!

그때, 연달아 이어진 세 번의 섬광.

털썩!

그리고 동시에 허물어진 악서삼귀.

"……."

세 명이 죽었지만 누구도 어떤 반응을 할 수 없었다.

사람이 공격당하는 걸 보면 적어도 '어!' 정도의 소리는 내기 마련이지만, 그런 소리가 목구멍으로 나오기도 전에 죽어 버린 것이다.

이환은 총구를 범계광불에게로 돌렸다.

움찔!

범계광불은 분명히 봤다.

저 작고 길쭉한 쇠 구멍에서 강렬한 빛이 번쩍이더니 악서 삼귀가 반항도 못하고 죽은 것을.

"머, 멈춰라! 너는 이 풋내기가 죽어도 좋다는 말이냐?"

이환의 표정은 변함없이 무감정이다.

범계광불은 떨리는 음성으로 재차 협박했다.

"그 괴상한 물건을 치워라! 그걸 쏜다면 우선 이 풋내기부터 맞게 될 테니까!"

"으윽!"

임관홍이 바짝 앞으로 내밀어졌다. 범계광불은 치졸하게 그 뒤에 숨었다. 깡마른 몸뚱이가 이때는 효과가 좋았다. 가녀린 교구 뒤에 숨어서 가사 자락 하나 보이지 않았으니까.

이환은 천천히 레이저 건을 내렸다.

범계광불은 천천히 뒷걸음질을 쳤다. 임관홍은 가기 싫었지만 목에 닿은 뾰족한 손톱 때문에 억지로 끌려갔다.

"호호! 가만히 있어라, 가만히! 손가락 하나라도 까딱거리면 그날로 이 풋내기는 죽은 목숨이다!"

임관홍을 앞세운 범계광불이 점점 멀어져 갔다.

이환이 낮게 중얼거렸다.

“손가락 하나라도 까딱하면 안 된다고?”

펄럭.

바람도 없는데 피풍의가 움직였다.

검정색 피풍의 자락은 꼭 귀신의 손짓처럼 흔들거렸다.

“무, 무슨……?”

상관 표두가 안색을 딱딱하게 굳혔다. 갑작스럽게 장내의 기운이 변했기 때문이다. 지금까지가 밝은 홍(紅)이었다면 지금은 아득한 흑(黑)이다.

해일처럼 막강한 암흑의 힘은 순식간에 장내를 짓눌렀다. 넓고 깊은 암흑에 숨도 제대로 쉬기가 힘들었다.

상관 표두는 본능적으로 기운의 출처로 고개를 돌렸다.

그곳에 이환이 있었다.

고오오오……!

“크윽!”

엄청난 기운이다.

온몸의 솜털 하나까지 바짝 일어났다. 살갗 바로 위로 칼날이 스치듯 너무도 저릿저릿했다.

효수대 위에 목을 내민 기분이다.

느끼는 것만으로도 심중 깊은 곳에서 불안감과 공포가 꿈틀거리며 피어올랐다.

기분 나쁠 정도로 강력한 기세였다.

‘설마……?’

문득 상관 표두는 느끼는 게 있었다.

정기는 맑고 곧으며 패기는 당당하며 위압적이다. 사기는 혼탁하며 요망하다. 지금 이 기세는 어느 것도 아니다.

인간의 본능적인 공포를 자극하는 기운.

이런 꺼려지는 기세는 그가 알기에 오직 하나였다.

‘마기(魔氣)……! 마기가 분명하다!’

상관 표두의 얼굴로 경악이 솟아났다. 그리고 안타까움과 절망이 뒤섞인 마음이 되었다. 의인이라고 생각했더니 천하가 두려워하는 마인(魔人)이었다.

마인!

피도 눈물도 없고, 마공을 연성하기 위해서라면 어린아이의 뇌라도 씹어 먹는 존재!

이건 불을 피해 용암으로 달려든 꼴이었다.

이환은 무감정한 눈으로 범계광불을 응시하고 있었다.

집중된 마기를 정면으로 받은 범계광불은 충격으로 동공이 풀려 넋을 잃은 사람 같았다.

임관홍이 인질이라는 사실도 잊은 듯 그녀의 흰 목덜미에 내밀어진 엄지는 아무런 힘도 담겨 있지 않았다.

“임 소협, 빨리 이리 오게!”

상관 표두가 다급히 임관홍을 불렀다.

“아, 아!”

그녀도 이환의 기운에 넋이 나가 있다가 겨우 정신을 차리고 범계광불의 품에서 벗어났다.

혼자가 된 범계광불은 이제 비루먹고 왜소한 늙은이일 뿐이었다.

이환이 말했다.

"만족하나?"

"무, 무엇을……"

범계광불이 힘없이 물었다.

이환은 짧게 대답했다.

"손가락 하나 움직이지 않았다. 네 말대로."

"꺼… 허허허헐."

범계광불이 건조하게 웃었다.

정말 그랬다.

이환은 손가락 하나 움직이지 않았다.

기세 하나만으로 범계광불을 제압한 것이다.

"소림의 땡중들… 보다 낫군."

쿵!

범계광불이 앞으로 넘어갔다.

"은혜에 감사드립니다."

목숨의 은혜를 받았는데도 답례하는 상관 표두의 안색이 그리 좋지 않았다.

이환은 답변하지 않았다.

그저 지면에 박힌 옥루검을 뽑아서 임관홍에게 건넸을 뿐이다.

"고, 고맙습니다."

임관홍도 어색하게 고개를 숙였다.

마(魔)에 대한 근본적인 공포와 이질감이 이환과 두 사람의 사이에 드넓은 벽으로 쌓여 있었다.

펄럭!

이환은 등을 돌렸다.

그는 천천히 식당으로 돌아갔다.

천마신공의 비약적인 상승에 대한 고민도 해야 하며, 지금의 무위로 실현 가능한 천마신공이 몇 단계인지도 파악해야 했다.

게다가 아직 마셔야 할 죽엽청이 많이 남았다.

"저어……."

이환이 미련없이 등을 돌리자 상관 표두는 당황하고 말았다. 그래서 이환을 부르고 말았다. 이성은 거부했지만 본능적인 일이었다.

이환은 멈춰 서서 반쯤 신형을 틀었다.

그의 눈빛이 무슨 일이냐고 말했다.

상관 표두는 정말 말하기 싫었지만, 할 수밖에 없는 질문을 던졌다.

"귀하께서는 황금보도를 찾지 않으십니까?"

이환은 틀었던 몸을 다시 돌렸다.

"없는 물건을 찾는 것만큼 어리석은 일도 없지."

상관 표두의 얼굴이 비로소 조금 환해졌다. 적어도 이 마인은 진실을 알았다.

그때, 임관홍이 물었다.

"외람되오나 묻겠습니다. 은인께서는 어째서 황금보도가 이곳에 없다고 생각하시나요?"

그녀와 악서삼귀, 은거해 있던 범계광불까지 상관 표두가 이끄는 표행에 황금보도가 숨겨져 있다고 알고 있고, 사실을 믿어 의심치 않았다.

하지만 갑자기 나타나 악서삼귀를 신묘한 섬광으로 죽이고, 범계광불을 기세만으로 무너뜨린 이 무시무시한 마인은 그걸 가소롭다는 듯 부정했다.

궁금했다. 그 이유가.

하지만 이환은 대답해 주지 않았다.

그저 식당 안으로 들어갈 뿐이었다.

흔들리는 주렴만이 요란스럽게 임관홍의 시선을 사로잡았다.

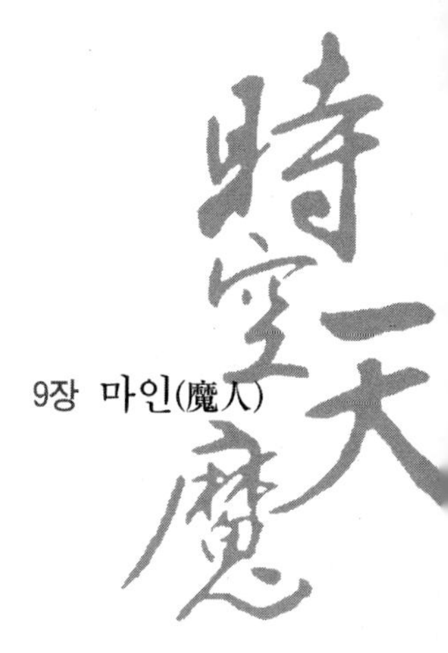

9장 마인(魔人)

'그날 이후인가?'

모든 것에는 인과관계가 있는 법이다.

강해졌다면 그럴 이유가 있었다. 그 이유는 아마도 혈왕과의 대결일 것이다. 그렇게밖에 판단할 수 없었다.

이환은 멀지 않은 전날을 떠올렸다.

'만약 그가 심각한 중상을 입지 않았더라면 나 따위는 순식간에 죽었겠지.'

대적한 혈왕의 무위는 가히 하늘 밖의 하늘이었다.

어째서 사람들이 왕이라고 부르며 두려워하는지 알 수 있었다.

‘왕……. 혈왕처럼 왕이라 불리는 무인은 몇 명이나 되는 걸까? 그리고 그들보다 강한 존재도 있을까?’

혈왕과 같은 강자가 수십 명가량 있다고 생각하자, 이환은 와락 소름이 돋았다. 하지만 그의 입가는 짙은 미소를 머금고 있었다.

“세상에 나와서 죽엽청 말고 또 하나 즐길 거리를 얻었군.”

그는 진심으로 즐거워졌다.

혈왕과의 대결은 무척 무모하고 위험했지만 그건 잠시였다. 승리하고 난 다음 겪은 몸이 떨리는 쾌감은 죽음의 공포보다 훨씬 거대했다.

강자가 많을수록 쾌감도 거대할 것이다.

물론 살고 승리해야 모든 것을 누릴 수 있겠지만 이환은 자신있었다.

무림은 전쟁터다.

전쟁터는 곧 이환의 삶 그 자체.

전쟁과 전투에 있어 그는 완벽한 숙련자였다.

특히 고철덩이가 없다는 점에서 완벽하게 마음에 드는 전쟁터였다.

“저어, 대협…….”

탁자로 두꺼운 그림자가 드리워졌다. 상관 표두다. 그는 어려운 말을 꺼낼 사람처럼 주저하며 말을 걸었다.

이환은 그를 바라봤다. 언제나 그렇듯 이환의 표정 없는 얼굴과 무감정한 눈빛을 대한 사람들은 기가 죽었다. 하물며 조금 전, 무시무시한 천마신공의 기운을 겪은 바에야 그것은 더했다.

상관 표두가 푹신한 목살 속에 고개를 집어넣었다.

"드릴 말씀이 있습니다."

"뭔가?"

"범계광불에 관한 건데… 아직 살아 있더군요."

천마신공의 기세를 집중적으로 쐬긴 했지만 범계광불은 아직 살아 있었다. 평생을 수련한 반야신공(般若神功) 때문이다.

비록 그게 꼬여서 저렇게 광승(狂僧)이 된 거지만, 소림의 무학은 누가 뭐래도 정종(正宗). 항마파사(降魔破邪)의 힘이 천마신공의 기운을 해소시켜 준 것이다.

"그래서?"

"허락해 주신다면 범계광불을 소림사로 이송하고 싶습니다. 본래 그는 악인이 아니라 주화입… 마로 인해 심… 마경에 빠진 것. 소림사로 돌려보낸다면 저 광증을 해소할 수 있을지 모릅니다."

마인 앞에서 주화입 '마' 니, 심 '마' 같은 말을 꺼내기가 부담스러웠던 상관 표두가 어색한 표정을 지었다.

이환은 범계광불이 죽었든 살아 있든 별로 신경 쓰고 싶지 않았다.

"마음대로."

"감사합니다, 대협."

상관 표두는 혹시 저 차가운 얼굴의 마인이 마음이 변해서 범계광불을 죽이거나 마공 연성의 재료로 쓸까 봐 포권하고는 급히 자리를 벗어났다.

마인에게 대협 소리를 하려니 껄끄러웠지만 강자, 그것도 무척 강한 마인의 심기를 상하게 할 정도로 상관 표두의 사회성이 부족하지는 않았다.

"상태가 어떤가?"

바깥으로 나온 상관 표두는 바닥에 누운 범계광불을 살펴보던 임관홍에게 말을 걸었다. 임관홍은 입에 피 거품을 물고 기절한 범계광불의 혈맥을 만져 보더니 고개를 저었다.

"좋지는 않군요. 기혈이 완벽하게 뒤집어졌습니다. 쏟아지는 기의 압력을 버티려고 저항한 것이 결국 화로 이어진 모양입니다."

"극광(極狂)도 결국 마(魔) 앞에서는 어쩔 수 없는가 보네."

"마라뇨?"

한때나마 소림이 낳은 최악의 반도, 문제아, 광인 따위로 불렸던 범계광불의 초라한 모습을 보며 상관 표두가 씁쓸하게 중얼거렸다. 그러자 임관홍이 고개를 갸웃했다.

상관 표두가 힐끗 구슬을 꿰어 만든 주렴 안쪽을 바라보며 전음을 보냈다.

[식당 안의 그는 마인일세.]

임관홍의 눈이 화등잔만 하게 커졌다.

마인!

세상에서 조심해야 할 두 가지 부류가 있다.

바로 폭군과 악인.

폭군은 조심해야 하고, 악인은 꺼려야 한다.

마인은 저 두 가지를 모두 포함한 자를 일컬었다. 지독하게 강하고, 그래서 지독하게 악하다. 혹자는 그들을 인간이 아니라 악마라고 표현했다.

마도(魔道)란 비인외도의 길이며, 마도인(魔道人)이란 정사, 흑백을 망론하고 누구도 기꺼워하지 않는다.

과거 정파에서는 마도를 사파 쪽에 집어넣었고, 사파에서는 마도와는 한 식구가 아니라고 크게 반발한 적이 있었다. 맞네, 아니네를 따지던 정사는 과열된 분위기 속에 하마터면 정사대전까지 벌일 뻔했고, 결국 정파가 마도는 제삼세력이라고 인정하며 숙이고 들어가는 것으로 논쟁을 마무리 지었다.

누구도 반기지 않는 존재.

마도, 마도인이란 그런 존재였다.

[정말입니까, 상관 표두님?]

[확실하네. 그가 범계광불을 제압하며 발현했던 기세는 분명 마기가 틀림없었네. 본능적으로 인간의 공포를 자극하는 기운이 마기가 아니라면 또 뭐가 있겠나?]

'마인, 그가 마인이라니……'

임관홍은 놀랍고 두려우며 신기하고 어색한 눈빛으로 식당을 응시했다. 그녀는 새삼 이환의 얼굴을 떠올렸다.

'마인도 결국 멀쩡하게 생긴 사람이구나.'

그녀가 마인을 본 것은 이번이 처음이었다.

정, 사, 마로 구분되는 무림이라지만 실상 현 무림에서 마도는 거의 없는 것과 같았다. 과거에는 마도천하(魔道天下)도 이룩했다고 하지만 요즘은 다 어디로 갔는지 코빼기도 보이지 않는 것이다.

가끔 무자비한 살인을 저지른 살인자를 향해 마가 씌었다, 마인이다 하고 부르지만 그건 사람들이 부르는 별호 같은 것일 뿐, 진정한 마도를 걷는 마인은 아니었다.

협박 같은 걸 하기 위해 스스로 마인이라고 떠벌리는 자들도 있지만, 결국은 태반이 가짜였다.

마인의 특징인 마공을 쓸 줄 모르기 때문이다.

물론 조금 치밀한 사기꾼들은 그럴듯한 사파의 무공으로 흉내를 내지만 고수 앞에서는 어린애 장난처럼 들통났다.

마공은 정파의 정순함, 사파의 음산함과는 다르다. 인간의 본능적인 공포를 자극하는 기운이 있었고, 정과 사 어느 무공에서도 느낄 수 없는 독특한 무리(武理)가 있었다. 물론 그 무리를 얻기 위해 조금 독특한 연공 과정을 거치는데, 마도가 외면받고 마도인을 두려워하는 이유가 그 연공 과정에 있었다.

연공 과정을 설명하는 데는, 지금은 이름만 떠도는 마도의 유명 절기 흑시마조(黑屍魔爪)가 대표적으로 거론된다.

수련용 시체를 독수(毒水)에 구십구 일간 빠뜨려서 독기운이 뼈와 살에 잘 스며들도록 한 다음, 이름처럼 독에 시커멓게 변색된 시체에 손가락을 찔러서 독과 시체의 사기(死氣)를 흡수하는 게 주요 수련 방법인 것이다.

예로부터 육신은 죽어 혼(魂)이 빠진 다음에도 백(魄)이 남아 있다고 해서 함부로 건드리지 않는 게 예의요, 묵계였다.

그래서 강시(殭屍)를 쓰는 무리는 정사흑백을 막론하고 적발되는 즉시 무림공적 소리를 들었다.

이렇듯 하루에도 수천이 죽는 무림이라지만 시체 훼손에는 칼처럼 엄격한데, 마도는 우습다는 듯 시체를 가지고 마공을 연성하니 죽은 자를 한 번 더 죽이는 것과 같았다.

정과 사 입장에서는 천하에 교양없는 놈이며, 무인을 떠나 인간의 도리를 저버린 족속인 것이다.

[그도 우리가 아는 것을 눈치 챘겠지만 그렇다고 너무 티나게 행동하지는 말게. 상대는 수백 년간 무림에 나타나지 않던 마도인일세. 만약 우리가 정체를 떠벌리고 다닌다고 판단한다면 오늘이 우리의 제삿날이 될 테니.]

멍하니 주렴 속을 응시하고 있는 임관홍을 향해 상관 표두가 굳은 음성으로 당부했다.

임관홍은 이환을 잔인한 작자로 치부하기에는 생명을 구함받는 은혜를 입었다.

[소생이 보기에 그는 겉보기에는 다소 차갑게 보이지만 결코 가볍게 살인을 저지를 사람으로는 생각되지 않습니다.]

[그러니까 더 조심해야 한다는 뜻일세. 마인은 마공 수련의 지독함 때문에 성정이 괴팍하고 잔인한 자들이 대부분이네. 그런데 저자를 보게. 마기를 끌어올릴 때까지 누가 그를 마인이라고 생각할 수 있겠나? 그는 자신을 절제할 줄 아네. 세상에 소리장도보다 무서운 것이 어디 있겠는가?]

상관 표두가 전음으로 열변을 토했다.

사실 그도 제대로 된 진짜 마인은 난생처음 보는 것이었다. 하지만 지난 삼십 년, 표기를 뒤에 두고 칼끝에서 구른 풍진 세월이 여러모로 견문을 늘려주었다.

마인, 마공에 대해 임관홍에게 떠들어대는 것도 풍문으로 전해 들은 것이 대부분이었다.

[조심하게. 정말 조심해야 하네.]

상관 표두에게 이미 이환은 시체를 토막 쳐서 뇌는 삶아 먹고 심장은 생으로 씹어 먹으며, 골수는 물처럼 마시는 잔인한 마인으로 인식된 상태였다.

잔인할수록 강한 게 마인이기 때문이다.

범계광불을 기세로 쓰러뜨렸으니, 그가 어떤 과정으로 수련을 했을지 상상조차 가지 않았고, 생각하기조차 싫었다.

그 순간이었다.

시체 연공을 했고 심장은 식후 간식으로 씹어 먹는 잔인한 마인, 이환이 바깥으로 걸어나왔다.

상관 표두는 혹시 저 마인이 전음까지 도청할 능력이 있는 공전절후의 고수가 아닐까 바싹 긴장하고 말았다.

임관홍도 황급히 표정 관리를 했지만, 아직 일천한 연륜으로 인해 어색한 티를 감추지 못했다.

하지만 마도인도 아니며 잔인한 시체 연성은 생각해 본 적도 없는 이환으로서는 십 분 동안이나 한마디도 안 한 채 서로 얼굴만 바라보며 멀뚱멀뚱 있는 상관 표두와 임관홍이 되레 이상할 뿐이었다.

"저 마차로 소림사까지 며칠이 걸리지?"

"십오 일 정도 걸릴 것 같습니다."

이환은 곧게 누워 있는 범계광불을 가만히 내려다봤다.

"비켜."

그의 말에 두 사람이 범계광불에게서 멀찍이 떨어졌다. 그와 동시에 이환의 전신에서 미약한 기세가 흘러나오기 시작했다. 천마신공을 끌어올렸을 때 흘러나오는 자동적인 기운.

상관 표두는 이환이 갑자기 마기를 흘려내자 자동적으로 긴장했다.

이환은 범계광불의 곁에 한쪽 무릎을 꿇고 앉았다. 그의 눈이 섬세하게 범계광불의 늙고 삐쩍 마른 몸을 훑었다.

"은공, 무슨 일을 하시려는 건지요?"

임관홍이 공손하게 질문을 던졌고, 이환은 말보다 행동으로 대답했다.

그는 왼손을 범계광불의 단전 위에 올렸다.

순간적으로 마기가 짙어졌다. 대부분의 마기가 단전 위에 붙은 손바닥에서 흘러나오고 있었다.

심령을 긁는 불쾌한 기분에 상관 표두와 임관홍은 자신도 모르게 인상을 구겼다. 하지만 마기는 찰나에 종적을 감추었다.

굽혔던 무릎을 펴며 이환이 말했다.

"보름 동안 깨지 않을 거다."

"예? 범계광불 말입니까?"

"큰 충격을 가한다면 일어나겠지만 마차에 실린 상태라면 보름 정도는 충분하겠지."

상관 표두와 임관홍은 생사람을 당분간 시체로 만드는 마공술법이구나, 하고 생각했다. 그 생각은 반쯤 맞았다.

몽인잠마술(夢因潛魔術)은 천마신공 심공편에 기록되어 있는 술법으로, 용도는 고문과 심상 수련이었다.

고문과 심상 수련.

어울리지 않는 두 가지가 붙은 것은 몽인잠마술이 지닌 독특함 때문이다.

몽인잠마술은 시술자가 원하는 시간만큼 대상을 잠들게

만든다. 그리고 꿈을 꾸게 한다. 악몽이다.

꿈속에서 대상은 살면서 겪었던 가장 두렵거나 절체절명의 순간을 다시 겪게 된다.

만일 삼 일을 잠들게 했다고 치자. 다시는 겪고 싶지 않은 일을 꿈속에서 삼 일 내내 겪는 것이다.

이게 몽인잠마술이 고문으로 분류된 이유였다.

반대로, 심상 수련이라고 분류된 이유는 그 삼 일 동안 절체절명의 순간에 맞서 마음속에 지니고 있던 공포를 몰아낼 수 있기 때문이었다.

물론 삼 일 내내 다시는 쳐다보기도 싫은 장면을 수도 없이 되풀이하면서 끝끝내 이겨내겠다는 웬만한 각오가 아니면 불가능한 일이겠지만.

'몽인잠마술을 보름이나 펼칠 수 있게 되다니 확실히 내공이 월등히 축적됐군.'

이환은 곤히 잠든 범계광불을 응시했다. 그가 보름간 겪게 될 악몽을 생각하니 조금은 미안했지만, 그는 실험용이었다.

몽인잠마술은 내공이 부족해서 펼칠 수 없는 천마신공상의 수많은 공부 중 하나였다. 비약적으로 내공이 늘어나서 실현 불가능했던 술법을 한 번 사용해 본 것이다.

처음이지만 완벽하게 발현된 것 같았다.

이환은 흡족한 웃음을 지으며 몽인잠마술을 기억 저 깊은 구석으로 밀어 넣었다.

천마신공에 이르길, 뛰어난 수련법이라고 했지만 이환은 전혀 사용할 의향이 없었다.

악몽은 싫고 끔찍해서 악몽이다.

게다가 꿈에 뭐가 나올지 안 봐도 뻔했다.

그런 꿈을 왜 고의로 꾼단 말인가.

다른 방법으로 수련하면 되는데…….

*　　　*　　　*

"독왕을 아나?"

"독왕곡의 방주 여엽수를 말씀하시는 겁니까?"

"그를 안다면 독왕곡의 위치도 알겠군."

"위치는 모릅니다. 독왕곡은 워낙 음지에서 활동해서 본부가 어딘지 아는 사람보다 모르는 사람이 훨씬 많습니다."

"아는 사람을 알고 있나?"

"본인은 표국 사업 외에는 견문이 얕아서……."

"소생이 한 말씀 올려도 되는지요."

"얼마든지."

"독왕곡의 위치는 소생도 모릅니다. 인맥이 짧아 그곳을 아는 사람도 없습니다. 하지만 모르는 것보다 아는 것이 많은 분을 알고 있습니다."

"임 소협, 혹시 통천견문(通天見問) 공손 옹(翁)을 말하는 겐가?"

"상관 표두님도 아시는군요. 예. 공손무외(公孫無畏), 공손 노사십니다."

"허허, 자네가 공손 옹과 인연이 있을 줄은 몰랐군. 그 기인도 자네의 재질이 흡족했던 모양일세."

"통천견문 공손무외 그는 알고 있나?"

"몰라도 알 능력이 있는 분이십니다."

"그는 어디 있지?"

"소생과 한 달 뒤 낙양(洛陽) 관림당(關林堂)에서 만나뵙기로 약조가 되어 있습니다."

"현재 위치는?"

"워낙 정처없이 세상 떠돌기를 좋아하시는 풍진기인이시라……."

"그를 믿을 수 있나?"

"예?"

"그의 정보를 믿을 수 있냐는 뜻이지."

"그분은 가히 천하제일지(天下第一知)십니다."

"글쎄."

"황금보도를 처음 발견하신 것도 공손 노사십니다. 처음 모습을 드러낸 황금보도는 조 씨 성의 낭인이 지니고 있었습니다. 하지만 빠르게 퍼진 소문 때문에 처참하게 죽었고, 다음 주인인 광 씨 성의 검객 역시 이틀도 못 가 살해당했습니다. 그 뒤로 보름 동안 서른두 번이나 황금보도의 주인이 변했는데, 서른세 번째 주인에게서 팔비암인(八臂暗刃) 당균이 황금보도가 들어 있는 목궤를 가로챘습니다. 그것을 또 흑백무쌍(黑白無雙) 형제가 훔쳐서 도망쳐 버렸고…….”

“흑백무쌍 형제의 계략에 속아 본 표행을 쫓아온 게로군.”

“예, 그렇게 된 겁니다. 악서삼귀와 범계광불 또한 소생처럼 흑백무쌍 형제에게 속은 것이지요.”

“허허! 흑백무쌍 형제 중 맏형 흑면귀(黑面鬼)의 꾀가 보통이 아니라더니 과연 그런가 보네.”

“그들은 아마 여러 방향으로 허위 정보를 뿌렸을 겁니다. 소생은 그것도 모르고 선두로 도착한 줄 알고 급한 마음에 생떼를 부렸으니…….”

“흑면귀에게 고마워해야겠군. 그나마 이 정도라서 다행이야.”

“아직도 황금보도를 노리나?”

“소생은 포기할 수 없습니다.”

“한 달 후 관림당에서 기다리지.”

“예. 소생이 만약 도착하지 않으면… 눈처럼 하얀 백발에 얼굴이 대춧빛처럼 붉고 수십 곳을 기운 자색 도포를 걸친 노학사를 찾아보십시오. 그분이 바로 공손 노사십니다.”

이환은 낙양으로, 임관홍은 황금보도의 종적을 쫓아, 상관 표두는 목적지로.

관도 위에서 만났던 세 사람은 관도 위에서 헤어졌다.

마차 뒤에 실린 범계광불은 표물과 다름없었다. 코도 안 골며 자는 것을 산문 앞에 내려놓기만 하면 됐다.

소림사의 고승들이 이 표물 앞에 어떤 표정을 지을까.

상관 표두는 벌써부터 즐거워졌다. 나름 직업병이었다.

10장 살신성인(殺身成仁)

낙양.

성문을 통과하자마자 무궁화가 마치 내비게이션처럼 역사적 정보를 줄줄 외워대기 시작했다. 지금의 사람들은 꿈에도 모를 먼 미래의 일까지.

이환은 보고를 흘려들으며 관림당으로 향했다.

관림당은 누구나 다 아는 유비의 명장 관우의 제사를 지낸 곳이다. 의를 존중하고 무와 덕망을 겸비한 관우는 죽고 난 뒤 더욱 빛을 발했는데, 민초들의 흠모와 숭배 덕으로 신앙적 존재가 된 것이다. 관성대제(關聖大帝), 혹은 관제라고 불리는 관우의 그 첫 번째 사당이 바로 이곳 관림당이었다.

“제단에 올릴 꽃 사세요!”

“전단향 팝니다!”

“한 푼만 줍쇼. 극락왕생하실 겁니다!”

멀고 가까운 곳에서 온 참배객들, 그들을 대상으로 한 노점
상들, 그리고 신 앞에 자비로워지는 인간의 심리를 이용한 거
지들.

관림당은 별다른 기일이 아닌데도 불구하고, 마치 축제의
현장처럼 온갖 종류의 사람들로 북적거리고 있었다.

그리고 하나 더, 저 모든 사람들을 목적으로 빠른 손을 움
직이는 소매치기들.

“아얏!”

이환은 자신의 피풍의 자락을 파고든 손을 호되게 붙잡았다.

“놔! 놔, 이거! 아씨! 이 아저씨가 감히 누구 손을 붙잡아?”

소매치기가 적반하장으로 버럭 고함을 질렀다. 주변의 시
선이 잠깐 모였다. 소매치기는 언제 억세게 고함을 질렀냐는
듯 눈물을 터뜨렸다.

“으아앙! 살려주세요! 이 아저씨가 날 더듬었어요!”

이환은 물끄러미 자신이 붙잡은 예쁘장한 손을 쳐다봤다.
그 손의 주인은 고급스럽지는 않았지만 예쁘장한 채의를 입
은 소녀, 그것도 이제 십오 세나 됐을까 싶은 어린 소녀는 누
가 봐도 남의 옷자락 속으로 몰래 손을 들이미는 범죄자로는
보이지 않았다.

소매치기로서 최고의 모습이었다.

"저 사람이 나한테 동전을 줄 테니까 으슥한 곳으로 가자고 했어요! 전 안 가려고 했는데 막 힘을 써서… 흐윽!"

소녀는 거짓된 울음을 터뜨렸다. 만약 이 시대에도 영화나 드라마가 있다면 평론가로부터 극찬을 받을 만한 명연기였다.

"형장! 그 손 놓지 그래?"

훌륭한 배우에게는 열렬한 시청자가 있기 마련이다.

어깨가 떡 벌어진, 겉으로도 힘 좀 쓰게 생긴 남자가 인상을 굳히며 이환에게 다가왔다.

"도와주세요!"

소녀가 더욱 애절한 표정을 지었다.

"형장, 음심이 동하면 홍등가를 찾아가야지 신성한 관제신 앞에서 무슨 수작인가? 손부터 놓게!"

이환은 순순히 붙잡고 있던 손을 놓았다.

비록 앙큼한 연기에 속았다고는 하지만, 남을 걱정하는 남자의 의로운 마음에 한 발짝 양보를 한 것이다.

이때다 싶었는지 소녀가 재빨리 달아나려고 했다. 이환은 슬쩍 발을 걸었다.

"꺅!"

"괜찮으냐?"

소녀는 중심을 잃고 기우뚱하며 앞으로 넘어졌다. 남자가 황급히 소녀를 붙잡았고, 그녀는 힘없는 척 그의 품에 안겼다.

"어머, 죄송해요."

"아니다, 어디 다친 곳은 없고?"

소녀는 꾸벅 고개를 숙였다.

"네, 괜찮아요. 은공의 덕분이니 소녀는 관제신께 은인의 축복을 빌겠어요. 그럼 소녀는 이만……."

토끼처럼 총총걸음으로 자리를 벗어나는 소녀를 보며 남자는 푸근한 웃음을 지었다.

"형장은 저런 아이에게 음심을 품다니, 하늘이 부끄럽지도 않소? 반성하시오!"

남자가 재차 힐난했다. 어지간히 소녀의 내숭에 넘어간 모양이다.

이환은 그에게 짧게 말했다.

"전낭에 얼마가 들었지?"

남자가 뚱딴지같은 소리에 얼굴을 찌푸렸다.

"뭐요? 갑자기 전낭은 왜……?"

찌푸려진 남자의 얼굴이 석고처럼 굳어버렸다. 짙은 낭패감이 장맛비에 몰려든 먹장구름처럼 얼굴을 덮었다.

"내 돈!"

품에 넣어둔 전낭이 사라졌다. 관림당에 참배객들을 노리는 소매치기가 많다고 해서 끈으로 주머니와 전낭을 연결해

놓기까지 했는데 귀신 장난처럼 없어진 것이다.

"소, 소매치기!"

남자는 찬물을 뒤집어쓴 듯 어깨를 부르르 떨었다. 비로소 그는 깨달았다. 조금 전 소녀가 넘어지며 자신의 품에 안겼을 때 이미 작업은 끝난 것이다.

"당신은 조금 신중해야 했어."

"제기랄! 이 악독한 계집!"

귀여웠던 얼굴이 천하에 없을 악녀로 변했다.

남자는 눈을 부라리며 주변을 두리번거렸다. 하지만 그 상황까지 소녀가 지켜보고 있을 리는 없었다. 진작에 멀리 숨어버린 것이다.

"두고 보자! 꼭 붙잡아서 버릇을 고쳐 놓을 테다!"

성난 외침을 부르짖으며 남자는 인파를 헤집고 사라졌다.

이환은 힐끗 고개를 돌렸다. 사람들 사이에서 소녀가 한쪽 눈꺼풀을 밑으로 내밀고 메롱, 하며 혀를 내밀고 있었다.

득의만만한 표정. 잡을 수 있으면 잡아보라는 듯 도발적이었다.

이환은 관심을 끊었다.

그에게는 남자에게 전낭을 돌려줄 정의로움도, 소녀를 훈계하며 엉덩이를 때려줄 아량도 없었다.

비록 남자는 화가 나고 억울하겠지만, 전낭에 든 동전 스무 개 때문에 사용하기에는 위성의 동력이 아까웠다.

더군다나 지금 막 그가 원하는 사람을 발견했다.

눈처럼 하얀 백발, 대춧빛처럼 붉은 얼굴, 넝마 같은 자색 도포. 영락없이 설명 그대로였다.

"당신이 공손무외인가?"

"그렇소만, 귀하는 뉘시오?"

"임관홍과 아는 사람."

"아! 한데 그 아이는 어디 있소?"

이환은 그를 내려다봤다. 백발이 성성한 그 나이 때가 다 그렇듯 공손무외도 왜소한 체격이었다. 하지만 이환이 고개를 숙인 것은 그가 앉아 있기 때문이었다.

버드나무 밑동을 그대로 의자로 조각한 나무 의자에 앉아 어미의 손을 잡고 유람 나온 댕기머리 꼬마의 앙증맞은 발걸음을 구경하던 공손무외가 의아하다는 듯 이환을 쳐다봤다.

그는 오직 임관홍과의 만남을 약속했다.

저 감정이 드러나지 않는, 다소 차갑고 딱딱해 보이는 얼굴의 남자와는 전혀 만날 약속이 없었다.

"도착하겠지."

"그럼 기다립시다."

하지만 임관홍은 해가 지고 달이 뜰 때까지 관림당에 나타나지 않았다.

공손무외의 표정은 어두웠다. 구름이 많은 밤, 드리워진 달빛이 희미하기 때문만은 아니었다.

"약속을 쉽게 어길 아이가 아닌데……."

특히 자신과의 약속을 어길 아이가 아니다.

공손무외는 초조해졌다.

"혹여 그 아이의 행적을 아시오?"

"황금보도를 찾아갔지. 그리고 만약 자신이 도착하지 않으면 바로 당신을 찾으라고 인상착의를 알려줬고."

"으음! 황도지쟁(黃刀之爭)이 무척 과열되고 있나 보오. 감당할 수 없으면 미련을 버리라고 그렇게 누누이 조언했건만."

공손무외는 침통한 표정을 지었다. 그러다 문득 아침나절에 찾아와 밤이 깊어가도록 말없이 곁에 서 있는 남자에게 깊은 호기심을 느꼈다.

"한데 귀하는 무슨 일로 나를 소개받았소?"

"한 문파의 위치, 그리고 그곳에 있을 사람을 찾고 싶어서."

"으음? 어디의 누구를 찾소?"

공손무외는 벌써부터 대략 일천육백 개의 문파를 머릿속에 떠올리고 있었다. 자신을 찾아와 물을 만한 문파는 구주(九州)에 얼추 저 정도였다.

"독왕곡, 그리고 여엽수."

하지만 이환의 대답은 한순간 그의 머릿속을 텅 비게 만들었다.

공손무외는 심각하게 인상을 찌푸렸다.

"독왕 여엽수의 독왕곡이라니… 귀하는 자살이라도 할 셈이오?"

"알고 있나?"

"물론이오. 독왕의 거처를 모른다면 내가 통천견문이 아닐 테지."

"어디지?"

공손무외는 말하기를 조금 주저했다. 그러다가 나직한 한숨을 내쉬며 입술을 열었다.

"후우, 한 가지 부탁이 있소."

"임관홍을 찾는 일인가?"

공손무외는 씁쓸히 고개를 끄덕였다.

"그렇소. 나는 그 아이가 무척 걱정되오. 그 녀석은 세상에 남은 내 유일한 피붙이요."

"외가인가?"

"그렇소. 관홍은 내 딸의 자식이오. 나에게는……."

공손무외가 말을 끊었다.

이유를 알 수 있었다. 이환이 이어 말했다.

"당신에게는 손녀겠지."

공손무외의 눈이 커졌다.

"알고 있었소?"

"임관홍을 당신에게 데려오면 되나?"

이환은 빠르게 화제를 전환했다. 위성으로 옷 벗는 걸 몰래 훔쳐봐서 알았다고는 말할 수 없었다.

공손무외가 고개를 끄덕였다.

"그 아이는 필시 황금보도를 쟁탈하기 위한 치열한 경쟁 속에 휘말려 있을 것이오. 그곳에서 관홍을 데리고 나오기가 무척 힘들지. 하지만 나는 사람에게 풍겨 나오는 기질을 읽을 수 있소. 당신의 기질은 무척 강하고 당당해서 남을 압도하면 압도했지 결코 남에게 눌릴 기질이 아니오."

이어 그는 처연한 표정을 지었다.

"황금보도 따위는 차지하지 못해도 상관없소. 오직 그 아이만 무사히 데려와 주시오."

"그렇게 하지."

그 즉시 이환은 등을 돌렸다. 마치 사소한 심부름을 가듯 천천히 걷기 시작하는 그의 발걸음은 가볍기만 했다.

성큼성큼 멀어져 가는 이환의 등을 향해 공손무외가 소리쳤다.

"당신은 그 아이가 어디 있는지 알고 있소?"

물론 알고 있다.

하늘에 떠 있는 위성이 지금도 그녀의 표정을 생생하게 비추고 있었다.

그는 애초에 2호 위성을 임관홍에게 붙여놓은 채였다.

상황이 이렇게 돌아갈 것이라고 예상했다.

약속한 곳에 나왔는데 만날 사람은 오지 않고 낯선 사람이 엉뚱한 부탁을 한다. 게다가 약속한 자가 현재 어려운 상황에 처해 있다는 게 확실시되면 대답은 뻔했다.

만날 사람을 찾아와라. 그러면 알려주마.

가는 게 있어야 오는 게 있고, 이루어야 얻을 수 있는 것. 사람 간의 거래란 이런 것이다.

만약 공손무외가 순순히 알려줬다면?

그때는 그냥 위성을 회수하면 된다. 어려운 길도 아니고, 슬쩍 날아오면 되니까.

아무튼 이환의 짐작은 맞아떨어졌고, 위성이 따라붙는 한 임관홍은 이환의 손바닥 위라고 해도 과언이 아니었다.

그리고 손바닥 위의 임관홍은 지금 위기를 겪고 있었다.

*　　　*　　　*

임관홍은 위기라고 생각했다.

왼쪽 어깨를 뚫은 봉황전(鳳凰箭), 오른쪽 다리뼈를 금 가 게 한 사릉추(四稜鎚), 우수의 감각을 없애 버린 마비산 때문 은 아니었다.

"크흐흐흐……."

너무 가까워 서로 간의 볼이 닿는 거리에서 귓불에 대고 냄새나는 입김을 훅훅 불어넣는 털북숭이 중년인이 그녀에게 있어 가장 큰 위기였다.

딴에는 애무하는 듯 귓불에 바람을 넣을 때마다 그의 턱수염이 임관홍의 관자놀이 부근을 찔러 몹시 피부가 쓰라렸다.

'고작 채화음적 따위에게 제압당하다니……'

그녀의 위기는 바로 저 털북숭이 중년인이었다.

이름도 모를 저 작자는 분명히 채화음적(採花淫賊)이었다. 그럴 리는 없겠지만 만약 그 직업이 아니었더라도 지금은 그랬다. 귓불에 뜨거운 김을 뿜으면서 손으로는 살살 그녀의 옷고름을 풀고 있었으니까.

만약 임관홍의 몸이 정상이었다면, 적어도 오른손의 감각이라도 있었다면 이런 상황은 연출되지 않았을 것이다. 한 자루의 검, 옥루검만 있었다면 땅에 누워서도 검초를 발현할 수 있었을 테니까.

하지만 왼쪽 어깨는 암기가 박혀 움직이기 어렵고, 오른손은 마비산이 묻었으니 어디라도 검을 쥘 손은 없었다.

우우웅…….

손끝 먼 곳, 흙바닥에 아무렇게나 나뒹굴고 있는 옥루검이 주인의 위기를 느끼고 애달픈 검명을 흘려냈다.

그녀는 인간에게 팔이 두 개뿐이라는 점이 무척 슬퍼졌다.

그런 임관홍의 비통함과는 반대로 중년인은 몹시 기분이 좋았다.

'흐흐… 이게 웬 떡이냐? 황금보도라는 돈 덩어리가 나타났다고 해서 혹시나 하고 기웃거려 본 건데, 기대도 안 한 호사를 누리는구나!'

임관홍의 남장이 아무리 뛰어나다지만 중년인은 타고난 색광(色狂)이었다. 멀리서 치마 스치는 소리만 들려도 아랫도리가 살살 간지럽고, 눈앞에서 알짱거리고 있다면 간지럽다 못해 아팠다.

그는 단번에 임관홍의 성별을 파악했다. 남자처럼 행세한다지만 분명한 여자였다.

유연하고 매끈하게 손질된 손톱과, 넓은 골반으로 인해 남자와는 다른 보폭, 은연중에 다리를 오므리며 앉는 자세와 음식을 먹을 때의 행동 등등…….

중년인의 입장으로는 알아보지 못하는 다른 남자들이 바보 천치였다. 물론 그래서 이런 횡재를 하게 됐지만.

"흐흐, 낭자. 괜찮은 호심갑을 걸치고 계시구려. 이것도 본인이 접수하겠소."

첫날밤의 새색시를 대하듯 조심스럽게 임관홍의 상의 옷고름을 푼 중년인이 이채를 발했다. 여자가 남자와 다른 시각적인 차이가 왜 드러나지 않나 했더니 그 이유를 찾았기 때문이다.

벽문단호갑.

한눈에 보기에도 싸구려 호심갑은 아닌 것 같았다.

중년인은 다시 부지런히 손을 움직였다. 호심갑이 비싸봤자 딱딱한 철판이다. 말캉말캉하고 부드러우며 야들야들한 속살에 비할 바가 아니었다.

벽문단호갑은 단단히 조여진 매듭으로 철옹성을 떠올리게 했지만, 결국은 중년인의 일개미 같은 집념 아래 패배하고 말았다.

"호오!"

금맥을 발견한 광부의 외침, 혹은 삼을 발견한 심마니의 외침. 물론 지금 중년인의 감탄사는 그것들보다 훨씬 저속하고 음탕했다. 하지만 비슷한 희열을 담고 있었다.

'처녀로구나!'

벽문단호갑을 벗겨내자 그전까지 침착했던 '먹이'의 몸이 불쾌함과 어떤 두려움으로 눈에 띄게 떨리고 있기 때문이었다. 전자는 여인이라면 당연한 것이고, 후자는……

'내가 처음으로 고랑을 내는구나!'

중년인의 눈이 육욕으로 번들거렸다.

처녀가 가진 본능적인 파과의 공포. 지금 '먹이'는 그 전인미답의 경지에 두려움을 느끼고 있는 것이다.

"흐흐, 걱정하지 마시오. 내가 첫 개통에도 나름대로 조예가 풍부하다오."

“으읍!”

임관홍은 입술로 스머드는 달콤한 액체를 목구멍을 꽉 닫아 거부했다. 벽문단호갑을 벗겨내고, 더 징그러운 웃음을 흘리던 중년인이다. 그런 채화음적이 강제로 먹이는 것이니 몸에 좋을 리가 없었다.

중년인은 그녀의 콧구멍을 막아버렸다.

코가 막히고 목구멍을 닫았으니 물고기가 아닌 이상 숨을 쉴 방법이 없었다.

꿀꺽!

참는 것도 한계.

결국 임관홍은 입을 벌려 중년인의 열기가 녹아 있는 미지근한 공기를 깊이 들이마셨다. 그 과정에서 침과 뒤섞여 있던 한 모금의 액체도 호흡을 타고 깊은 곳으로 미끄러졌다.

‘내게 뭘 먹였지?’

임관홍은 외치고 싶었다. 하지만 아혈과 마혈을 동시에 점혈당했기 때문에 그저 눈을 부라리며 중년인을 쏘아볼 수밖에 없었다.

물론 그 눈빛은 도리어 중년인의 쾌감을 증가시켰다. 사슴처럼 크고 맑은 눈이 몸 아래 깔려 있는데, 어찌 채화음적의 마음가짐으로 기쁘지 아니할까.

그래서 그는 큰 실수를 하고 말았다.

사타구니에서 치민 열기가 온몸으로 후끈 치밀어 귓구멍

까지 막아버렸기 때문이다.

"재미가 좋군."

흠칫!

냉막한 목소리.

중년인은 이제까지 좋았고, 앞으로는 더 좋을 재미를 순식간에 잊어버렸다.

중년인은 언제나 죽으면 지옥에 갈 거라고 생각하고 있었다. 가슴에 손을 얹고, 이건 너무나 당연했다.

하지만 적어도 아랫도리의 털까지 백발이 되고 나서, 그 털이 모두 빠지고 제 구실을 못할 정도까지는 활용해야 죽어도 원통하지 않을 것 같았다.

무릉도원의 선녀들이라면 모를까, 뿔 달린 도깨비들 앞에서 자신의 신묘막측한 재주가 무슨 도움이 되겠는가?

그래서 죽으면 안 됐다.

여한을 남기고 간다면 죽어서도 아랫도리를 보며 입맛을 다실 게 뻔하다.

그런 중년인의 오랜 지론이 지금 크게 흔들리고 있었다.

"헤헤, 먼저 맛보시겠습니… 까?"

슬쩍 '먹이'의 몸에서 내려온 중년인이 뒤를 향해 고개를 돌려 간사한 미소를 지음과 동시에 소맷자락을 흔들었다.

휘식!

바람을 가르는 수전(袖箭).

"이건 별로 재미있지 않군."

낚아챈 반 뼘 길이의 수전을 보며 남자는 낮게 중얼거렸다.

중년인은 남자의 목소리가 얼굴과 똑같다고 생각했다.

이목구비가 뚜렷하고 눈썹이 짙은 남자의 얼굴은 목소리처럼 무감정, 무표정했다.

뚝!

강철로 만든 수전이 수수깡처럼 부러졌다.

이환은 부러뜨린 수전을 바닥에 내던지며 물끄러미 중년인을 응시했다.

강간범.

지금은 현장을 들킨 미수범이지만 다를 건 없다.

인간이되 인간 취급을 거부한 축생이다.

"아, 저, 저… 대협, 이건……."

짐승의 말을 알아들을 사람은 없다.

촤악!

잘 붙어 있던 머리가 허공에 떠서 목 없는 육신을 본다면 그 머리는 무슨 생각을 할까?

적어도 중년인은 이런 생각을 했다.

'아직 더 쓸 수 있는데……. 아, 내 여의봉…….'

인간 흉내를 내는 짐승 하나를 없앴는데도 이환의 기분은 풀리지 않았다.

애초에 그는 개미를 밟았다고 슬퍼할 사람이 아니다.

"아음… 아아……."

백설 같던 피부를 벌겋게 물들이며 요란하게도 몸을 배배 꼬는 임관홍 때문이었다.

'그게… 춘약(春藥)이라고 부르던가?'

이환은 무궁화를 통해 습득한 무협 지식을 떠올렸다.

발정제.

가축 번식용으로나 쓰이는 약품을 이곳 무림에서는 춘약이라는 고상한 이름으로 부르며 자주 사람에게 먹이는 것이다.

이환은 문득 쓴웃음을 지었다.

"나도 살신성인(殺身成仁)인가?"

한 가지 생각이 머릿속에 떠올라서였다.

자신이 읽었던 무협 소설 중에, 발간 년도가 많이 오래된 무협 소설에는 꼭 여자가 저 춘약에 중독당하는 장면이 빠지지 않고 나왔다.

만희화합수(滿喜化合水), 여래열락환(如來悅樂丸), 화룡색정고(火龍色情蠱)…….

이름도 길고 종류도 다양한 그 춘약들은 불치병도 아닌데 꼭 해독제가 없다. 모두 그냥 두면 혈맥이 터져 죽는다고 했다.

그래서 주인공은 단호한 결심을 한다.

살신성인.

내가 지옥에 가지 않으면 누가 가겠냐는 비장한 표정으로.

곧 죽을 여자와 살신성인한 주인공.

깨어나면 여자는 울고, 주인공은 달랜다. 결국 여자는 여주인공으로 등극한다. 만약 여주인공이 있는 상태에서 진행된 장면이라면 둘째라든지 다섯째 첩이 된다.

일천팔백 명의 첩을 거느린 주인공도 있었다.

과거에서부터 최근으로 진행하자는 취지로, 오래된 무협 소설부터 읽기 시작했던 이환은 일천팔백이란 황당한 숫자에 이를 정도 무협 소설에서 눈을 뗀 적이 있었다.

실제 무림도 이럴까 진지하게 고민하면서.

하지만 발간 년도가 현재와 가까워질수록 그런 고민은 사라졌다. 공장에서 찍어낸 듯 천편일률적이었던 이야기가 개성을 품기 시작했다.

어떤 글은 웃음을, 어떤 글은 슬픔을, 어떤 글은 사랑을, 어떤 글은 남성적인 강함을, 어떤 글은 사람 사이의 정(情)을 주제로 했다. 도색적인 정사 장면은 묵계처럼 사라졌다.

지난겨울, 몰아치는 눈바람 사이에서 달콤한 커피와 함께 족히 수만 종의 무협 소설을 읽어낸 이환은 이게 대체 같은 장르가 맞는지 의구심이 들 정도였다.

무협 소설은 그네들의 용어 그대로 환골탈태(換骨奪胎)를 한 것이다.

"이게 소설이라면 임관홍이 여자 주인공이 되는 셈인가?"

우스갯소리를 중얼거리며 이환은 천천히 그녀에게로 다가갔다. 발갛게 물든 그녀의 살갗은 잘 익은 홍시처럼 달콤해 보였다.

이환은 그녀에게로 손을 뻗다가 문득 난처한 표정을 지었다. 그녀는 치솟는 열기 때문에 옷을 갈기갈기 찢어대고 있었다.

본의 아니게 이환은 두 번이나 임관홍의 나신을 보게 되었다. 이번에는 무척 매혹적이고 유혹의 몸짓이 가득 담긴 나신이었다.

이환이 그렇고 그런 무협 소설 속의 협객이었다면 굶주린 맹수의 몸뚱이로 대자대비한 부처를 떠올렸을 것이다.

하지만 이건 백지 위의 검정 글씨가 아니다.

이환은 피풍의를 벗어 임관홍을 둘둘 말았다.

남자의 손길에 그녀는 살 오른 잉어처럼 몸을 꿈틀거렸다.

이환은 손바닥으로 느껴지는 임관홍의 살집에 본능적인 욕망을 느꼈다. 그가 남자라는 점은 변하지 않고, 부정할 수 없는 사실이었다.

이환은 감정에 솔직한 사람이다.

하지만 이런 욕망에는 충실할 필요가 없다.

"나는 구시대 무협의 주인공은 아니로군. 따지자면 신(新)무협을 넘어 미래 무협의 주인공인가?"

왼쪽 어깨에 임관홍을 짊어진 그는 바닥을 뒹구는 옥루검을 주워 들었다.

우우웅!

짐승의 더러운 핏물에 더러워질 뻔했던 옥루검이 고맙다는 듯 검명을 흘렸다.

이환이 떠난 곳으로 한 마리의 개똥벌레가 기어왔다. 맛있는 먹이를 찾아서다.

하지만 개똥벌레는 목 없는 몸뚱이를 잠시 기웃거린 다음 이내 다른 먹이를 찾아 떠났다.

이 '먹이' 는 냄새는 비슷했는데 맛은 똥보다 없어 보였다.

11장 황금보도(黃金寶刀)

"관홍아!"

피풍의에 둘둘 말린 임관홍을 보며 공손무외는 하늘이 무너지는 표정을 지었다.

드러난 피부가 홍시처럼 붉으며 피풍의 자락 사이로 드러난 옷은 넝마처럼 찢어져 있다. 입가로 흘러나온 흰 거품은 어쩐지 달콤한 냄새가 났다.

공손무외가 못 알아볼 증상이 아니었다.

"설마……?"

공손무외가 이환을 응시했다. 다행히 목숨은 돌아왔지만, 여인으로는 그보다 중요한 것을 잃었을지 몰랐다.

공손무외의 주름진 눈은 그걸 묻고 있었다.

이환은 짧게 대답했다.

"물론."

공손무외의 안색이 변했다.

물론? 무엇의 물론일까. '물론 그렇다고?', 혹시 '물론 그랬다고?'. 물론 공손무외가 그 물론에서 바라는 대답은 '물론 아니다' 였다.

"아니다."

"하아……!"

공손무외는 태산을 내려놓은 홀가분한 기분이 되었다. 천만다행이다. 하나뿐인 자신의 유일한 핏줄이 다행스럽게도 올바른 가정을 꾸릴 수 있는 것이다.

비록 먼 훗날이겠지만, 그러면 공손무외도 임관홍도 더 이상 강호를 떠돌며 외로워하지 않을 것이다. 손녀는 가정에 충실할 것이고, 자신은 외증손자의 재롱을 보느라 가까운 곳 출입도 망설이게 될 테니까.

"해독할 방법이 있나?"

"혼자 날뛰더니 기절한 게 분명하오."

이환은 고개를 끄덕였다. 공손무외는 담백하게 웃었다. 그와 만나 처음 보이는 웃음이었다.

"반 시진 푹 자면 깨어날 거요. 혈행이 빨라져서 오히려 묵은 피곤까지 풀어질 테지."

“해독제는?”

“춘약이 별거요? 환각 성분의 마약에 성욕을 증진시키는 약재를 섞은 것뿐이오. 독으로 치부하기에도 조잡한 성분이라오. 물론 강한 성분이라면 해독할 필요가 있겠지만 홍아는 그 정도는 아니오.”

시원한 공손무외의 설명을 들으며 이환은 역시 소설은 소설이라고 생각했다. 내버려 두면 개운하게 해소될 약 기운을 괜히 살신성인이니 뭐니 하며 일을 크게 키운 것이다.

“이런, 외상이 크군. 으음… 내상도 입었구나.”

피풍의를 벗긴 공손무외가 힐끗 뒤를 돌아봤다.

“치료를 해야겠소.”

이환은 그들 조손으로부터 몇 발자국 떨어져 있었다. 임관홍을 배려해서이다.

“피풍의를 돌려줘.”

“여기 있소.”

공손무외는 이 상황에서 고작 피풍의 따위를 돌려달라는 건 뭔가 싶었지만, 그 속에 드러난 이환의 복장을 새삼 떠올리고는 고개를 끄덕였다.

살다 살다 그런 모습의 복장은 처음 봤다.

세상에 저런 괴상한 옷은 오직 이환만이 입을 거라고 생각했다.

만약 공손무외가 이백 년 정도 더 살게 되면 그 괴상한 복장이 서양에서 건너온 양복이라는 것을 알 테고, 삼백 년 정도 더 살게 되면 어디 하나 특이한 구석은커녕 고급 재질이라고 무척 부러워했겠지만 말이다.

공손무외가 자리를 옮겨 이환의 시선으로부터 임관홍의 몸을 가리며 피풍의를 뒤로 건넸다.

그는 피풍의를 받아 들고 방을 벗어났다.

멀어지는 이환의 발자국 소리를 들으며 공손무외는 비로소 왈칵 눈물을 쏟아냈다. 백발의 나이가 부끄러워 외인 앞에서 참고 참았던 격정의 눈물이다.

일층으로 내려온 이환은 곧장 근처에 앉아 주변을 둘러봤다. 가장 먼저 벽이 눈에 들어왔다.

평평한 모양은 익히 다를 게 없지만, 옛 사람들의 생활 모습이 민속화(民俗畵)처럼 그려져 있었다.

구조(九朝)라는 가게 이름처럼, 아홉 왕조의 생활상인지는 모르겠지만 적어도 이름값은 했다.

더불어 그 이름값이 가볍지는 않아 보였다.

팔십 개가 넘는 식탁에 모두 임자가 있었다. 삼십 명의 점소이가 발이 부르트도록 돌아다녀도 주문이 늦는다고 욕을 먹었다.

이환 또한 자리에 앉고 삼 분여가 지나서야 점소이의 방문을 받았다.

"후우! 뭘로 드릴까요?"

"죽엽청. 안주는 닭을 구워서."

"최대한 빨리 대령하겠습니다!"

주문이 밀리기는 한 모양이다. 곧이 아니라 최대한이었다.

쾅!

"이 망할 점소이 새끼가, 감히 뭐라고?"

객잔의 최대한이 손님에게는 최태(最怠)한으로 다가온다. 그 '가장 게으른[最怠]' 속도에 분통을 터뜨릴 만한 사람은 객잔에 차고 넘쳤다.

반질반질한 대머리에 조잡한 전갈 문신을 박은 남자가 조카뻘 되는 어린 점소이의 멱을 붙잡았다.

"다시 말해봐, 이 맹랑한 놈아!"

"소, 손님! 진정하시고……."

"진정? 이 독두전갈에게 그따위 말을 해놓고 진정하라고?"

"클클, 전갈, 자네가 너무 오래 낙양을 떠나 있었나 봐. 저 피딱지 같은 놈이 그따위 말을 하다니."

대머리와 같은 식탁에 앉은 동료가 농담으로 그를 조롱했다.

"홍! 그러는 올빼미 너야말로 별거 아니로군. 나야 귀향(歸鄕)했지만 토박이인 네놈도 알아보지 못하잖나!"

대머리가 되받아쳤다.

"나야 뭐……."

동료는 조금 객쩍은 표정을 지었다. 그는 애꾸였다. 그리고 그를 아는 사람은 그를 올빼미라고 불렀다.

"독두전갈 독안효!"

다른 탁자에서 놀란 외침이 터져 나왔다.

비로소 대머리와 애꾸는 웃었다.

"그래도 아직 완전히 잊혀지지는 않았군."

"그러게."

"손님, 우리 점소이가 결례를 범한 모양이군요."

"너는 누구냐?"

"본인은 구조객잔의 총 영업을 담당하는 총관입니다."

멋들어진 콧수염을 기르고 질 좋은 화복을 입은 총관은 두 사람을 향해 손을 모았다.

"고용한 지 보름밖에 안 된 점원입니다. 다소 실수가 있더라도 대인의 관용으로 대해주십시오."

"개뿔! 감히 이 독두전갈에게 잠시만 기다리라는 말을 해? 내 모친도 그런 소리는 못했다!"

조카뻘 정도밖에 안 되는 점소이의 멱살을 붙잡고 객잔이 떠나가라 고함을 친 이유는 고작 이랬다.

"손님의 사정을 모르는 것은 아니지만 받은 순서대로 조리를 해야 이치에 맞는 것이 아니겠습니까?"

"나는 언제나 그 순서 앞이다!"

대머리는 억지가 심했다.

총관의 표정이 구겨진 것도 이쯤이었다.

"손님, 이해를 해주시든가 다른 식당을 찾으시지요."

"감히 손님을 쫓아내?"

대머리가 움켜잡고 있던 점소이의 멱을 풀고 총관에게 달려들었다.

"이러시면 곤란합니다."

멱살이 잡힌 총관이 점잖게 경고했다.

"곤란? 이 독두전갈의 눈에 나면 곤란해지는 건 네놈이다! 순순히 장사 계속하고 싶으면 나를 기억해야 할 거다!"

"허허, 전갈, 너무 윽박 말게. 어차피 자주 보게 될 사이가 아닌가. 그렇지 않소, 총관?"

총관은 비로소 깨달았다. 저 불한당들은 객잔의 상납금을 노리고 공연히 수작을 부리는 것이다.

'별 시답지 않은 놈들이 나서는구나!'

총관은 버럭 화가 났다.

"마관, 병호, 규초!"

노기가 서린 총관의 음성과 함께 객잔의 주렴이 걷혔다.

검을 찬 세 명의 무사가 단단한 얼굴로 나타났다.

총관과 입구는 무려 백 걸음 이상 떨어져 있고, 음식을 먹고 대화를 하는 손님들로 인해 무척 시끄러웠는데 용케 부름을 들은 것이다.

"공연히 시끄러워져야 정신을 차리겠군."

대머리는 인상을 찌푸렸다. 한바탕 탁자를 엎어야 정신을 차릴 것 같았다.

그는 어깨를 펴며 입구로 걸어갔다.

우선 저 세 놈.

피떡으로 만들고 뭔가 보여줘야 정신을 차릴 것이다.

다가오는 대머리를 보며 구조객잔의 치안무사 삼 인은 가소로운 표정을 지었다.

'지루했는데 내가 할까? 마지막으로 싸운 게 언제지?'

그들이 이런 생각을 떠올리는데, 등 뒤에서 인기척이 느껴졌다.

서컥!

다가오던 대머리가 창백한 얼굴로 멈춰 섰다.

'벌써부터 두려워하는군. 애초에 나서지를 말았어야지.'

삼 인의 치안무사는 그를 비웃었다.

그런데 눈앞이 어두워졌다.

쿵!

"……."

세 구의 몸뚱이가 바닥으로 허물어졌다.

죽음이 전염된 듯 객잔이 조용해졌다.

차르릉, 차르릉.

평소에는 점소이나 총관도 듣지 못하던 주렴 흔들리는 소리가 청천벽력보다 크게 들렸다.

주렴을 헤치고 나타난 사람이 있었다.

전신에 피를 덮어쓴 혈의인이었다.

툭, 추르르륵.

툭, 추르르륵.

그의 상세는 참혹했다.

오른쪽 다리는 허벅지 절반부터 잘려 나가고 없었고, 왼쪽 다리는 발목 아래부터 없었다.

그를 움직이게 하는 것은 손에 들린 붉은 도(刀)였다. 도를 지팡이처럼 써서 땅을 디딘 것이다.

'툭'은 도첨(刀尖)이 바닥에 닿는 소리, '추르르륵'은 발목이 바닥을 스치며 내는 소리였다.

"비… 켜."

혈의인이 근처의 탁자 앞에서 말했다.

탁자에 앉아 있던 사람은 풍채 좋은 노부인이었다. 그녀는 움직이지도 못하고 그대로 눈동자를 뒤집었다.

혈의인은 겨우 의자를 빼서 몸을 실었다.

"크윽!"

의자에 앉자 그의 오른쪽 허벅지에서 핏물이 울컥 치솟았다.

혈의인은 손으로 허벅지를 헤집었다. 그러자 그곳에서 한 뼘이나 되는 우모침이 뽑혀 나왔다. 뒤에 박혔다가 의자 때문에 앞으로 밀려 나온 것이다.

챙그랑!

혈의인은 우모침을 바닥에 내던졌다.

쿵!

그는 수중의 도를 탁자에 내려놓았다. 심약한 사람은 그 소리에 어깨를 움찔 떨었다.

"주… 문."

"무, 무엇을 드릴까요?"

점소이가 멈칫멈칫 혈의인에게 다가갔다.

혈의인은 피로 범벅이 된 얼굴로 점소이를 응시했다.

"고기만두."

바짝 긴장한 채 혈의인을 지켜보던 사람들은 어이가 없었다. 사람 셋을 죽이고 저 몰골을 한 채 고작 고기만두 따위를 먹겠다고?

"손님, 만두보다는 의원에게 가보시는 쪽이……."

촤악!

툭, 데구루루.

점소이의 목이 공처럼 굴렀다.

"고기… 만두."

혈의인의 고기만두에 대한 집념은 사람 목숨보다 무거웠다.

또옥, 똑…….

도신으로 점소이의 핏물이 흘러내렸다.

혈의인은 문득 손바닥으로 도신을 빠르게 훑었다. 뿌리듯 피가 튀고 붉게만 보이던 도신의 원래 모습이 드러났다.

"화, 황금보도!"

"황금보도다!"

핏물을 머금고 번들거리는 황금색 도신.

번쩍거리는 금광이 사람들의 시선을 사로잡았다.

이환은 임관홍을 떠올렸다.

그렇게 찾던 황금보도가 바로 아래에 있다는 걸 알면 그녀가 어떤 표정을 지을지 궁금했다.

"놈! 보도를 내놔라!"

"비켜! 내 것이다!"

살인도 탐욕 때문에 일어나는 비극.

무인이라 불리는 모든 사람들이 병장기를 들고 혈의인에게 달려들었다.

쿵! 콰앙!

"으아아악!"

차차차창!

지독한 난전.

적은 많고 동료는 적다.

펼쳐진 상황이 딱 그랬다.

쉬익!

다툼 와중에 주인을 잃은 칼이 허공으로 치솟았다.

공교롭게도 이환이 있는 방향이었다.

이환은 기본으로 제공되는 찻물을 마시며 아무렇게나 손을 흔들었다.

피융!

손끝에서 흘러나온 가벼운 경력이 칼의 궤적을 흔들었다. 칼은 지닌 속도의 곱절로 왔던 곳으로 되돌아갔다.

곧이어 비명이 터졌지만, 그게 눈먼 칼에 맞은 재수없는 사람의 것인지 다른 이유에서인지는 알 수 없었다. 관심도 없었고.

"끄아!"

이번에는 사람이 날아왔다.

종자 돼지처럼 비대하게 살이 찐 거한이었다.

이환은 차를 머금으며 다시 손을 흔들었다. 경력은 그를 우악스럽게 밀어냈다.

쾅!

투석기의 바위처럼 치솟은 그대로 추락한 거한은 주변 다섯 사람을 깔아뭉개고 말았다.

뒤이어 몇 차례 무기와 사람, 가구가 날아들었지만 이환은 귀찮다는 듯 되돌려보냈다.

"오늘은 횡액이다, 횡액!"

"어휴, 저 사람 죽는 것 좀 봐! 꿈에 나올까 두렵네!"

"관아에 신고하러 간 현성이 놈, 어디로 샌 거 아냐?"

“야, 가게가 이 꼴인데 제놈도 양심이 있지.”
“근데 왜 안 오냐! 이러다 가구 다 박살나겠네! 에구에구!”
어느덧 총관과 모든 점소이가 이환의 곁으로 피난을 왔다.
난전 중에도 별 표정 없이 태연하게 차를 마시고 있는 이 손님은 고수였고, 싸우지 않으며, 곁에 있으면 죽거나 다치지 않았다.
저 기발한 무공으로 싸움을 멈추게 해주면 얼마나 좋을까마는, 이 상태로도 감사했다. 살고 볼 일이니까.
한참 동안 이어진 싸움이 어느 순간 약속이나 한 듯 멈췄다.
“황금보도가 없다!”

골목은 낮인데도 불구하고 가을 하늘의 저녁처럼 어두컴컴했다.
처처에 들어선 고루거각들이 빛을 가렸기 때문이다.
좁은 골목으로 빠른 걸음이 이어졌다.
“헉… 헉……!”
대머리는 창백한 얼굴로 격한 숨을 마셨다.
“쿨룩… 우웨엑! 제기랄!”
옆구리의 상처로 핏물이 사정없이 흘러나오고 있었다. 핏물 속에 다져 놓은 살점이 보였다. 내장 조각이다.
지금 뱉은 토사물도 피와 내장 조각이 가득했다.

눈앞이 아찔해졌다.

그는 품에 간직한 길쭉한 헝겊 묶음을 쳐다봤다. 그 난장판 속에서 황금보도를 가로챈 자가 바로 대머리였다.

덕분에 이 몰골이 됐지만 그는 만족했다.

황금보도. 이걸 팔아치우면 황제가 부럽지 않을 것이다. 암흑가의 지배자도 될 수 있었다.

"제기랄… 눈앞이 너무 어둡……."

쿠웅!

쓰러진 몸으로 흘러나온 피가 서서히 식기 시작했다.

그때였다.

부스럭.

대머리가 쓰러진 곳에서 조금 앞, 쌓아놓은 폐품과 쓰레기 더미 사이에서 인기척이 흘러나왔다.

"……!"

객잔에 남은 것은 진동하는 피비린내와 박살난 가구, 조각 모음을 해야 할 법한 시체들뿐이다.

그 참경 속에서 이환은 여전히 탁자에 앉아 있었다.

멀쩡한 탁자는 그의 것이 유일했다.

이환은 인상을 찌푸렸다.

황금보도를 몰래 빼돌렸던 대머리가 골목에서 죽었다. 문제는 골목 쓰레기 더미 속에 숨어 있었다.

이건 애꿎은 피다.

이환은 몸을 일으켰다.

"손님, 발 조심하세요!"

점소이가 바닥에 고인 핏물과 굴러다니는 사람 조각을 보며 그에게 경고했다.

하지만 걱정은 기우였다.

이환은 제자리에서 한 번의 도약으로 입구까지 신형을 옮겼다. 수백 걸음이 떨어진 거리였지만 그리 어렵지 않았다.

점소이가 헤, 하고 입을 벌렸다.

*　　　*　　　*

"사, 살려주세요!"

관앵은 죽기 싫었다.

아직 방년(芳年)도 못 겪은, 그야말로 필 준비를 마친 꽃봉오리가 바로 자신이었다. 적어도 여자로서 한 번쯤은 꽃 같은 향기로 남자를 유혹해 보고 싶었다.

그 대상도 이미 준비되어 있었다. 조금 늙어서 문제였지만.

"살려주세요! 저 같은 거지 년을 죽여서 대인께 무슨 도움이 되겠어요!"

관앵은 절박하게 외쳤다.

이 진심이 통했는지 잔인하게 웃던 남자의 걸음이 멈췄다.

"그렇지. 너같이 풋내나는 소녀를 죽여서 내가 무슨 이득을 얻을까?"

"그, 그렇죠? 살려주세요! 전, 전 정말 아무 말도 안 할 거예요!"

"뭘 아무 말도 안 한다고?"

남자가 다시 다가왔다.

관앵은 눈앞이 아찔해졌다.

"저, 전 정말 몰라요! 아무것도 몰라요!"

"뭘 아무것도 모른다고?"

남자는 농담을 하는 것만 같았다. 하지만 그의 손에 들린 저 금빛 칼은 전혀 우습지 않았다.

하물며 곧 사람을 죽일 것이 분명했다. 관앵은 그 죽을 사람이 자신이라는 사실도 알고 있었다. 그래서 웃을 수가 없었다.

"저 칼도, 대인도 저는 보지 못했어요! 전 귀머거리에 장님이며 벙어리예요!"

남자는 고개를 저었다.

"그래도 살아 있지 않느냐?"

"하, 하지만……!"

"토설하지 않는다고? 아이야, 너도 알다시피 그런 진심은 몇 대의 따귀나 몇 푼의 동전으로 충분히 변할 수 있단다."

남자는 황금보도를 치켜들었다.

난전 도중에 황금보도를 빼돌린 괘씸한 놈을 추적했더니 결국에는 거지 소녀를 만났다. 소녀는 길에 떨어진 보도를 주을 정도로 재수가 좋았지만 도망칠 재주는 없었다.

남자는 조금 조급해졌다.

곧 수십 명의 추적자가 붙는다. 그전에 목격자를 죽여 조금의 시간이라도 벌어야 했다.

"네 복이다 생각하고 다음 생에는 황제의 딸년쯤으로 태어나려무나."

차분한 남자의 말에 관앵의 울먹이던 표정이 확 변했다.

"이런… 씨파! 뭐? 허! 복? 다음 생이 어쩌고 어째? 누구 염장 질러? 그러는 너는 다음 생에 자라 좆으로나 태어나라! 아니, 네놈은 계집애도 죽여 살인멸구할 정도로 담이 작으니까 낙타 똥구멍이 좋겠다! 에라, 니기미! 퉤퉤!"

"허허!"

갑자기 변한 관앵의 모습에 남자는 허탈한 웃음을 터뜨렸다.

관앵은 아예 죽을 각오를 한 듯 되바라지고 걸걸한 입담을 한껏 쏟아냈다.

"이 천하의 쌍놈! 나같이 어린것을 죽이고 네가 얼마나 멀리 도망갈 수 있나 보자! 평생을 산 구석에 숨어서 도롱뇽 젖이나 핥아 먹고 지렁이 주워 먹다 목이나 콱 막혀 뒈져라! 네놈 죽어서 혼령은 저승사자 똥구멍으로 기어들어 갈 거고, 몸 뚱이는 파리가 알을 까서 똥 구더기만 바글바글할 거다! 이 똥 같은, 엄마야! 꺅!"

욕을 쏟아내던 관앵이 눈을 꽉 감았다.

머리 위에서 날아드는 황금보도 때문이었다.

"이 후레자식아… 아?"

마지막 유언이 될 비명까지 욕으로 채운 관앵은 문득 한참 을 기다려도 정신이 말똥말똥하자 조심스럽게 실눈을 떴다.

"어쿠!"

관앵의 눈이 사팔뜨기처럼 변했다.

종잇장 하나를 사이에 두고 황금보도가 정지해 있었다.

"이 변태 새끼! 마지막까지 날 놀려?"

관앵은 눈물이 핑 돌았다. 남자가 우롱한다고 생각했다.

거지처럼 사는 것도 서러운데 박복하게 죽게 되다니! 뒤늦 은 오기와 분노가 치밀었다.

관앵은 힘껏 남자의 정강이를 걸어챘다.

퍽!

그리고 이어질 죽음을 기다렸다.

"……?"

이어지지 않는 죽음에 관앵은 자세히 앞을 쳐다봤다. 멈춰 진 칼날이 아니라 칼의 주인까지 관찰했다.

"…어!"

남자는 시뻘게진 안색으로 땀을 뻘뻘 흘리고 있었다.

'갑자기 똥이라도 마렵나?'

관앵은 실없는 생각을 했다.

그녀는 아주 천천히 몸을 뒤로 뺐다. 혹시 칼이 다가오지 않을까 걱정하면서.

하지만 칼은 그대로 있었다.

관앵은 허둥거리며 뒤로 몇 발자국 물러났다.

역시 남자와 칼은 정지된 상태.

"뭐, 뭐야?"

구사일생의 기쁨보다 의구심이 들었다.

관앵은 땀이 뻘뻘 흐르는 남자를 뚫어져라 응시했다. 몸은 굳었는데 눈동자는 튕겨진 공처럼 정신없이 움직이고 있었다.

"아하! 담이라도 걸렸나!"

어디선가 쏘아진 기세가 남자의 심령을 제압한, 고차원적인 무학은 관앵의 상식 밖이었다.

그녀는 얼씨구나 좋다고 도망치기 시작했다.

"사람 살려! 황금 칼을 든 살인마다! 황금색 칼을 들고 있어요!"

큰 목청으로는 황금보도를 부르짖었다.

이러면 황금보도를 찾는 추적자들이 그를 발견할 것이고, 자신을 대신해 복수를 해줄 것이다. 그러면 나는 살 수 있다.

관앵의 영악한 계산이었다.

주르륵.

굵은 땀을 흘리는 남자의 곁으로 이환이 다가왔다.

"저 녀석만 봐줬어도 넌 황금보도를 차지할 수 있었을 거다."

소곤거리는 소리를 들으며 남자의 의식이 아득해져 갔다. 남자의 치밀함이 억울한 죽음으로 이어진 셈이었다.

쩔그렁!

이환은 바닥에 떨어진 황금보도를 쳐다봤다.

그의 시선은 굴러다니는 돌멩이를 보듯 무심했다.

황제보다 더 으리으리한 집? 청와대가 있다.

수많은 미녀와 부하들? 돈을 쫓는 쓰레기들이다.

보검보도와 절세비급? 임팩트 소드와 천마신공이 최고다.

그는 모든 것을 지녔다.

반대로 이환이 가진 것은 이 황금보도 수천 개가 있어도 구할 수 없었다. 황금이 시공을 가로지르지는 않는다.

쩌엉!

그는 황금보도를 발로 찼다. 황금보도가 작살 맞은 물고기처럼 펄쩍 뛰어올라 그의 손에 붙잡혔다.

은은한 금광은 그동안 먹은 피를 대변하듯 요사하게 빛났다.

쿵!

"이제 독왕의 위치를 알려주겠나?"

탁자에 던져진 황금보도를 보며 임관홍과 공손무외는 기묘한 표정을 지었다. 이환이 잠깐 궁금했던 바로 그 표정이었다.

"이걸 어떻게……?"

임관홍이 떨리는 눈으로 황금보도를 응시했다. 그 속의 열기가 아직도 뜨거웠다.

이환은 짧고, 그리고 차갑게 대답했다.

"주웠지."

"허허……."

공손무외가 너털웃음을 터뜨렸다.

"내 소문으로만 듣던 황금보도를 직접 보게 되어 안계를 넓혔구려. 감사하게 생각하오. 한데 이 녀석은 보도가 아니라 흉도(凶刀)구려."

황금보도는 수많은 사람의 피와 땀으로 본래의 찬란한 모습을 잃고 거무칙칙한 금빛을 띠고 있었다. 이런 물건은 보도가 아니다.

이환은 공손무외의 말에 대답하지 않았다. 그저 물끄러미 그를 응시했다.

"으음, 알겠소. 독왕 여엽수, 그와 그의 독왕곡은 독공(毒功)을 연성하기 가장 좋은 곳에 기거하고 있소."

공손무외는 이환을 쳐다봤다.

"바로 독충과 독초의 땅 남만(南蠻)과 접경한 운남(雲南)이라오."

―운남성. 성도는 곤명(昆明)이며, 중국 서남 지역의 운귀고원(雲貴高原)에 위치하고 있습니다. 인근 성(省)은 광서, 귀주, 사천이며, 외국으로는 티베트, 미얀마, 라오스, 베트남과 국경을 접하고 있습니다. 또한 무협에 빠지지 않고 등장하는 점창파(點蒼派)의 점창산(點蒼山)이 서북쪽에 위치해 있습니다.

'음, 사일검법(射日劍法)의 그 점창파인가?'

자동적으로 흘러나오는 무궁화의 보고를 들으며 이환은 고개를 끄덕였다. 그의 눈에 호감이 어렸다. 가장 최근에 읽은 무협 소설의 주인공이 점창파 출신의 검객이었다. 제목은 기억이 나지 않는데 잘 쓴 글이었고, 점창파의 사람들이 매력적인 글이었다.

하지만 이것은 허구 속의 영웅담일 뿐.

이환은 상념을 갈무리하고 공손무외에게 물었다.

"운남성은 넓지. 자세하게 말해주겠나?"

"애뇌산(哀牢山) 어딘가의 협곡이라는 것밖에 모르오."

―운남성 중심에 위치한 험한 산입니다. 문헌에 따르면 산세는 험악하며 벼랑과 계곡이 깊고, 종을 모를 독사와 맹수가 득실거린다고 합니다. 자세한 위치는 이렇습니다.

렌즈를 쓴 이환의 왼쪽 눈이 가볍게 빛을 일렁였다.

이환은 좌측 시야에 떠오른 영상을 자세히 보기 위해 벽으로 시선을 옮겼다.

중국 전도가 보이고, 화면이 줄어들어 운남성으로 축소되었다. 성도 곤명이 가볍게 빛을 낸 다음 애뇌산의 외치가 붉은 점으로 표시됐다.

"멀군."

짧은 중얼거림을 공손무외는 고개를 끄덕여 긍정했다.

"황실의 파발도 족히 사십 일을 달려야 도착할 거리요. 역참마다 날쌘 준마로 바꿔 타고 쉬지 않고 달려서 그 정도니 평범한 말로는 족히 곱절은 넘게 걸릴 거라오."

이환은 흐릿하게 웃었다.

'평범한 말이라면 그렇겠지.'

"어떤 연유인지는 모르나 재고를 권유하겠소. 독왕은 뱀처럼 잔인하며 뱀보다 독(毒)하오."

만약 간다고 해도 독왕의 손아래 어떻게 될지 모르는 일.

손녀의 생명을 구한 은인에게 공손무외는 진심을 담아 충고했다.

이환은 나직하게 중얼거렸다.

"애뇌산에 정말 독왕이 있다면 좋겠군. 그를 죽이는 데 시간이 많이 걸리면 곤란하거든."

"……!"

공손무외의 눈이 번쩍 뜨였다.

그는 자신의 귀를 의심했다.

"지, 지금 뭐라고 하셨소? 독왕을, 독왕 여엽수를 죽인다고 하셨소?"

"그건 별로 어렵지 않은 일이지."

공손무외는 침착한 목소리로 말하는 이환이 정말 그럴지도 모른다고 생각했다. 그는 신비했다.

하루아침에 사라진 손녀를 데리고 왔고, 그 손녀가 몇 달이나 추적하고 결국은 실패한 황금보도를 몇 시진 만에 '주워' 왔다.

그는 정말 신비한 사람이었다.

"이제 가봐야겠군."

이환은 더 이상 낙양에 남은 일이 없었다. 곧장 운남으로 가서 독왕을 죽이고 세상으로부터 장가촌을 숨긴다.

그러면 다시 자연 속에서 커피 한 잔을 마시며 여유로울 수 있을 것이다.

그가 원하는 것은 오직 그것뿐이었다.

"황금보도는… 어쩔 셈이지요?"

청아한 목소리가 이환을 붙잡았다.

그는 목소리를 향해 시선을 돌렸다.

임관홍이 그곳에 있었다. 그녀가 붉은 입술을 벌렸다.

이전까지 듣던 맑지만 굵은 음성이 아닌, 가녀리고 높은, 누가 들어도 여성의 목소리가 다시 들렸다.

“은공, 염치없는 부탁임을 알지만 황금보도를 제게 주시지 않겠습니까?”

변성공(變聲功)을 해소한 그녀의 음성은 무척이나 아름다웠다. 하지만 어투는 여전히 남자처럼 딱딱해서 자연스럽지 못했다.

이환은 힐끗 황금보도를 응시했다.

“가지고 싶나?”

“부끄럽습니다.”

“지킬 수 있나?”

“노력할 것입니다.”

“노력은 최선일지 몰라도 완벽하지 않지. 너에게는 지킬 능력이 없다. 모르지 않을 텐데?”

“……”

이환의 날카로운 목소리가 임관홍의 마음을 파고들었다. 잔인했지만 사실이었다. 그래서 더욱 잔인했다.

입술을 깨무는 임관홍을 향해 이환이 물었다.

“둘 중에 뭘 원하지?”

황금보도는 나누어지거나 분리되는 게 아니었다.

“소생이 원하는 것은 금입니다.”

임관홍은 또렷하게 대답했다.

이환은 작게 고개를 끄덕였다.

황금보도는 너무나 유명하고, 그녀는 황금보도를 지켜낼

실력이 없다. 하지만 평범한 황금 몇 덩어리를 지킬 실력은
됐다.

그는 황금보도를 집어 들었다.

공손무외가 고개를 저었다.

"황금보도를 이룬 금은 보통 금이 아니오. 성자황(星子黃)
이라는 특수한 황금이오. 성자황을 녹이기 위해서는 펄펄
끓는 용광로 속에서 무려 삼 주야 동안 열을 가해야 한다
오."

이환은 묵묵히 좌수를 들었다.

화르륵!

그의 왼손에서 치솟는 자흑색(紫黑色) 시커먼 아지랑이는
단순히 착각이었을까. 공손무외가 놀라서 눈을 감았다 떴을
때는 이환의 손날이 황금보도를 두부처럼 썰고 있었다.

"저, 저……!"

공손무외는 놀라 자빠질 지경이었다. 그는 황금보도와 그
것을 가르는 손, 그리고 이환을 미친 듯 번갈아 쳐다봤다.

마침내 그의 목이 뻐근해졌을 때, 이환은 황금보도를 내려
놓았다. 아니, 황금보도라 불렸던 황금 토막의 마지막 한 개
를 탁자에 올렸다.

"허……!"

탁자 위에는 반 뼘 크기로 잘린 도편(刀片)이 일렬로 누워
있었다. 아직까지는 원래의 형태를 유지하고 있었다.

이환은 도편 조각을 집어 들고 양손으로 만지작거렸다.

텅.

탁자 위로 진흙을 아무렇게나 뭉친 것 같은 금덩어리가 놓여졌다.

"허……!"

공손무외가 바람 빠지는 소리를 냈다.

그 단단함이 천하에 손꼽히는 성자황금을 어린애 장난감처럼 주물럭거리다니! 그는 보고 있지만 믿을 수가 없었다.

"허……!"

눈을 의심할 광경에 공손무외는 자꾸 헛바람만 내뱉었다.

한 토막에 한 번씩.

"허……!"

마지막까지 공손무외는 헛바람을 뱉었다.

얼마 후 탁자 위에는 숱한 사람을 상하게 한 황금보도는 없고, 손자국 가득한 못생긴 금괴(金塊)만 여러 개 남았다.

실황으로 지켜보지 않았다면 일언지하에 거짓부렁이라고 외쳤을 기사(奇事)였다.

"허, 허허……! 이 통천견문이 다시 견문을 넓혔구나."

그는 연거푸 놀라 힘이 빠져 허탈하게 웃으면서도 뭔가 즐거운 표정이었다.

멀어지는 그를 임관홍이 붙잡았다.

"소생이 어인 연유로 욕심을 부리는지 묻지 않으시나요?"

이환은 신형을 돌리지 않고 대답했다.

"우리가 그런 질문을 주고받을 관계는 아닐 텐데?"

"그렇… 죠."

그는 멀어졌다.

멀어지는 이환의 등을 향해 임관홍은 쓸쓸한 표정을 지었다. 마음이 왜 이렇게 허전한지는 모를 일이었다.

'정신 차려, 관홍. 저 사람은 마인이다. 마도의 잔인한 무리. 결코 백도를 걷는 나와 어울리면 안 돼. 나는 그와 어울리지… 못해.'

손녀를 바라보는 공손무외가 감회 어린 표정을 지었다.

'애야, 어른이 된 것을 축하한다. 하지만 네 첫 가슴앓이는 힘겹겠구나. 그는 너무 무정하다. 마치 다가갈 수 없는 다른 세상의 사람처럼……'

문득 망부석처럼 이환을 지켜보던 임관홍이 바람처럼 신형을 움직였다.

사룡추로 인해 금 간 오른쪽 다리가 불편했지만, 그녀는 필사적으로 뛰어서 그에게로 향했다.

"저… 묻고 싶은 게 있어요."

"뭐지?"

"성함… 성함을 알고 싶어요."

이환을 떠나보내며 임관홍은 그의 이름도 모르고 있음을

깨달았다.

생명을 두 번이나 구함받고 보물까지 건네준 더없는 은인의 성함을 모른다면 인의가 없는 소인배다.

그래, 이름 정도야…….

그녀는 애써 자신의 마음에서 합리를 찾았다.

"이환."

"아……!"

임관홍은 양손을 가슴 앞에 모았다.

두근대는 심장의 박동이 왠지 모르게 부끄러웠다.

임관홍이 주저하며 말했다.

"다음에… 혹시 다음에 뵐 수 있을까요?"

"아니."

그 천천한 흔들림이 왜 이렇게 왈칵 눈물을 만드는지 몰랐다. 임관홍은 겨우 울음을 참아냈다.

"그렇… 군요."

음성이 처연하게 떨렸다.

이환은 잠시 그녀를 응시했다.

"나를 만나고 싶으면 광동의 남단으로 와라."

"광동! 알았어요!"

임관홍의 얼굴이 꽃처럼 환해졌다. 굽히며 찡그려진 그녀의 눈 끝에서 영롱한 빛이 반짝였다.

그는 떠나갔다.

그녀는 여전히 허전했지만 이제는 조금 충만했다.

이환!

그 이름은 임관홍의 가슴 깊은 곳에 자리 잡았다.

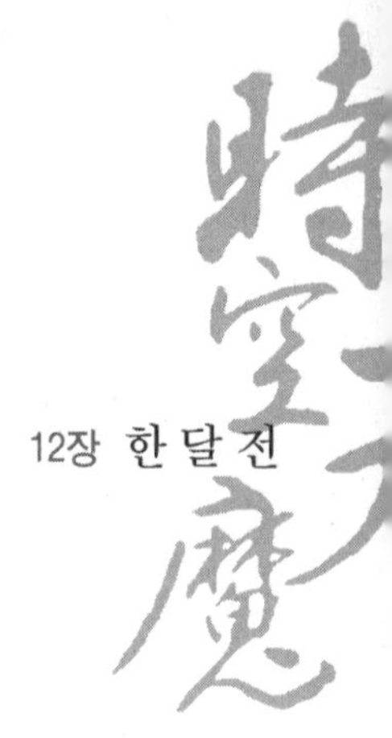

12장 한 달 전

관앵은 숨어 있었다. 혹시 찾아올지 모를 위험을 피해 관앵은 가장 안전한 곳에 숨어 있었다.

저잣거리.

관림당 다음으로 관앵의 영업 장소였다.

관앵은 처음에는 사람이 많이 다니는 곳에 쪼그리고 앉아 공포를 풀어냈다. 그리고 슬슬 마음이 진정되자 고객을 찾아 눈동자를 돌리기 시작했다. 공포를 떨쳐 낸 몸이 지독한 허기를 알려댔기 때문이다.

'재는 안 돼. 저놈은 뱃살 속에 전낭을 품고 다니겠군. 저 할망구는 털어도 얼마 없겠고… 어?'

관앵의 눈빛이 빛났다.

드디어 고객을 발견했다. 그것도 기술을 배우고 나서 한 번도 실패한 적 없는 자신의 성공 신화를 무너뜨린 원한의 대상이었다.

"이번에는 성공한다!"

괜한 오기가 치밀었다.

관앵은 사람들 사이로 흘러들었다. 별다른 재주가 있는 것도 아닌데 몸놀림이 고양이 같고 송사리 같았다.

관앵은 고객의 뒤를 밟으며 작전을 구상했다.

'슬쩍은 실패했고, 응애로 할까? 아냐, 어이쿠가 좋겠어!'

슬쩍, 응애, 어이쿠 모두 관앵이 이름 붙인 최고의 작전들이었다. 그중 우당탕은 가장 성공률이 높았다.

이 '어이쿠 작전'은 사람이 많으면 불가능한 작전이었다. 다행히 고객은 인적이 후미진 곳으로 향하고 있었다.

'좋아! 지금이면!'

관앵은 득의만만하여 고객의 뒤로 달려들었다.

"어이쿠, 죄송……!"

몸은 무겁고 손은 빠르게, 발은 가볍고 목청은 크게.

네 가지 기법이 제대로 풀려 나왔다.

휙!

"어라?"

뻗은 손은 잡을 게 없고, 던진 몸은 박을 게 없다.

쿠당탕!

관앵의 몸이 허무하게 바닥으로 내던져졌다.

"에익!"

두 번이나 실패다.

관앵은 왈칵 짜증이 나서 주변을 두리번거렸다. 이렇게 된 것, 실컷 욕이나 쏟아보자는 생각에서였다.

"어디야, 어디?"

고개만 아플 뿐 고객의 모습은 보이지 않았다.

관앵은 다리를 쫙 벌리고 주저앉은 채 고개를 숙였다.

"두더지 새낀가? 땅으로 꺼지지는 않았고, 그럼……."

관앵은 고개를 들었다.

그림자가 얼굴로 드리워졌다.

"하늘로 솟았… 히익!"

관앵의 몸이 굳어버렸다.

"이, 이… 씨파! 정말 솟았잖아?"

"하하!"

이환은 웃음을 머금었다.

관앵의 욕설은 경망스러웠지만 험악하게 들리지는 않았다. 오히려 농담처럼 우스웠다.

가식적인 어른의 사회에서 자신도 때가 묻었다는 것을 알기 때문에 이환은 아이들을 좋아했다. 그리고 자신의 그 시절을 동경했다.

감정없이 사람을 죽일 바에는 웃으며 잠자리의 날개를 떼는 쪽이 훨씬 나았다. 적어도 이환에게는.

그는 천천히 하늘을 가로질렀다.

"나 참, 요즘 기가 허한 모양이야. 조만간 개 한 마리 잡든가 해야지."

이환이 떠나간 하늘을 보며 관앵은 다 산 늙은이처럼 중얼거렸다. 정말 얼굴만큼은 폭삭 늙은 것 같았다.

"에이! 내가 잠깐 졸았겠지."

관앵은 후들거리는 다리를 일으켰다. 그런데 다리 사이가 축축했다. 땀치고는 좀 지리다.

"씨파! 쌌잖아! 아 나, 날아가려면 좀 구석진 데서 날든가! 별게 다 오줌 싸게 만들고 있어!"

바락바락 외치는 관앵의 고함이 지린내와 함께 관림당을 흔들었다.

뒤에서 울려 퍼지는 관앵의 고함을 들으며 이환은 짙은 웃음을 머금었다.

거리에서 자란 아이답지 않게 관앵에게는 유쾌함이 있었다. 저 밝은 성격은 분명히 삶에 큰 이득을 줄 것이다. 조금 지나치게 밝아서 문제이기는 했지만.

부우우…….

얼굴을 스치는 공기가 맑다.

이환은 문득 멀리 보이는 산봉우리를 응시했다.

그의 눈이 지난 한 달을 회상했다.

*　　　*　　　*

"후우우……."

호흡에 따라 짐승의 누린내가 후각을 파고들었다. 어쩔 수 없다. 거처로 삼은 동굴은 곰이나 늑대의 거처로 몹시 훌륭했으니까.

이환은 운기행공을 마치고 조용히 눈을 떴다.

칙칙한 석면이 모습을 보였다. 빛도 없는데 내부가 환하고 선명했다.

상관 표두와 임관홍, 두 사람과 헤어진 이환은 관림당의 약속까지 남아 있는 한 달을 어떻게 보낼까 고민했다. 그때 문득 허허로운 하늘을 향해 돌린 시선으로 우뚝 솟은 산봉(山峰)이 들어왔다.

그는 주저없이 산으로 들어왔다.

거창하게 말하자면 입산 수행.

목적은 비약적으로 강해진 천마신공의 이유를 찾고, 현재 수위의 천마신공에 익숙해지는 것이었다.

이제 입산 열흘째.

전자는 아직 의문이었지만, 후자는 슬슬 적응되고 있었다.

"현재 천마신공은 삼성⋯⋯. 몽인잠마술에 이어 새로운 무공도 자유자재로 쓸 수 있게 됐군."

천마신공이 삼성 단계가 되어야 발현할 수 있는 두 가지 무공. 하나는 범계광불에게 쓴 몽인잠마술이고, 또 하나는 천마번천수(天魔飜天手)였다.

천마번천수.

하늘을 뒤집는다는 대단한 이름처럼 이 수법은 매우 뛰어났다. 부드럽고 조용할 때는 은밀한 암경이며, 세차고 강렬할 때는 적수가 없는 강격이다.

강유(剛柔)의 힘을 다 지니고 있는 것이다.

콰가가강!

동굴 밖으로 나온 이환이 좌수를 뻗었다.

막강한 경력이 뿜어져 주변 나무와 바위를 지진처럼 흔들었다. 돌멩이는 조각나고 나무는 가지가 꺾인다.

"으음."

이환은 다시 좌수를 뻗었다.

이번에는 아무렇지도 않았다. 바위와 나무가 학질 걸린 것처럼 몸을 떨지 않았고, 요란한 굉음도 터져 나오지 않았다.

이환은 근처의 나무로 걸음을 옮겼다. 처음의 강격으로 인해 나뭇잎이 왕창 떨어진 나무는 계절을 가을처럼 만들었다.

퍼석!

나무껍질에 손을 붙이자 손가락이 쑥 들어갔다.

암경으로 인한 결과였다.

"이쪽이 더 마음에 드는군."

요란한 강격보다는 조용한 암경 쪽이 그의 마음을 흡족하게 했다. 쓸모도 암경 쪽이 훨씬 많을 것 같았다.

"그런데 어째서 천마신공이 발전했는지 도통 알 수가 없군."

이환의 기분 좋았던 표정이 다시 찡그려졌다.

분명히 혈왕의 권격에 잠깐 정신을 잃었던 그때다. 무궁화를 통해 녹화된 영상을 봐서 알 수 있었다.

기록에 따르면 16초 사이에 벌어진 그 일.

피풍의가 허공으로 치솟고, 손에 들린 임팩트 소드의 순수한 백색 검신이 자흑광으로 바뀌었던 그 순간.

몇 배나 느리게 한 화면을 통해서야 겨우 볼 수 있었던 극쾌의 천마섬환.

"천마신공과 임팩트 소드. 무슨 연관이 있는 것일까?"

지이잉!

임팩트 소드가 고열을 쏟아내며 백색 광채를 내밀었다.

"아무렇지 않군."

이환은 손목을 빙글 돌렸다. 야광봉처럼 임팩트 소드가 빛무리를 일렁였다.

"어떻게 검신의 색이 자흑색으로 변했을까……."

이환이 검신을 응시하며 중얼거렸다. 임팩트 소드의 모든 모델이 백색 검신을 기본으로 한다. 과학자들도 바꾸지 못한 백광을 어떻게 자신이 바꿨는지 정말 궁금했다.

그리고 어떻게 완벽한 쾌의 천마섬환이 시연됐는지도.

"무궁화, 기절 영상을 재생해라."

―녹화 명칭, 기절. 실행됩니다.

왼쪽 눈의 렌즈가 빛을 일렁거렸다. 이환은 가볍게 눈을 감았다 떴다. 초목만 가득하던 그의 시야에 그날의 영상이 재생되기 시작했다.

천마규환보의 어설픈 보법 방위, 혈왕의 분노한 표정, 퉁겨진 천마섬환, 그리고 가슴에 맞은 한 방의 장력.

영상이 계속되고, 서서히 정점을 향해 갈 때쯤 이환은 숨소리조차 죽여가며 집중을 유지했다. 마침내 정신을 잃은 순간, 용문피풍의 자락이 하늘로 치솟은 그 순간.

푸화아아악!

정유된 기름 위에 불씨를 던지면 지금과 같은 소리를 들을 것 같았다.

폭발적으로 치솟은 임팩트 소드의 검신은 순수한 백색이 아닌 자줏빛과 흑색을 동시에 머금고 있었다. 염료를 한데 부어 붓으로 선을 그은 듯, 혼탁하지 않고 서로의 색을 지니고 있으면서도 한데 어우러진 자흑색 검신은 이환에게조차 어떤 섬뜩한 위엄을 느끼게 했다.

용암처럼 치솟고, 불꽃처럼 일렁이는 자흑색 검신은 찰나에 혈왕을 관통했다. 녹화된 영상으로 보는 혈왕의 표정은 충격과 공포, 혼란과 경악만 있을 뿐 고통은 없었다.

그는 어떻게 죽었는지도 모르고 죽었다.

털썩!

혈왕이 허물어지는 소리를 들으며, 이환은 비소로 숨을 크게 내쉬었다. 수백 번을 다시 본 영상이지만 볼 때마다 새로웠다.

"이유는 아직… 모른다. 하지만 분명한 것은 천마신공으로 인해 이루어진 결과라는 것……."

지이잉!

임팩트 소드가 고열을 쏟아내며 백색 광채를 내밀었다.

"천마신공과 임팩트 소드. 그리고 천마섬환……."

이환은 손목을 빙글 돌렸다. 야광봉처럼 임팩트 소드가 빛무리를 일렁였다.

부웅!

빙글 돌렸던 손목이 점점 속도를 빨리했다.

임팩트 소드의 백색 잔영이 허공을 수놓았다.

이환은 본격적으로 공간을 가로질렀다. 찌르고, 베고, 밀고, 당기고, 휘감고, 뻗고. 검으로 펼칠 수 있는 모든 동작이 그의 손끝에서 풀려 나왔다.

내공을 지닌 그의 검격은 지난날과는 확연히 달랐다.

번쩍!

섬광이 터졌다.

천마섬환.

번쩍! 번쩍!

섬광이 꼬리에 꼬리를 물고 피어났다. 섬광은 마치 길게 이어진 하나의 선처럼 보였다.

'혈왕이 천마섬환을 튕겨낸 것은 철검이라서다. 임팩트 소드라면 그러지 못했겠지. 하지만 그래서는 내 스스로의 힘이라고 할 수 없다.'

치솟는 유성 같은 천마섬환이 조금 다른 궤적을 그리기 시작했다. 이전까지가 뾰족한 침이라면 이제는 둥근 점이었다.

번쩍!

바람을 가르는 공기가 회전을 머금었다. 더욱 위력적으로 보였다. 다만 눈에 띄게 느려진 게 문제였다.

뚜두둑! 뚜두둑!

변한 모양만큼이나 이환의 몸에서도 변화가 있었다.

"크윽!"

이환은 뻐근한 어깨의 통증을 느꼈다. 점으로 변한 섬광이 채 열 번을 넘기기도 전이었다.

'전사의 회전을 극쾌의 천마섬환 속에 풀어내기가 쉬운 일은 아니로군.'

전사의 요령은 이환도 얼추 알 수 있었다. 하지만 천마섬환과 합일시키는 것은 무척 어려웠다.

전사는 부드러운 회전을 통해 최대의 파괴력을 내는 기법.

천마섬환의 요결은 일극관통(一極貫通).

적당량의 힘으로 가장 빠르게 움직인다. 부드러우면 느려야 하고, 파괴력을 지니면 무거워진다.

"합의점을 찾아야 하는데……."

이환은 무겁게 중얼거렸다.

전사는 필수적인 기법이며, 천마섬환은 필살적인 기법이다. 둘 중 어느 것도 가볍게 볼 수 없었다. 그렇다면 전사의 힘이 제대로 들어가면서도 천마섬환이 느려지지 않아야 한다.

"완벽한 비율을 찾아야 한다. 쾌도, 회전력도 모두 이상적인 힘을 품고 있는 비율……."

그의 눈이 뜨겁게 타올랐다.

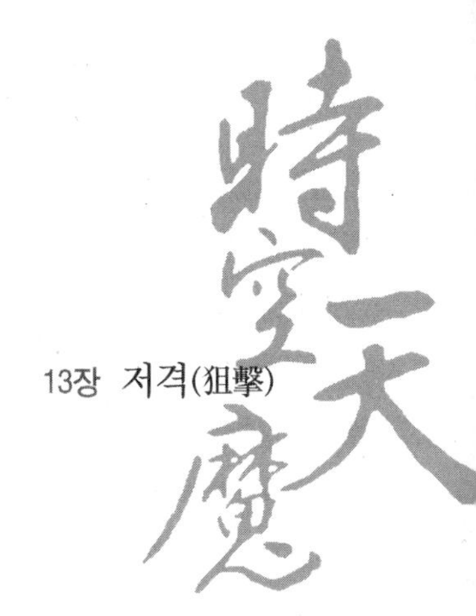

13장 저격(狙擊)

"무궁화, 아직도 못 찾았나?"

―40명의 감시 대상으로부터 '독왕', '독왕곡', '여엽수'의 지정
단어는 사용되지 않습니다.

"은신처라 이건가?"

이환은 먼 곳을 응시했다. 처처히 솟은 봉우리가 마치 거꾸
로 꽂은 칼날처럼 흉험한 산세가 시야를 가득 메웠다.

애뇌산.

벌써 운남에 들어선 지 이틀째였다.

먼저 보낸 2호 위성은 열흘 전에 도착한 상태다.

열흘 하고도 이틀.

그동안 이환은 아무 소득도 얻지 못했다.

애뇌산에 있다는 독왕과 독왕곡은 어디로 숨었는지 위성에 포착되지 않았다.

있다면 사십 명의 산 주민들, 사냥꾼, 심마니, 동굴에 틀어박혀서 수행하는 도사와 중, 도둑놈들의 은신처만이 발견된 전부였다.

어디에도 독왕곡은 없었다.

지표면 탐색까지 했지만 땅속에 숨은 것도 아니었다.

이환은 진지하게 통천견문 공손무외를 의심하기 시작했다. 하늘만큼 높다는 견문이 전부 진실은 아닌 것 같았다. 적어도 현재로서 독왕곡은 애뇌산에 없었다.

이환의 눈에 짜증이 어렸다.

"돌아가야 하나?"

이번에는 제대로 된 정보통을 찾아야 한다. 그리고 위성이 발견하기 전에는 움직이지 않을 셈이다. 이래저래 단기간에 운남으로 달리느라 몸이 많이 축난 상태였다.

특히 후텁지근한 운남에 오자, 시원한 물이 나오는 샤워실과 맑은 공기가 나오는 에어컨, 향긋한 커피가 절실히 그리워지기 시작했다.

─이환님, 풍적소님의 통신 요청입니다.

"연결한다."

─연결합니다. *음, 오랜만에 뵙습니다.*

이환은 팔짱을 끼고 뒤로 몸을 기댔다.

"무슨 일이지?"

─다름이 아니라, 넷째 형님의 진법 구축이 궤도에 오른 관계로 소생도 다시 무림으로 출도할 생각입니다.

"그렇군. 원하는 대로 해. 물론 내 안식을 깨뜨리는 일은 없도록 해야 할 거고."

─명심하겠습니다.

"언제 출발이지?"

─내일로 생각하고 있습니다.

"위급하다면 즉각 연락하도록. 형제를 잃은 치천세가 작업을 멈추는 일은 보기 싫으니까."

─송구합니다. 그럼 소생은 이만 물러가겠습니다.

"수고하도록."

─통신이 종료되었습니다.

"무궁화, 장가촌을 비추도록."

─전송합니다.

이환은 내려다 보이는 평화로운 광경에 흐릿한 미소를 지었다. 도시 사람이라면 며칠도 못 가 인상을 찌푸릴 지루함이 매일 반복되는 공간. 달라진 것 없는 광경이다.

"화면 확대. 대상은 소소."

화면이 줄어들고 천진난만하게 웃는 소녀의 얼굴이 크게 확대됐다.

소소.

여리지만 단단한 아이.

목선에 희미하게 남은 상처가 이환의 마음을 아프게 했다.

지워지지 않는 상처, 그날의 기억.

그는 알고 있다. 저 밝은 웃음을 짓는 아이가 종종 밤마다 그날의 악몽에 몸서리치며 눈물과 함께 잠을 깬다는 것을.

눈앞에 드리워졌던 칼날은 피륙의 상처보다 심하게 소소를 괴롭히고 있었다.

"독왕……."

진득한 분노.

이환의 입매로 무거운 중얼거림이 흘러나왔다.

장가촌과 소소, 그리고 자신.

평온을 침범하는 자는 모두 죽는다.

모두 죽이고, 흔적까지 없앨 것이다.

세상 누구도 감히 간섭하지 못하게 할 테다.

독심갈요와 혈왕은 죽었다. 혈전문도 멸망했다. 장가촌을 위협할 대상은 이제 독왕만 남았다.

독왕.

독심갈요의 아버지. 독심갈요로 하여금 혈전문의 첩자가 되게 한 대상. 딸을 첩자로 이용한 독왕은 나쁜 아버지다. 그래서 죽어야 한다.

"반드시 찾아낸다. 어디에 숨어 있더라도."

다짐하는 이환의 눈으로 치천세가 보였다. 소소가 주먹밥을 만들어 새참을 건네주고 있었다. 주먹밥을 하나 씹던 치천세가 갑자기 껄껄 웃으며 옆으로 한 걸음을 옮겼다.

"……!"

이환의 눈이 커졌다.

당황한 소소의 얼굴이 비춰진다. 텅 빈 공간일진대 치천세가 없어졌다. 한 발자국만 옮겼을 뿐인데 치천세의 신형이 허깨비처럼 숨어버린 것이다.

─하하하! 놀라셨소, 꼬마 낭자?

낭랑한 웃음소리와 함께 치천세가 귀신처럼 모습을 드러냈다. 소소는 처음에는 놀랐지만 이내 웃으며 박수를 쳤다.

─너무 신기해요!

─이것이 기문둔갑(奇門遁甲)이라는 것이오.

─기문둔갑이요? 도깨비들이 쓰는 건가요?

─하하하! 비슷하오! 사람이 도깨비 기술을 훔쳐 쓰는 거라오!

─와! 저는 너무 깜짝 놀랐어요. 저도 막 사라질 수 있을까요?

─물론. 이쪽으로 와보시구려.

소소가 조심스럽게 치천세의 곁으로 다가갔다.

─자, 이쪽으로. 저기를 밟고, 이쪽은 피하시오.

치천세가 소소의 손을 붙잡고 조심스럽게 발 딛는 곳을 설명했다. 그러자 순식간에 두 사람의 모습이 영상에서 사라졌다.

─된 건가요? 그냥 평범하게 서 있는 것 같은데요?

─여기서 보면 별로 다를 게 없소. 하나 바깥에서 보면 우리는 몸뚱이는 없고 목소리만 들리는 도깨비 두 마리라오.

─헤에.

이환의 눈으로 빛이 흘렀다.

두 사람이 대화를 들으며 깨닫는 부분이 있었다.

"무궁화, 검색 방식을 바꾼다. 사람의 육성 주파수를 찾는다."

─설정을 변환합니다.

고장난 라디오가 쏟아내는 소음처럼 이어폰을 통해 수십 명의 목소리가 동시에 흘러나오기 시작했다.

─오늘은 허탕이군. 에이, 멧돼지를 잡아야 하는데.

─원시천존이시여, 어찌 소인에게 이런 고난을 주시나이까?

─공자께서 이르시길…….

─흐흐, 대형. 이거 수입이 짭짤한데요?

─심봤다!

이환은 목소리들을 기억하고 있었다. 지금까지 검색된 인원은 사십 명의 음성이다.

그가 찾는 것은 드러나지 않은 사십일 명부터의 음성. 이목을 피해 숨은 독왕곡의 목소리들.

하지만 아무리 청각을 집중해도 사십 명 이외의 음성은 들리지 않았다. 드넓은 애뇌산에 사람이란 저 사십 명이 전부인

것만 같았다.

"설정 변경, 애뇌산의 모든 소리를 검색한다!"

―설정을 변경했습니다. 음파 탐색, 지정된 범위의 모든 음역을
추적합니다.

……!

"으윽!"

이환은 얼굴을 찌푸렸다. 이어폰을 통해 애뇌산의 모든 소
리가 흘러나오기 시작했다. 사십 명의 목소리는 아예 들리지
도 않았다. 물소리, 새 소리, 바람 소리, 나뭇잎이 떨어지는
소리, 짐승의 발자국 소리, 벌레의 울음소리……. 하나하나는
작았지만 지금은 귀를 아프게 하는 소음이었다.

이환은 눈을 감고 청각에 정신을 집중했다.

'육성……. 사람의 목소리에 집중하자.'

이환의 얼굴로 땀방울이 맺혔다.

하지만 선승의 마음을 흔드는 마심처럼 자연의 소음은 이
환의 집중을 너무도 쉽게 흔들었다.

이환은 이를 악물었다.

"범위를 넓힌다. 음량은 최대치로."

―고막에 무리가 갈 수 있습니다.

"명령대로 해!"

이환은 고막이 찢어질 것 같았다.

거대한 산. 산이 품은 소리는 한 인간이 받아들일 수 있는

영역이 아니었다.

이환은 포기하지 않았다.

천마신공의 구결을 암송하며 흔들리지 않는 불굴의 의지로 자연과 맞섰다.

그때였다. 요란한 소음 사이로 희미한 음성이 흘러들었다. 익숙한 사십 명의 음성이 아니다. 낯선 음성. 바로 사십일 번째의 목소리였다.

—…늘도 저기압이시냐?

이환은 더욱 정신을 집중했다. 굵은 땀이 턱을 타고 내렸다. 먹먹한 귀청, 지끈거리는 두통에도 불구하고 즐겁기만 했다.

사십이 번째 목소리가 들렸다.

—그렇더군. 하마터면 총관 어른이 멸수독(滅水毒)을 덮어쓰실 뻔했어.

—허! 왜 그러실까?

이환의 입매로 짙은 미소가 떠올랐다.

찾았군!

*　　　*　　　*

"무슨 소리 안 들려?"

"뭘? 조용한데?"

“진법 바깥에서 무슨 소리가 난단 말이다.”

“하암! 뭐, 짐승 새끼나 길 잃은 심마니 나부랭이겠지. 어디 한두 번이야?”

“그렇겠지?”

“정 찜찜하면 나가보든가.”

“에이, 귀찮은데.”

“설마 자네, 활로(活路)를 잊어버린 거 아니야?”

“날 어떻게 보고!”

“그럼 갔다 와. 자네가 들은 소리니까 자네가 확인하라구. 낄낄.”

“쳇, 알았어. 그런데 첫걸음이 일선이야, 일곡이야?”

“틀렸어. 일측이야.”

“그랬나? 쩝.”

흑위는 동료의 낄낄거리는 비웃음을 들으며 궁색한 표정으로 진법의 활로를 밟았다. 걸음이 아슬아슬했다. 반보 차이로 미로를 스쳤다.

“에이, 이래서 내곡(內谷) 수비가 좋다니까. 외곡 수비는 이런 고생을 해야 하니…….”

그는 투덜거리며 첫걸음은 왼쪽으로, 두 번째는 뒤로, 세 번째는 우측으로 갔다. 그렇게 이어진 종횡전후(縱橫前後)의 발걸음이 모두 서른일곱 번.

그러자 다소 침침했던 시야가 밝아지며 시원한 산 냄새가 후각을 자극했다. 진법 안쪽은 독물로 가득해서 익숙해지더라도 가끔 골치가 아픈 퀴퀴한 냄새로 가득했기에 흑위는 이제 진법 바깥이라고 생각했다.

'사람 새끼면 내 흑수장독으로 녹여 버릴 테고, 짐승 새끼면 야참거리로 써야겠다.'

흑위는 중얼거리며 주변을 쭉 훑었다.

그의 얼굴에 짙은 짜증이 어렸다.

"에라이, 내가 헛소리를 들었군!"

수림이 울창한 산세는 사람은커녕 짐승도 보이지 않았다. 괜한 헛걸음이었다.

흑위는 바깥에 침을 퉤, 뱉고 신형을 돌렸다.

진법은 나올 때는 서른일곱 걸음이지만, 진입할 때는 아흔아홉 걸음이다. 흑위는 머리통이 터질 것 같았다.

그는 천천히 안쪽으로 첫 발걸음을 내밀었다.

콰득!

"……!"

발걸음은 지면을 밟을 수 없었다. 뒤에서 튀어나온 손바닥이 흑위의 목덜미를 움켜잡았기 때문이다.

어찌나 악력이 강한지 흑위는 목이 성냥개비처럼 홀쭉해진 기분이었다.

뒤에서 목이 붙잡히고 한쪽 발을 허공에 띄운 채 그는 눈동자를 데굴데굴 돌렸다. 그리고 늦지 않게 팔꿈치를 뒤로 내밀었다.

퍽!

‘끅……!’

흑위는 팔꿈치가 으스러지는 것 같았다. 저릿저릿한 전기가 팔목으로 퍼졌다.

콰득!

반항의 대가로 흑위는 호흡이 곤란해졌다. 아귀힘이 악어턱보다 강했다. 실낱같은 틈으로 간신히 숨은 쉬지만, 샛노란 눈앞으로 작고한 모친의 얼굴이 아른거렸다.

“같이 들어간다.”

귀 뒤에서 속삭이는 저 낮은 목소리가 이렇게 반가울 줄은 흑위도 몰랐다.

목소리는 차가웠고, 그 서슬에 아른거리던 모친의 얼굴이 멀리 도망쳐 버렸지만 흑위는 전혀 신경 쓰지 않았다.

죽은 양반은 죽은 양반이고 살 사람은 살아야 하는 게 아닌가. 게다가 그 양반은 계모다.

그는 힘껏 고개를 끄덕였다.

“천천히, 정확하게. 실수하면…….”

우드득!

척추를 타고 터진 둔탁한 소리가 흑위를 두렵게 만들었다. 그는 몇 가지 생각해 놓은 감언이설 따위는 집어치우고 성실하게 걷기 시작했다.

뒤에 바싹 붙은 인기척이 전해졌다.

뒷목을 움켜잡은 손으로 인해 그는 마치 인형극의 인형인 셈이었다.

인형과 인형사는 한 몸처럼 진법을 가로질렀다.

흑위의 눈동자가 사납게 떨렸다.

현재 아흔여덟 걸음.

여기서 한 걸음만 실수하면 침입자는 영원한 미궁 속에서 헤매게 된다. 물론 그러면 자신은 목이 오그라져 죽는다.

죽고 충성을 다하느냐, 살고 배신하느냐.

남은 한 걸음이 생사를 판단했다.

꾸욱.

무언의 압박이 목을 조른다.

흑위는 버텼다. 지금은 그의 여생에 있어 가장 중요한 결정을 할 때였다.

'놈의 목적이 뭐지? 홀몸인 걸로 봐서 단순한 침투? 아니면 암살?'

독왕의 흉포한 성격만큼이나 독왕곡의 형벌은 잔혹하다.

대소사를 떠나 죄를 지으면 무조건 끓는 독에 몸을 삶아버린다.

짧으면 반 각, 길면 한 시진.

흑위는 당연히 한 시진짜리다. 시커먼 독수에 뽀얗게 녹아 버린 자신이 보이는 것 같았다.

‘나중에 죽으나 지금 죽으나 괴롭긴 매한가지!’

흑위는 질끈 눈을 감았다.

그의 마지막 한 걸음이 천천히 내디뎌졌다.

“뭐 하느라 그렇게 늦었… 끅!”

동료의 유언은 채 마무리도 맺지 못했다.

흑위는 먼 죽음보다 가까운 삶을 택한 것이다.

“워, 원하는 대로 들어왔으니 나를 살려주시오.”

그는 용기를 짜내 거래를 시도했다.

“내가 없으면 나갈 수 없소.”

“독왕은 안쪽에 있나?”

흑위는 정면을 응시했다.

굶주린 이리의 아가리처럼 쫙 벌어진 협곡이 시커먼 어둠을 목구멍처럼 드러내 보이고 있었다.

“그렇소. 저 안쪽이 바로 독왕곡이오.”

‘이런 규모를 위성으로 찾을 수 없었다니.’

흑위의 뒷목을 붙잡은 이환은 시야에 드러난 넓고 깊은 협곡의 고랑을 보며 감탄을 금치 못했다.

‘진법이란 대단하군.’

소설을 통해 읽고 추측만 했지 실제로 본 것은 처음이다. 인간의 시야를 가리는 것은 그렇다 쳐도, 위성의 눈까지 피할 수 있다니 대단한 마법이다.

"무궁화, 내 위치가 보이나?"

─포착되지 않습니다.

"좌표를 불러주지."

이환은 손목시계에 부착된 좌표 기능을 작동했다.

─파악했습니다.

"좋다. 전송 화면과 좌표를 통해 지도를 구축해라."

이환은 흑위를 향해 말했다.

"안에는 몇 명이나 있지?"

"얼추 팔백 명 정도……."

"보초는?"

"관문마다 두 명씩, 삼십 개 관문이 있소."

"취약점?"

"없소. 모두 일정하오. 그보다 무슨 속셈이오? 단신으로 독왕곡에 침투하다니… 크윽!"

이환은 서늘하게 속삭였다.

"너는 대답만 한다."

"알, 알았소!"

"독왕의 거처는 어디지?"

"독존실(毒尊室)은 협곡 가장 심처에 있소. 본 방의 일대제자 백 명이 교대로 보초를 서고, 암중에 방주를 호위하는 다섯 명의 정예 수신호위가 있소. 또한 독존실은 넓고 처처에 함정이 가득해서 결코 침투할 수 없소!"

흑위는 장황하고 또한 섬세하게 정보를 누출했다.

친절하고 싶어서가 아니라 물량의 차이를 여실히 확인시키려는 의도다. 그가 가진 뒤늦은 충성심의 발로였다.

흑위가 단정적으로 말했다.

"암살은 불가능하오!"

"글쎄."

이환은 무감정하게 대꾸했다. 불가능한 암살? 그건 해보기 전에는 아무도 모른다. 특히 미래인 앞에서는 더더욱.

이환은 좌우를 살폈다.

표면이 거칠고 울퉁불퉁한 암벽이 하늘을 뚫을 듯 치솟아 있었다. 위에서는 능히 천장단애라고 불릴 만한 이름이다.

천혜의 방패.

"뒤는 어떻지?"

"독왕곡은 사발 모양의 협곡이오. 후좌우, 암벽으로 인해 입구는 유일하게 이곳뿐이오."

이환은 만족스럽게 웃었다.

"괜찮군."

인형사가 인형을 움직인다.

흑위의 신형이 뒤로 돌아갔다.

"나가자."

"약속해 주시오. 나를 살려주겠다고."

"약속하지."

“믿겠소.”

흑위는 떨리는 걸음으로 한발한발 진법의 활로를 밟기 시작했다. 나오는 것은 들어오는 것보다 훨씬 쉬웠다.

이환은 진입과 출입의 발걸음을 자세하게 암기했다.

“약속을 지키시오.”

흑위의 음성이 떨렸다.

이환은 부드럽게 뒤에서 붙잡은 그의 목을 풀어줬다. 흑위의 목덜미에는 붉은 손자국이 화상처럼 남아 있었다.

“후우!”

흑위는 가장 먼저 깊은 숨을 만끽했다. 맑은 숨이 돌자 혼탁했던 이성이 선명하게 살아났다.

흑위는 두려워졌다. 정말 자신을 살려준 것일까? 희롱은 아닐까? 만약 저자가 나를 살려줬다고 해도 독왕곡의 율법도 나를 살려줄까?

꿀꺽!

마른침이 넘어갔다.

흑위는 깨달았다. 결국 나는 죽는다.

파파팍!

깨달음은 곧장 동작으로 이어졌다. 유려하게 회전한 신형은 독풍을 머금은 장력을 내밀었다. 필생의 공력을 집중한 일격이었다. 결코 피할 수 없다.

후웅!

흑위의 생각은 반은 맞고 반은 틀렸다.

독사장(毒砂掌) 장력은 정확한 궤적을 그렸다. 결코 흔들리지 않았다. 이 점에서 그의 생각은 정확했다.

하지만 과녁 없는 화살은 명중이 없다.

궤적은 정확했지만 장력은 헛되이 공간을 가를 뿐이었다.

애초에 목표가 없는 공격.

이환은 예전에 신형을 옮기고 없었다.

흑위는 늦었다. 옳은 선택도, 필사의 공격도 모든 것이 너무 늦었다. 그에게는 빠른 것이 필요했다.

피핏!

미간을 뚫은 안령자(雁翎刺)가 그에게 빠른 것을 선물했다. 적어도 그의 혼령만큼은 빠르게 지옥으로 귀천할 수 있었다.

털썩!

쓰러진 흑위의 곁으로 한 명의 노인이 나타났다. 노인은 살기가 진득한 표정으로 흑위의 시체에 침을 뱉었다

"퉤! 동료를 배반한 놈은 더 이상 동료가 아니다."

노인은 주변을 예리하게 훑었다.

"어떤 잡놈의 수작인지는 모르겠지만 본 곡은 언제나 접객을 준비하고 있다. 자신있다면 덤벼라! 나 순찰당주(巡察堂主) 손과추가 직접 시독의 재료로 만들어줄 테니까!"

"……."

저격 설정의 레이저 건을 들고 노인의 이마를 겨누고 있던 이환은 총신을 내렸다.

노인은 순찰당주. 직책 그대로 순찰을 돌다가 곡 내에서 죽은 시체를 발견하고 바깥으로 나온 모양이었다.

"역시 미끼가 약했군."

이환은 서늘한 눈으로 노인을 응시했다.

노인은 모를 것이다. 금방 생사의 찰나를 오갔다는 것을.

이환은 차분히 생각했다.

머릿속을 통해 수만 가지 작전이 교차되어 지나갔다.

지난날 서울 전역을 배경으로 펼쳤던 수많은 작전들. 그중의 하나를 써먹을 때가 왔다.

이환은 바이크 뒷좌석의 짐 꾸러미를 응시했다.

"두둑이 챙겨오길 잘했군."

그는 하늘을 향해 중얼거렸다.

"캠프파이어(Campfire)……."

*　　　*　　　*

독왕곡은 비상 경계령이 발동된 상태였다.

배신자가 나왔고, 침입자가 진법 내부를 통과했다.

독왕곡의 무인들은 협곡 내부를 샅샅이 뒤졌고, 책사는 진법의 괘(卦) 배열을 수정하기 시작했다. 이제 활로의 길이 변

해서 예전 활로를 따라 움직이다가는 영락없이 미궁 속에 빠
질 터였다.

유일한 출입구인 전방에는 처처히 매복이 심어졌다.

독왕곡 인구의 팔 할 전력이 배치된 상태.

완벽한 방어였고, 재정비였다.

후좌우는 전혀 신경 쓰지 않았다.

천혜의 방호벽은 누구도 뚫을 수 없었다. 천장 높이의 꼭대
기에서 아래층으로 내려올 방법은 전무했다.

그때였다.

쿠쿠쿠쿠…….

고래 뱃속에서나 들을 수 있을 법한 묵직한 굉음이 하늘에
서부터 독왕곡으로 내리깔렸다.

쿠르르릉!

먹먹한 굉음과 함께 독왕곡으로 새파란 불빛이 드리워졌
다.

뇌광(雷光). 번개 줄기다.

쏴아아……!

돌연한 폭우가 쏟아졌다.

쿠르릉!

콰강! 콰강!

돌연히 쏟아진 폭우는 요란한 뇌성을 동반했다.

하늘을 뒤덮는 뇌편(雷鞭) 갈래는 하늘과 땅을 떼어놓겠다

는 듯 사납게 뇌편을 뿌려댔다.

콰강!

퍼어엉!

뇌전이 지상을 때렸다.

하늘과 가장 가까운 곳.

천장단애의 꼭대기이자 독왕곡의 삼면을 막아주던 천혜의 방벽.

우르르릉!

쪼개진 암벽은 오뉴월의 눈이 되어 독왕곡에 소복이 쌓였다. 차갑지 않은 눈덩이는 무척 단단했고, 파괴적이었다. 사람이 깔리고, 전각이 붕괴됐다.

사발 모양의 독왕곡은 바위 알갱이로 그릇을 가득 채우고 있었다. 서 있는 사람보다 깔린 사람이 많고, 발이 딛은 곳보다 바위가 박힌 곳이 훨씬 많아졌다.

콰강!

단애 한 면으로 다시 뇌편이 들이쳤다.

어지간한 건물 크기의 파편이 빠르게 추락했다.

쿠웅……!

그 충돌에 애뇌산이 몸을 떨었다.

그토록 믿었던 천혜의 방벽이 일으킨 천해(天害)의 재앙이 독왕곡을 처참하게 무너뜨렸다.

이환은 느긋하게 붕괴를 감상했다.

이제 위성을 통해서도 독왕곡이 비춰졌다.

진법이라는 것은 지형지물을 이용하는 것. 주변에 설치된 법구(法具)를 망가뜨리면 자연스럽게 해체된다.

협곡이 무너지며 주변에 설치된 법구가 파괴된 것이다.

정확히 말해서는 곳곳에 설치한 CT-1300의 연쇄적인 폭발과 절벽 꼭대기에 박은 철심의 효과였다.

"들어갈 수 없다면 나오게 하면 되는 것."

이환은 천천히 레이저 건을 앞으로 겨누었다.

쿠르릉!

비바람, 천둥번개가 시야를 어렵게 만들었지만, 스코프를 통해 한 번, 위성을 통해 다시 한 번, 그리고 천마신공으로 발달된 안력(眼力).

충분하고 넘친다.

"벌써 죽지는 않았겠지?"

그는 낮게 중얼거렸다.

살고 싶다면 뛰쳐나와야 할 것이다.

유일한 입구로.

그들이 기다리던 침입자의 사지(死地)가 반대로 이환이 기다리는 독왕의 사지로 변했다.

우르르릉……!

협곡을 무너뜨리는 굉음이 귀청을 때린다.

"왔군."

이환의 눈빛이 매의 그것처럼 빛났다.

깡마르고 얼굴 곳곳에 검버섯이 핀 노인이 수하들의 엄호를 받으며 골짜기 사이로 달려나오고 있었다.

이환은 방아쇠에 손가락을 걸었다.

피융!

한 발의 총성이 바람을 훑었다.

이환은 웃었다.

그는 명사수다.

『시공천마』 3권에 계속…

무한 상상 · 공상 세계, 청어람 신무협&판타지

설봉 新무협 판타지 소설!
절대로 놓칠 수 없는 2006년 최고의 걸작!!

마야(魔爺) / 설봉 지음

강렬하다……!
절대적 무협 지존!
『마야』
(魔爺)

소사(小事)로 시작되어 천하대란(天下大亂)으로 이어지는
끝없는 피의 역사…

북검문(北劍門)과 남도문(南刀門)의 탄생이었다.

두 세력은 장강을 경계 삼아 전쟁을 방불케 하는 싸움을 벌이고 있다.
삼십 년…… 삼십 년 동안이나…….

그리고 절대 죽을 것 같지 않던 그가 죽었다.

"나를 죽인 건…… 큰 실수야.
나보다 훨씬 무서운… 곧… 곧 너희를…….”

FANTASTIC
ORIENTAL
HEROES

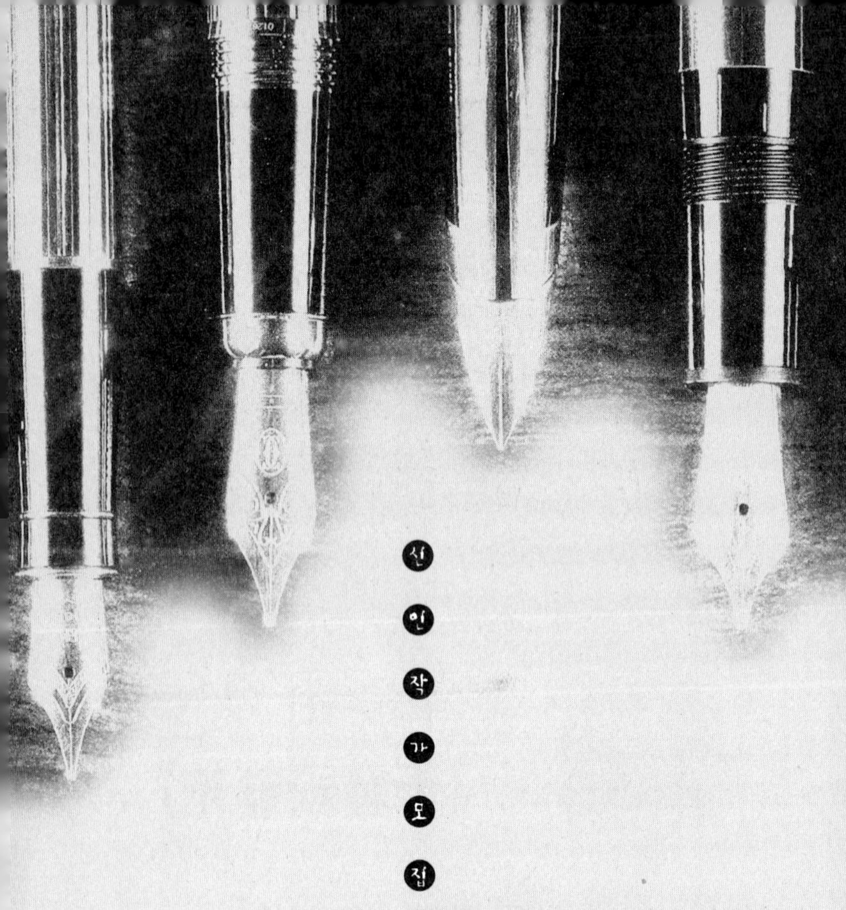

신
인
작
가
모
집

초등학생이 반드시 읽어야 할 좋은 책 49권

각 학년별로 초등학생이 반드시 읽어야할 좋은 책을
선정하여 통합논술의 기본이 되는 '올바른 독서법'을
일깨워 줍니다.

교과서와 함께하는
초등학교 통합논술

초등1학년 | 값 12,000원 / 초등2학년 | 값 9,500원 / 초등3학년 | 값 11,000원 / 초등4학년 | 값 9,500원 / 초등5학년 | 값 9,500원 / 초등6학년 | 값 11,000원

♣ 혼자 할 수 있어요.

엄마가 책 읽는 방법을 가르쳐 주어도 좋아요.
독서지도하는 선생님이 가르쳐 주어도 좋답니다.
"초등 교과서와 함께하는 **통합논술 시리즈**"는
아이 스스로 독서할 수 있도록 꾸며진 책이에요.
엄마와 선생님은 요령만 가르쳐 주시면 된답니다.

♣ 교과서의 중요한 내용이 총정리되어 있어요.

각 학년별로 중요한 교과 내용이 함께 수록되어 있어요.
초등학생은 교과서 내용을 충실하게 공부해야 합니다.
아울러 그와 병행한 독서가 대단히 중요하지요.
"초등 교과서와 함께하는 **통합논술 시리즈**"는
두 가지 방법 모두 알려준답니다.

♣ 이 책은 훌륭하신 선생님들이 함께 쓰신 책이랍니다.

동화작가 선생님들이 쓰셨어요. 소설가 선생님도 쓰셨답니다.
국어 논술독서지도 선생님들도 함께 쓰셨지요.
"초등 교과서와 함께하는 **통합논술 시리즈**"는
엄마의 마음으로 모든 선생님들이 함께 꾸민 책이랍니다.

입소문을 통해 아는 분은 다 알고 계십니다!
올 한해 공인중개사 최고의 화제작!

수험생 기본 필독서
만화 공인중개사

제목 : 만화공인중개사 쓰신 분에게 감사드립니다.

학원을 두 달 다녔어요. 근데 과연 그 숫자 외우기 그런 게 몇 문제나 나올까 생각을 했어요.
아니라는 생각이 드네요. 학원강의를 뒤로하고 서점을 갔어요. 내 머리에 가장 이해될 수 있는
책이 없나 하구요. 거기서 만화를 발견했어요. 무조건 세 번 봤어요. 3개월 걸렸어요. 문제집을 보라고
했는데 그건 시행을 못했어요. 근데 합격을 했네요.
어떻게 감사의 말을 해야 될지…….
도서관에서 만화책 들고 다니니까 사람들이 비웃더라구요. 만화책으로 공인중개사를 공부한다고
미친 사람처럼 보더라구요. 근데 그거 다 감수하고 했던 내가 자랑스럽습니다.
어떻게 감사의 말을 해야 할지… 정말 감사합니다.
부디 행복하세요. 제 나이 41살에 좋은 스승을 만난 것 같습니다.
엎드려 감사드립니다.

－본사 홈페이지에 독자분이 올린 메일 中 에서 발췌－